Auf Heller und Pfennig

Sonja Höstermann
Inga Brodersen

Carl Schünemann Verlag

Vespula vulgaris

Die Gemeine Wespe *(Vespula vulgaris)* aus der Gattung der Kurzkopfwespen *(Paravespula)* ist neben der Deutschen Wespe *(Vespula germanica)* die verbreitetste heimische Art der Faltenwespe *(Vespidae)*. Ihr Kopfschild weist eine T-förmige schwarze Zeichnung auf.

Die Königin der *Vespula vulgaris* wird bis zu 19 Millimeter lang, die Arbeiterinnen bleiben mit 11 bis 14 Millimetern deutlich kleiner. Sie besitzen am Ende ihres sehr beweglichen Hinterleibes einen Giftstachel. In der direkten Umgebung ihres Nestes reagiert diese Art recht aggressiv. Durch ein mit dem Stich abgegebenes Alarmpheromon werden zudem weitere Artgenossen gewarnt und zu Hilfe gerufen …

Sonntag, Erntedankfest

Ewald Pfennig stellte die leere Kaffeetasse mit einem zufriedenen Grunzen ab und genoss den Blick über die Weser. Die Natur kündigte den Herbst an und begann langsam, das satte Grün durch Gelb und verschiedene Rottöne zu ersetzen. Damit war der Sommer wohl bald endgültig vorbei, aber mit diesem Gedanken versöhnten ihn die sonnige Wärme und der glückliche Gesichtsausdruck seiner Frau. Marlene strahlte wie ein frischer Pfirsich. Sie hatte ihn am frühen Morgen mit den Worten »Ewald, wir müssen raus!« zu dieser Fahrradtour nahezu genötigt. Sie wollte ihren gemeinsamen freien Tag unbedingt draußen verbringen. Pfennig hatte schnell erkannt, dass sie keine Widerrede dulden würde und er damit rechnen musste, dass sie ihn sogar im Schlafanzug auf das Rad setzen würde.

Kommissar Pfennig hatte anfangs wenig Lust, mit gefühlt weiteren dreitausend radelnden Bremern am Erntedanksonntag an der Weser entlangzukurven. Doch bei diesem ausgesprochen schönen Wetter hatte sich der Ausflug ins Naturschutzgebiet auf der Werderinsel tatsächlich gelohnt. Er mochte das gemächliche Tempo, in dem sie sich die Umgebung erschlossen. Und als er Marlene gestand, dass sein Hintern ihm vom Sitzen auf dem ungewohnten Sattel schmerzte, waren sie ohne Zögern in das Lokal des Seglervereins Oberweser eingekehrt.

Die Gaststätte lag nahe dem Weserwehr an einer sanften Flussbiegung. Unter den tief hängenden Ästen der alten Linden hindurch hatten sie einen malerischen Blick auf das glitzernde Wasser. Mit einem Anflug von Wehmut beobachtete Pfennig die kleinen Schiffe, die vor dem Jachthafen kreuzten. Noch wenige Tage und die Boote würden wegen des nahenden Winters aus dem Wasser geholt werden. Sein eigenes Segelboot lag schon seit Wochen im

Trockendock in Bremerhaven und wartete auf notwendige Reparaturen, die die zuständige Versicherungsgesellschaft immer wieder hinauszögerte.

»Ich werde nie verstehen, warum es draußen nur Kännchen gibt.« Marlene lächelte, als sie ihm nachschenkte. »Thermoskannen wären doch viel sinnvoller, dann würde der Kaffee zumindest heiß bleiben.« Sie nahm sich eines der frischen Brötchen aus dem Korb, schnitt es auf und bestrich es dick mit der hausgemachten Pflaumenmarmelade. »Und? Konnte ich dich mit diesem späten Frühstück wenigstens ein bisschen entschädigen für meinen überfallartigen Auftritt heute Morgen?« Sie verscheuchte eine besonders hartnäckige Wespe und biss mit gesundem Appetit in die Brötchenhälfte.

»Ein bisschen«, grinste Pfennig. »Es ist ja nicht so, dass ich nicht auch an körperliche Ertüchtigungen gedacht hätte. Dafür hätten wir das Bett aber nicht unbedingt verlassen müssen.«

»So so, körperliche Ertüchtigung«, Marlene zwinkerte ihn amüsiert an. »Ewald, ich glaube nicht, dass es das ist, was dein Arzt meinte, als er dir zu mehr Bewegung und weniger Pfunden geraten hat.« Sie beugte sich zu ihm rüber, küsste ihn zärtlich auf die Wange und raunte in sein Ohr: »Außerdem hat der Tag doch gerade erst begonnen, oder?«

Liebe Güte, was hatte er doch für ein Glück. Mit ihren fünfzig Jahren war Marlene noch immer wunderschön. Zwar bekam ihr blonder Pagenkopf langsam graue Strähnen, aber das machte sie in seinen Augen nur noch attraktiver. Ihre Haut war nach wie vor zart und ebenmäßig und sogar ihre sportliche Figur hatte sie sich bewahrt. Auf Polizeifesten erntete er regelmäßig bewundernde Blicke und Kommentare für seine redegewandte und humorvolle Frau. Und wenn er sie bei solchen Anlässen einmal nicht mitbrachte, hatte er das Gefühl, sich dafür vor seinen Kollegen rechtfertigen zu müssen.

»Weißt du schon, wie eure Verbindung nach Spiekeroog ist?«, fragte Pfennig, um ein unverfänglicheres Thema anzuschneiden. Marlene nickte zur Antwort und Pfennig musste warten, bis sie fertig gekaut hatte. Sie hatte mit zwei Freundinnen zusammen einen Aquarell-Malkurs auf Spiekeroog gebucht. Malen sei ihr Hobby, behauptete Marlene immer. Eines, das sie zwar intensiv betreibe, aber eben ein Hobby. Pfennig fand, dass sie damit ziemlich tiefstapelte und im Grunde eine Künstlerin war. Vor lauter Aufregung hatte sie schon vor Tagen alles gepackt: Farben, Leinwände, alte Lappen, Pinsel und Unmengen an Kleidung. »Schließlich ändert sich das Wetter auf den Inseln von Minute zu Minute«, wie sie als Begründung für ihren Riesenkoffer angab. Ihm erschien es jedenfalls, als wenn inzwischen Marlenes Atelier unterm Dach sowie ihr Kleiderschrank im Schlafzimmer nahezu ausgeräumt wären.
»Wir werden den Zug über Oldenburg und Sande bis nach Esens nehmen und dann mit dem Bus zum Hafen gebracht. Alles ist zeitlich aufeinander abgestimmt und die Fährfahrt wird bestimmt wunderbar«, schwärmte Marlene und Pfennig sah, dass sie echte Vorfreude empfand.
»Wäre es mit deinem Koffer in Überseecontainerformat nicht einfacher, das Auto zu nehmen? Ich meine, früher sind die Auswanderer von Bremerhaven aus mit ähnlichem Gepäck in die Neue Welt aufgebrochen.« Er vermisste sie jetzt schon. »Ich könnte euch doch direkt zum Anleger nach Neuharlingersiel bringen.«
»Das ist lediglich ein etwas größerer Trolley, in dem sich nur das Allernötigste befindet!«, widersprach sie mit gespielter Empörung. »Dass du, ganz Gentleman, den Chauffeur machen willst, ist trotzdem sehr lieb, Ewald.« Marlene lächelte dankbar. »Aber hat nicht Lisa nächstes Wochenende Geburtstag?«
»Das habe ich ja völlig vergessen.« Pfennigs flache Hand landete automatisch auf seinem Mund und seine Finger rieben auswegsuchend den Schnurrbart. Pfennig rechnete nach: Er selbst war jetzt

52, also würde seine Schwester in diesem Jahr bereits 68 Jahre alt werden. Obwohl es kein runder Geburtstag war, würde bestimmt trotzdem Lisas gesamter Freundes- und Bekanntenkreis kommen. Und der war groß. Ihm graute davor, alleine auf die Feier seiner Schwester gehen zu müssen. Eigentlich mochte er ihre Freunde, aber einige Gäste wurden von Jahr zu Jahr sonderlicher.
Er holte gerade Atem, um seiner Frau zu sagen, dass er mit nach Spiekeroog kommen würde, als was auch immer. Als Farbenanrührer, Pinselauswäscher, Leinwandträger, sogar als Aktmodell, wenn es gar nicht anders ging! Da klingelte sein Handy.
»Pfennig!«, blaffte er in den Hörer und sah sich vor seinem inneren Auge schon nackt im Watt posieren.
»Hier ist Dieter«, meldete sich Dr. Stubenrauch, der Rechtsmediziner.
»Moin!« Pfennigs Stimme war sofort freundlicher. Er beließ es aber bei dieser Minimalbegrüßung, denn er wusste, dass der Arzt kein Freund von Small Talk war und sofort zur Sache kommen würde.
»Wir sind gerade in der Kirche in Arsten. Herberg ist auch da. Der Pfarrer ist vorhin während des Gottesdienstes tot zusammengebrochen.« Stubenrauch zögerte, doch Pfennig wartete ab, denn es würde nicht schneller gehen, wenn er ihn unterbrach. Stubi, wie er von den engsten Kollegen genannt wurde, hatte sein eigenes Tempo. Der Mediziner war seit seiner wilden Jugend Rocker geblieben. Mit allem Drum und Dran: Motorrad, laute Musik und so weiter. Er ging regelmäßig zu Konzerten im Meisenfrei, einer Kneipe in der Bremer Innenstadt, und manchmal konnte er den Kommissar dazu überreden, sich ihm anzuschließen. Seinerseits lud Pfennig Stubi manchmal mit zum Segeln ein. Der gestandene Rocker ließ die Ausflüge meist mit Grünspan im Gesicht über sich ergehen, immer glücklich, danach wieder festen Boden unter den Füßen zu haben.

»Eigentlich war es nur ein Einsatz zur Übung, quasi, um nicht einzurosten. Einordnung merkwürdiger Todesfälle in natürlich oder nicht natürlich und so weiter. In Bremen herrschen ja nicht gerade Sodom und Gomorrha, da muss man jede Gelegenheit nutzen. Herberg fand auch, es wäre eine gute Idee, mal wieder rauszukommen. Da kam uns der Anruf aus Arsten gerade recht. Alles deutet bisher auf einen Unfall hin.«
Wieder eine kleine Pause in Stubis typischer Telegrammstilsprache, die es Pfennig ermöglichte, den Widerspruch zwischen den Zeilen herauszuhören. Mitten während des Gottesdienstes tot umzufallen, war zugegebenermaßen recht ungewöhnlich. Aber wenn es ein Unfall war, wären sie gar nicht zuständig. Möglicherweise sahen sein Rechtsmediziner und sein Spurensicherer Hannes Herberg einen Elefanten, wo nur ein paar harmlose Mücken schwirrten. Doch Pfennig war neugierig geworden.
»Würde es dir etwas ausmachen ...«, fragte Stubenrauch gerade aus dem Hörer, was dann folgte, konnte Pfennig nicht mehr verstehen. Ein Junge, vielleicht fünf Jahre alt, rannte kreischend an ihm vorbei und fegte beinahe sein Gedeck vom Tisch.
»Eine Wespe, Mama, eine Wespe!«, jammerte der Kleine verzweifelt.
»Nicht nach ihr schlagen, sonst wird sie dich stechen!«, rief die Mutter vom Nachbartisch besorgt.
»Mama, die verfolgt mich!«
Endlich retteten sich Mutter und Sohn ins Lokalinnere.
»So, jetzt.« Pfennig nahm sein Handy wieder ans Ohr. »Was hast du gesagt, Dieter? Ich konnte dich nicht verstehen.«
»Was ist denn bei dir los?«
»Eine Wespe.«
»Ach, das passt ja.«
»Wieso?«
»Wirst du schon sehen. Würde es dir etwas ausmachen, vorbei-

zukommen? Irgendetwas stimmt hier nicht. Ich weiß nur noch nicht genau, was es ist.«
Den Instinkt des Rechtsmediziners zweifelte Pfennig nicht an. Aber aus einem Gefühl heraus eine Ermittlung einzuleiten, war natürlich schwierig, er konnte Stubis Zögerlichkeit verstehen.
»Die Todesumstände genau zu klären, ist wahrscheinlich sowieso sinnvoll«, überlegte Pfennig deshalb ins Blaue hinein. »Schließlich war der Pastor eine öffentliche Person. Bei der Presse wird es sicherlich gut ankommen, wenn die Behörde einmal schneller ist, als die Journalisten ihre eigenen Fragen formulieren können.«
»Gute Strategie«, lobte Stubenrauch und Pfennig konnte die Erleichterung seines Kollegen in dessen Stimme hören. »Falls jemand fragt, warum du da bist.«
»Wir kommen so in einer halben Stunde.«
»Wir?«
»Ich bringe Marlene mit. Wir sind mit den Rädern unterwegs und gerade in der Nähe des Weserwehrs.«
»Das ist ja nicht weit.«
»Bis gleich.«
Pfennig drückte seinen Daumen auf das Knöpflein mit dem winzigen roten Hörer und ärgerte sich nicht zum ersten Mal, dass die Tastaturen dieser Mobiltelefone offenbar ausschließlich für die Fingerchen von pubertierenden Jugendlichen gedacht waren. Ökonomisch sicherlich die richtige Entscheidung, aber für Leute wie ihn, mit normal ausgewachsenen Händen, die auf Erreichbarkeit angewiesen waren, eine ständige Herausforderung.
»Was ist los?«, fragte Marlene und säuberte sich mit einer Serviette den Mund.
»Wir haben einen Einsatz.« Pfennig war weder froh noch enttäuscht über das Ende seines freien Tages, so war sein Job eben. Er war gerne bei der Kripo und Marlene hatte nie ein Problem mit seinen Arbeitszeiten gehabt, wofür er sehr dankbar war.

»Du nimmst mich mit?«
»Zu einem sonnigen Sonntagsausflug gehört nun einmal ein schattiger Kirchenbesuch, Frau Assistentin«, sagte er zwinkernd. Dann wurde er ernst. »Stubenrauch hat mich gebeten, in die Kirche nach Arsten zu kommen, und es würde zu lange dauern, erst das Auto zu holen. Du kannst ruhig mitkommen, wenn du möchtest.« Dass sie sich im Hintergrund würde halten müssen, brauchte er nicht hinzuzufügen.

Bremen war zwar formal eine Großstadt, gemeinsam mit Bremerhaven sogar ein Stadtstaat, aber in vielerlei Hinsicht auch ein Dorf mit Straßenbahn. Das galt insbesondere für Arsten. Dieser Ortsteil im äußersten Südosten des diesseits und jenseits der Weser entlang gelegenen Bundeslandes hatte sich seinen ländlichen Charakter bewahrt.
Als sie vom Weserradweg abbogen und den Deich hinunterrollten, mussten sie zunächst ein Wäldchen durchqueren. Dann radelten sie an den ersten Wohnhäusern vorbei, den Eingang zum Sportplatz vom TuS Arsten und die Dorfschule linker Hand bis ins Dorfzentrum. An der Biegung kündigte ein Schild der Stadtbibliothek den mobilen Bücherbus für jeden Donnerstag an. Gegenüber lag der Haupteingang vom Kindergarten, woran direkt das Gelände des Gemeindehauses grenzte, im Hintergrund war schon der Kirchturm zu sehen. Im Garten auf der Rückseite vom Gemeindehaus standen viele Leute in kleinen Gruppen zusammen. Kinder spielten auf der Wiese und in dem Laubengang, der den Pfarrhausgarten vom Kindergarten trennte. Auf den ersten Blick sah es aus wie ein normales Beisammensein draußen in der Sonne nach dem Kirchenbesuch. Doch Pfennig witterte die Unsicherheit und Erschütterung, von der diese scheinbare Idylle überschattet wurde.
Um zur Vorderseite der Anlage zu gelangen, mussten sie zunächst

das gesamte Areal umrunden. Am Ende des Korbhauser Weges bogen sie rechts in die Tränke ein und an der Auffahrt zum Gemeindehaus stellten sie die Fahrräder ab. Pfennig bedeutete Marlene, lieber hier in der Nähe auf ihn zu warten. Während sie noch die beiden Räder am Zaun zusammenschloss, war er schon auf dem Weg hinüber zur Kirche.

Die evangelische Kirche St. Johannes stand hinter einer niedrigen Mauer und war eingesäumt von einem Friedhof. Ein kleines Tor war offen und Pfennig nahm die Abkürzung, anstatt die ganze Mauer entlang bis zum Haupteingang des Grundstücks zu gehen. Der Weg zum Portal stieg leicht an, da die Kirche etwas erhöht auf einer Warft lag. Lange Zeit war das historische Gebäude deshalb der Zufluchtsort für die umliegenden Bewohner vor dem Hochwasser des Flusses. Heute kam es dank der Deiche und des Weserwehrs nicht mehr zu solchen Katastrophen. Doch die Kirche war noch weitgehend in ihrer ursprünglichen Gestalt erhalten geblieben und Pfennig erinnerte sich, dass er in den 1990ern mal einen großen Artikel über die damalige Restaurierung des Innenraums mit seinen mittelalterlichen Bemalungen gelesen hatte.

Vor den Eingangstüren behandelte ein Notarzt eine ältere Dame. Sie saß aufrecht auf der Trage und schien ziemlich mitgenommen. »Moin! Hauptkommissar Pfennig«, stellte der Kommissar sich einem Kollegen von der Bereitschaft vor. »Albrecht Stöhr« stand auf dem Brustschildchen seiner Uniform. »Was ist ihr passiert?«
»Der Arzt sagt, nichts Schlimmes, ein paar Schürfwunden. Die Frau ist bei ihrer Flucht aus der Kirche gestolpert und hingefallen.«
»Bei ihrer Flucht?«
Stöhr nickte. »Es gab eine Panik, Herr Hauptkommissar. Ein ganzer Schwarm Wespen ist wie wild auf die Gottesdienstbesucher

losgegangen. Alle wollten gleichzeitig durch die schmalen Türen ins Freie, dabei kam es bei einigen zu kleineren Verletzungen.«
Pfennig ließ sich seine Verwunderung nicht anmerken. Ein Wespenschwarm, der auf Gottesdienstbesucher losging? Er war gespannt, was ihn im Innern der Kirche erwartete.

Sonnenlicht fiel durch das mehrfarbige Fenster direkt auf die Leiche. Gelbe Flecken sprenkelten das rot geschwollene Gesicht des Toten und in der dunklen Flüssigkeit auf dem Steinboden der Kirche spiegelte sich ein verschwommenes weißes Kreuz.
Eine Kinderzeichnung hätte nicht bunter sein können, dachte Pfennig.
Leichen sahen nie gut aus, das wusste er aus seiner mehr als zwanzigjährigen Erfahrung bei der Mordkommission. Ein derart grotesker Anblick hatte sich ihm bisher allerdings noch nie geboten. Die Hose des Kommissars spannte unangenehm und seine Knie knackten laut, als er in die Hocke ging, um die merkwürdigen Rötungen auf der Haut des Mannes besser ansehen zu können. Die Augen waren zu kleinen Schlitzen zugeschwollen, Quaddeln und Beulen entstellten die Gesichtszüge trotz des gepflegten Vollbarts bis zur Unkenntlichkeit. Hals und Oberkörper waren ebenso grauenhaft zugerichtet. Im Todeskampf hatte sich Pastor Ralph Borgmann den Talar und sein weißes Beffchen am Hals aufgerissen. Er war ein schlanker Mann mit einer schmalen Brust. Sein schwarzes Gewand bedeckte ihn wie ein Leichentuch. Die bunten Lichter, die durch die Kirchenfenster fielen und über den Leichnam tanzten, gaben der Szenerie etwas Unwirkliches.
Ein süßlicher Geruch ging von dem leblosen Körper aus und Pfennig begann unwillkürlich zu schnuppern.
»Traubensaft, Ewald.« Dieter Stubenrauch kniete sich neben ihn und begrüßte den Kommissar mit einem knappen Lächeln.
»Der Mann Gottes liegt in einem See aus Traubensaft.« Er wies

mit einem Nicken auf die klebrige Flüssigkeit am Boden, die Pfennig auf den ersten Blick für Blut gehalten hatte.
»Kannst du schon etwas über die Todesursache sagen?«
»Das ist in diesem Fall nicht schwer. Pastor Borgmann erlitt einen anaphylaktischen Schock, ausgelöst durch die Wespenstiche«, sagte Stubi und sah mitleidig auf die Leiche. »Kein schöner Tod.«
Sie erhoben sich und gingen zur Seite, um für den Fotografen Platz zu machen. Mit einem Anflug von Neid bemerkte Pfennig die Behändigkeit seines Kollegen. Stubenrauch war nur zwei Jahre jünger als er selbst und bewegte sich trotz seines Übergewichts so leichtfüßig wie ein Boxer im Ring.
»Meine Güte«, der Kommissar strich sich über die Glatze, »ich kann nicht glauben, dass ein paar Wespenstiche einen Menschen derart zurichten können.«
»Es sind an die dreißig oder vierzig Stiche allein am Kopf. An den Armen und am Oberkörper noch weitere. Das hat vermutlich zu einem akuten Atem- und Kreislaufstillstand geführt. Mit anschließendem vitalen Organversagen. Genaueres kann ich allerdings erst nach der Obduktion sagen. Den Todeszeitpunkt dagegen kennen wir ziemlich exakt.« Er drehte sich um und deutete auf die inzwischen leeren Bankreihen im Kirchenschiff. »Die Kirche war zum Erntedankgottesdienst heute bis auf den letzten Platz besetzt.«
Pfennig versuchte sich die Ereignisse vorzustellen. Sein Blick fiel auf die drei symmetrischen Fenster des Chorraums. Sie waren der farbige Hintergrund für eine efeuumrankte Grabplatte aus grauem Sandstein, die als Altartisch diente. Eine einfache hölzerne Christusfigur am Kreuz wurde von zwei rußenden Kerzen flankiert. Die Flammen flackerten unruhig, als wollten sie kommentieren, dass hier etwas Ungeheuerliches geschehen war.
Auf den zwei Stufen und links vom Altar waren über den gesamten Fußboden bis hinunter zum Taufbecken blaue Ackerblumen-

und rotgoldene Herbstasternsträuße verteilt. Medizinballgroße Kürbisse leuchteten neben Weizenährenbüscheln, die malerisch auf zwei eckigen Strohballen drapiert worden waren. Mehrere Obstkisten mit Äpfeln und Birnen standen in bunter Eintracht neben ausladenden Sonnenblumen in schlichten Bodenvasen. Viele Hände schienen zu dieser üppigen Erntedank-Dekoration mit Engagement beigetragen zu haben. Nur ein Kranz, die Erntekrone, war zerstört und die dazugehörigen Weinranken lagen zertreten auf dem Fußboden.

Die Kollegen von der Spurensicherung sperrten gerade den etwa zwölf Quadratmeter kleinen Bereich des Chorraums bis zur Kanzel mit Flatterband ab.

Ein bisschen viel Aufwand für einen Unglücksfall, dachte der Kommissar.

Seiner Meinung nach war der Pastor einen Unfalltod gestorben. Borgmann hatte zur falschen Zeit am falschen Ort gestanden. Tragisch und banal zugleich. Der Becher Traubensaft war für die aggressiven Viecher unwiderstehlich, der Pastor geriet in Panik und schlug um sich, was sie erst recht anstachelte. Dabei verschüttete er den Saft großzügig auf seinem Gesicht und seiner Kleidung. Angelockt vom süßen Nektar, ließen die Wespen nicht mehr von ihm ab. Eine unglückliche Verkettung zufälliger Ereignisse führte dazu, dass der Pastor ein paar Mal zu oft gestochen wurde und das Gift im Körper des Opfers seinen tödlichen Weg nahm. Keine schöne Sache, aber niemand war dafür verantwortlich, dass Wespen ihren natürlichen Instinkten folgten. Wenn der Pastor nicht in Panik um sich geschlagen hätte, wäre eine Rettung vielleicht sogar noch möglich gewesen. Obwohl seine Todesangst offensichtlich sehr berechtigt war, überlegte Pfennig. Er wandte sich an Stubenrauch.

»Was hat dich auf die Idee gebracht, dass etwas nicht stimmt, Dieter?«

Der Arzt runzelte die Stirn und kniete sich noch einmal zum Leichnam hinunter. Eine Wespenleiche fiel aus einer Falte des Gewands auf den Boden. Er deutete auf die Einstiche in Borgmanns Gesicht. »Normalerweise stirbt man nicht an Wespenstichen. Mindestens fünfzig sind nötig, um überhaupt gefährlich zu werden, aber so…«, Stubi zuckte mit den Schultern. »Es kam jede Hilfe zu spät.«
»Was meinst du damit?« Pfennig begriff nicht, worauf der Mediziner hinauswollte.
»Borgmann hat so viele Stiche abbekommen, dass sie sogar einen nicht allergischen Menschen in Bedrängnis gebracht hätten, doch für Krankenwagen und so weiter wäre immer noch Zeit genug gewesen. Der Pastor war vermutlich allergisch gegen Wespen- und Bienengift. Schon ein einziger Stich hätte ihn in Lebensgefahr gebracht. Die Atemwege schwellen zu, das geschieht relativ schnell. Zwar nicht immer, aber in den meisten Fällen ist Rettung sogar bei Allergikern möglich. Borgmann dagegen hatte gar keine Chance. Ein anaphylaktischer Schock ist eine allergische Reaktion, die so stark ist, dass alle Körperfunktionen plötzlich zusammenbrechen.«
Pfennig hob zweifelnd die Schultern. »Ein klassischer Fall von zur falschen Zeit am falschen Ort, finde ich.«
»Aber, Ewald, wie oft hast du von Wespen in einer Kirche gehört? Und zwar gleich von einem ganzen Schwarm. Vielleicht mal einzelne, die Essbares auftun müssen.« Stubi richtete sich wieder auf und öffnete den Reißverschluss seines dünnen weißen Schutzanzuges. Er zog das Gummiband heraus, das seine schulterlangen Haare im Nacken zusammengehalten hatte, und schüttelte sie, um sie zu lockern. »Hier müssen mehrere Hundert aufgeregte Wespen auf einmal herumgeflogen sein. Das ist ungewöhnlich«, sagte Stubi, wedelte zur Unterstützung mit den Armen in der Luft und erinnerte Pfennig an einen psychedelischen Guru auf LSD-Trip.

»Plötzlich waren sie da, wie aus dem Nichts«, sagte jemand hinter ihnen. »Moin, Ewald, ich habe mich draußen umgesehen, aber an den Außenwänden konnte ich kein Wespennest entdecken.«
Pfennig drehte sich um. Hannes Herberg, der Leiter der Spurensicherung, schien die letzten Sätze mit angehört zu haben. In der rotblonden Frisur seines 43-jährigen Kollegen deuteten sich die ersten grauen Stellen an. Aber mit seinem sympathischen Grinsen und den Sommersprossen auf der Nase zog er die Frauen seiner Umgebung nach wie vor an wie das Licht die Motten. In den letzten Monaten hatte Herberg hart und diszipliniert trainiert und bei dem diesjährigen Bremen-Marathon vor drei Wochen den zweiten Platz belegt. Sehr zum Stolz des gesamten Präsidiums.
Der Kriminaltechniker schlüpfte im Gehen mit beiden Armen in den weißen Overall.
»Da muss ich Dr. Stubenrauch zustimmen, das ist in der Tat ungewöhnlich. Ich habe mal gelesen, dass Wespen in einem Nest leben, das etwa die Größe eines Volleyballs hat, die Königin verlässt es nie. Es sei denn, das Volk wird angegriffen oder ist sonst irgendwie in Lebensgefahr, bei Feuer zum Beispiel.« Mit raschen Bewegungen zog Herberg den Reißverschluss des Overalls zu. »Warum schütteln Sie eigentlich Ihre Frisur auf die Leiche, Herr Doktor?«, fragte er Stubenrauch mit gespielter Überheblichkeit in der Stimme, als ob er die Menükarte eines französischen Nobelrestaurants vorlesen würde. »Haben Sie keine Spuren darauf zu sichern?«
»Bei Wespen als Waffe, da werden wir auf der Leiche außer Pusteln nichts finden.« Stubis Mimik blieb gelassen.
»Und ich?« Herberg grinste breit. »Soll ich etwa Ihre Haare einzeln vom Kirchenboden klauben?«
»Was heißt das denn jetzt?«, versuchte Pfennig die Aufmerksamkeit wieder auf die Kardinalfrage zu lenken. »War es doch kein Unfall? Hat jemand die Wespen in die Kirche gebracht?«
»Wir wissen es noch nicht, Ewald. Aber diese ganze Situation ent-

spricht nicht dem natürlichen Verhalten eines Wespenschwarms«, antwortete Herberg und Stubi nickte zustimmend.
Darin waren sich die beiden offenbar einig.
Pfennig erinnerte sich an ein Wespennest im Garten seiner Schwester. Es hatte sie eigentlich nie gestört. Sogar als sie mit Kuchen und Kaffee auf der Terrasse saßen, gab es nur vereinzelt mal Besuch von diesen martialisch wirkenden gelb-schwarz gestreiften Insekten. Die Bedenken seiner Kollegen schienen daher nicht unbegründet. Wieso hatten sich die Wespen in diesem Fall so derartig aggressiv verhalten?
»Wie wollt ihr eure These untermauern?« Sein skeptischer Blick schien Stubenrauch zu provozieren.
»Das ist nicht so leicht«, antwortete er mit plötzlich hoher Stimme, »schließlich kann man die Viecher nicht einfach wie einen Hund an der Leine hereinführen.« Er zeigte auf Herberg. »Er ist unser Spurensicherer. Ich bin lediglich der Mediziner und kann nur die Quaddeln zählen.«
In diesem Moment flog eine Wespe auf Pfennigs Nase zu, der schnell einen halben Schritt zurückwich. Sie ließ von ihm ab und wendete sich dem Altar hinter ihm zu, an dem noch Saft zu kleben schien. Er hob den Blick und entdeckte erst jetzt oben unter der Decke des Kirchenschiffs weitere Wespen, die einen Ausgang suchten, einige stupsten gegen die Fenster, vereinzelte fanden den Weg durch das offene Kirchenportal.
»Vielleicht steckt die Lösung irgendwo in der Dekoration«, mutmaßte Herberg und rieb sich tatendurstig die behandschuhten Hände. »Die würde ich mir zu gerne mal ansehen.«
Sie sahen sich alle drei einen Moment lang schweigend an.
»Okay, einverstanden«, entschied der Kommissar schließlich. »Wir haben einen Anfangsverdacht. Fangt an. Aber wenn wir in den nächsten drei Tagen nichts finden, bleibt es ein tragischer Unfall.«
Jetzt würde die Maschinerie in Gang kommen: Opferanalyse, Zeu-

genbefragungen, Tatortsicherung. Pfennig beobachtete Hannes Herberg dabei, wie er den ersten Strohballen neben der kleinen Empore inspizierte, und wusste, dass er jeden einzelnen Strohhalm am Tatort ernsthaft als tatrelevante Spur in Erwägung ziehen würde. Erst wenn auszuschließen war, dass dieser irgendeine eine Bedeutung hatte, würde Herberg von ihm ablassen. Stubenrauch wies bereits die Träger an und würde Borgmanns Leiche in sein Institut bringen lassen.
Noch einmal wandte sich Pfennig dem Toten zu, hielt kurz inne und verabschiedete sich. Diese kleine Geste hatte er sich irgendwann einmal angewöhnt und versuchte damit dem Toten, dessen Leichnam nun unabänderlich Objekt ihrer Ermittlungen werden würde, ein bisschen Würde zu lassen. Der Kommissar hatte gelernt, dass er mit dieser Haltung besser in der Lage war, die Gesichter der Toten aus seinen Träumen zu bannen.

Pfennig stand schließlich vor dem Eingang der St. Johannes Kirche und atmete tief durch. Mittag war schon vorüber und die Herbstsonne tauchte den Platz vor der Kirche in goldenes Licht. Obwohl hier draußen nahe der Weser ein ziemlich frischer Wind wehte, hatte der Kommissar es in der Kirche als noch kälter empfunden.
Er strich sich mit Daumen und Zeigefinger über seinen Schnauzbart. Eine unwillkürliche Bewegung, die er sich schon als junger Mann angewöhnt hatte, als er noch Protestkundgebungen als einen Teil seiner Ausbildung im Bereitschaftsdienst begleiten musste. Er erinnerte sich an die Hafenblockade in Bremerhaven im Oktober 1983, bei der es um die Stationierung neuer US-Atomwaffen gegangen war. Da er selbst die Ziele der Friedensbewegung für politisch wichtig erachtete, hatte es Pfennig nicht besonders gefallen, auf der anderen Seite des Spaliers zu stehen. Insbesondere den Einsatz von Wasserwerfern hielt er damals wie

heute für falsch. Die Demonstrierenden vor ihm hatten irgendwann begonnen, laut zu skandieren: »Und die absolute Härte sind Oberlippenbärte.« Mit einem Blick rechts und links an dem Spalier hinunter, in dem er selbst eingereiht stand, hatte er bemerkt, dass fast alle Kollegen einen Schnauzer trugen – genau wie er. Er konnte den Leuten deshalb diesen Spott nicht verdenken. Aber er liebte seinen Bart trotzdem. Ganz besonders seit ihm sein Haupthaar nach und nach ausfiel, war Pfennig die kräftige Haarpracht unter seiner Nase noch intensiver ans Herz gewachsen. Eine haarige Herzensangelegenheit sozusagen.

»Gibt es jemanden, der sich für die Belange der Gemeinde jetzt zuständig fühlt?«, fragte Pfennig den Kollegen Albrecht Stöhr, der noch immer am Tor der Kirche die Stellung hielt.

»Ja, da war eine junge Frau«, Stöhr blätterte in seinem kleinen Notizblock, was Pfennig anerkennend registrierte. Solche Polizisten liebte er. »Sie heißt Lange, Katharina Lange. Soll ich ihr Bescheid geben, Hauptkommissar Pfennig?«

»Ja, danke. Das wäre gut.« Auch wenn die Frage, ob Unfall, Totschlag oder Mord, für Pastor Ralph Borgmann keinen Unterschied mehr bedeutete, versprach dies ein interessanter Fall zu werden. Wenn es denn überhaupt ein »Fall« war.

»Kommissar Pfennig?«

Pfennig musste sich zusammenreißen, um nicht vor Schreck an das imaginäre Holster an seiner Hüfte zu greifen, als er sich in die Richtung drehte, aus der die Stimme gekommen war. Vor ihm stand eine Frau, die er auf Ende zwanzig schätzte, mit kurzen braunen Haaren und Brille. Es störte ihn nicht, dass er nur mit »Kommissar« angesprochen wurde, und er beließ es dabei. Hauptkommissar war inzwischen zwar sein eigentlicher Rang, aber mit diesen Feinheiten konnten die meisten Leute nichts anfangen. Eigentlich war er ohnehin recht nostalgisch veranlagt und sah sich

als einfacher Sheriff im Dienste aller; ein Steuermann im Meer der Verbrechen.
»Ihr Kollege hat gesagt, ich würde Sie hier finden.« Die junge Frau gab ihm die Hand. »Katharina Lange. Ich bin hier die Vikarin, Pastorin in der Ausbildung sozusagen.« Sie lächelte ihn offen an. »Pastor Borgmann ist mein Mentor«, ihr Lächeln erstarb plötzlich, »oder besser: Er war es.« Erst jetzt bemerkte Pfennig ihre geröteten Augen.
»Mein Beileid«, sagte er freundlich. »Danke, dass Sie gekommen sind. Können wir uns irgendwo in Ruhe unterhalten?«
Sie gingen den kurzen Weg zurück, zwischen den Gräbern hindurch, an der Friedhofsmauer entlang und gelangten durch das niedrige Holztor auf das Nachbargelände des Pfarrhauses.
Die Kirchgänger standen noch immer in kleinen Grüppchen beisammen und unterhielten sich leise. Pfennig wunderte sich nicht, dass offenbar niemand nach Hause gehen und mit den gruseligen Bildern vom Morgen allein sein wollte. Er sah sich kurz nach Marlene um, fand sie aber nicht auf die Schnelle. Na ja, sie würde sich schon nicht langweilen, hoffte er.
Die Kinder tobten wilder als vorhin unter den mächtigen Kastanienbäumen durch das Laub, sodass die vormals zu ordentlichen Haufen zusammengerechten Blätter zu allen Seiten auseinanderstoben. Doch die Erwachsenen ließen sie spielen, offenbar froh darüber, dass die Kleinen das schreckliche Erlebnis auf diese ausgelassene Weise vergaßen. Sie begnügten sich damit, ihre jeweiligen Schützlinge im Auge zu behalten.

Im Gemeindehaus war es noch still. Pfennig wusste, dass sich das ändern würde, sobald die Leute von der KTU anrückten, um das Büro und die Wohnung des Pastors zu untersuchen. Katharina Lange ging voraus, an einem größeren Raum vorbei und bog in einen Korridor ab, in dem sich offenbar die Büroräume befanden.

Hier öffnete sie die erste der drei Türen, an der ein Schild mit der Aufschrift »Sekretariat« hing.

»Mein Arbeitszimmer, ich teile es mir mit der Gemeindesekretärin. Sie ist gerade in Spanien im Urlaub.« Sie griff sich nervös an die Stirn. »Ich weiß gar nicht, wie ich sie benachrichtigen kann.«

Der Raum war einfach und funktional eingerichtet. Seitlich vom Fenster, das zur Auffahrt hinausging, standen sich zwei Schreibtische mit Computerbildschirmen gegenüber, dahinter Aktenschränke. Rechts neben der Tür hing ein schmales Drahtregal für Flyer und Zeitschriften an der Wand. Sie nahmen an dem runden Tisch der Besuchersitzgruppe Platz und die Vikarin schenkte ihnen beiden Kaffee aus einer Thermoskanne ein. Pfennig bedankte sich höflich.

»Es war grauenhaft«, begann Katharina Lange unvermittelt das Gespräch. »Der Kirchenchor sang gerade die letzte Strophe von ›Wir pflügen und wir streuen‹, als der Wespenschwarm ihn wie aus dem Nichts angegriffen hat. Pastor Borgmann stand gerade mit dem gefüllten Abendmahlskrug vor dem Altar. Und plötzlich waren sie da, Hunderte! Und alle schwirrten um seinen Kopf.« Mit zitternden Händen setzte sie ihre Tasse ab, sodass die Untertasse ein wenig klapperte. »Überall waren auf einmal Wespen. Die Leute waren total panisch, schrien durcheinander und alle wollten nur noch raus. An der Seite vom Chorraum gibt es noch die kleine Nebentür, doch die war ziemlich zugestellt von der Dekoration und außerdem hätte man da ja an ihm vorbei und durch die Wespen hindurchlaufen müssen. Das wollte natürlich niemand. Also drängten alle zum Hauptportal hinaus. Ich saß ganz vorn.« Die Vikarin knetete ihre Finger und Pfennig hatte den Eindruck, dass ihr die Bilder des Geschehens in diesem Moment ganz deutlich vor Augen standen. »Pastor Borgmann wankte und schlug hektisch um sich, verfing sich mit den Füßen in der Erntekrone, fiel hin und japste ganz erbärmlich nach Luft. Erst in diesem Moment habe ich realisiert, dass er wirklich in Gefahr war, und bin zu ihm gerannt. Ich habe noch versucht, die Wespen von ihm wegzuscheuchen, aber es war sinnlos.« Sie rieb sich mit der rechten Hand den Nacken und sah aus dem Fenster. »Er zuckte, als wenn er Krämpfe hätte. Und dann war auf einmal alles ruhig. Er ist in meinen Armen gestorben.«

»Frau Lange«, begann Pfennig nach einer kleinen Pause vorsichtig, »das muss ein schrecklicher Anblick für Sie gewesen sein.« Sie nickte und trank einen Schluck Kaffee. Aus seiner Jackentasche holte Pfennig einen Notizblock, den er aufschlug. Er beschloss, aufs Geratewohl irgendwo anzufangen. »Wissen Sie, wer für die Erntedank-Dekoration zuständig war?«

»Wir alle, die ganze Gemeinde«, sagte sie schlicht.

Das war leider ein unüberschaubarer Personenkreis und Pfennig ahnte, dass damit Schwierigkeiten auf ihn zukommen würden.

»Gestern Nachmittag habe ich mit einigen älteren Frauen hier im Gemeindehaus die Erntekrone geflochten. Aus Weinreben.« Ihr Blick wanderte zurück zum Kommissar und sie war sichtlich bemüht, sich genau zu erinnern. »Udo Brinkhus, der Hausmeister der Gemeinde, und der Kindergarten waren auch da. Kerstin Behrens und Melanie Keller, die beiden Erzieherinnen und die Kunsttherapeutin«, Lange überlegte, »ich habe ihren Namen vergessen. Sie haben gemeinsam mit den Kindern Gestecke aus Getreideähren und Sonnenblumen gebastelt. Bis in den frühen Abend hinein kamen immer wieder Leute mit Honiggläsern, Kürbissen und Obstkisten vorbei. Manche brachten Sträuße aus Ackerblumen für den Gabentisch.«

Sie zeigte mit einer Armbewegung in Richtung Kirche. »Aber ich kann Ihnen beim besten Willen nicht mehr sagen, wer jetzt eigentlich was gebracht hat. Die meisten Leute haben die Sachen mit Herrn Brinkhus zusammen direkt in die Kirche getragen und sie dort abgestellt. Wir haben dann etwa gegen kurz nach sechs den Rest der Dekoration hinübergetragen und sie noch hübsch drapiert.«

Die Aussage der Vikarin brachte ihn nicht weiter. Es schien ein ziemliches Durcheinander an Leuten gegeben zu haben, ein Kommen und Gehen. Der Kommissar machte sich trotzdem Notizen und nickte ihr aufmunternd zu. »Wer war gestern sonst noch da?«

»Ich bin noch nicht lange in dieser Gemeinde. Erst seit ungefähr einem halben Jahr. Es waren einige Gesichter dabei, die ich noch nie gesehen hatte. Aber das ist bei größeren Festen eigentlich immer so. Denken Sie nur an Weihnachten, Herr Kommissar. Da kommen Leute, die man sonst das ganze Jahr nicht sieht.«

»War Borgmann mit dabei?«

»Ja, aber nur kurz auf einen Tee, er hatte keinen Sinn für so ›Schmuckkrams‹. Das hat er lieber mir überlassen.«

»Und heute Morgen, wurde da an der Dekoration noch etwas geändert oder dazugestellt?«

»Nein, da bin ich mir ziemlich sicher. Pastor Borgmann und ich haben die Kirche zusammen vorbereitet, Kerzen entzündet und Kopien der Liederzettel auf den Bänken verteilt. Wir hätten es bestimmt gemerkt, wenn sich jemand um den Altar herum zu schaffen gemacht hätte. Glauben Sie denn, dass die Wespen absichtlich in der Dekoration versteckt worden sind?« Die Vikarin wurde noch eine Spur blasser.

»Kannten Sie den Pastor schon lange?«, fragte Pfennig und wich bewusst einer Antwort aus.

»Nein, ich habe ihn erst durch mein Vikariat kennengelernt. Er ist«, sie zögerte, »er war sehr nett und hat mich in meiner Ausbildung voll unterstützt. Ich konnte viel selbst entscheiden und auch mal etwas in Eigenregie machen.« Ihre Augen wurden lebhafter und ihre Gesichtsfarbe normalisierte sich langsam. Pfennig begriff, dass sie ihren Beruf liebte. »Zum Beispiel habe ich angeregt, Diskussionsabende mit wechselnden Referentinnen und Referenten anzubieten. Er hatte nichts dagegen. Das ist in den Bremer Gemeinden nicht selbstverständlich. Viele wollen nicht unbedingt, dass etwas Neues von außen kommt.«

Pfennig wusste, dass die Bremer Kirchengemeinden gegenüber ihrer Landeskirche eine besondere Stellung hatten. In vielen Beschlüssen und Entscheidungen waren sie eigenständig, insbesondere was ihre geistliche Einstellung betraf. Darin, ob sich die Gemeinde liberal oder konservativ ausrichtete, war sie absolut autonom. Pastor Borgmann konnte er vermutlich der liberaleren Fraktion zurechnen, obwohl das über die Gemeinde selbst noch nichts aussagen musste.

»War er ein guter Pastor, wenn man das so sagen kann?«

»Ich finde schon. Sehr engagiert, vor allem kam er gut mit den alten Damen zurecht. Er ging sehr gern zum Seniorennachmittag oder besuchte die Jubilare seiner Gemeinde zum Geburtstag. Das sind für mich eher die Pflichttermine.« Sie lächelte entschuldigend. »Und besonders am Herzen lag ihm die Kinder- und Jugendarbeit. Dafür hat er sehr viel Zeit aufgewendet. Beim Konfirmandenunterricht durfte ich allenfalls assistieren.«

»Wissen Sie etwas über das Privatleben des Pastors, Frau Lange?«

»Er schien mir eher der Typ zu sein, der voll und ganz in seiner Arbeit aufging. Seine Mutter ist vor etwa einem Jahr gestorben, sie wohnte bis zuletzt hier im Haus. Ich glaube, ihr Tod hat ihn ziemlich mitgenommen, denn er erwähnte seine Mutter oft. Seitdem lebte er allein im Pfarrhaus. Ansonsten hatte er keine Familie, soweit ich weiß.«

»Hatte er vielleicht eine Freundin?«

»Das kann ich Ihnen nicht sagen, Herr Kommissar. Erwähnt hat er nie jemanden.« Mit ihren grünen Augen sah sie ihn an und dann fiel ihr noch etwas ein. »Vielleicht könnten Sie besser Markus Dierks danach fragen. Herr Dierks ist ein Kollege und auch ein Freund des Pastors, schon seit dem Studium. Ich habe ihn und seine Frau beim Gartenfest kennengelernt. Das Arstener Gemeindefest ist legendär wegen des schönen Ambientes am Laubengang. Da kommen immer viele Leute, auch aus den anderen Gemeinden der Stadt. Herr Dierks und ich haben uns nach dem Schreck, als Pastor Borgmann vom Gartenfest mit Blaulicht ins Krankenhaus gefahren worden ist, noch unterhalten.«

»Wieso, was war denn passiert?«

»Der Pastor war von einer Wespe gestochen worden und reagierte sofort allergisch. Wussten Sie das nicht?«

»Ach!«, sagte Pfennig verblüfft. »Das ist interessant.« Da hatte Stubi also tatsächlich richtig gelegen mit seiner Vermutung.

»Er hatte nur kurz am Kuchenbuffet ausgeholfen, als er plötzlich gestochen wurde. Er litt sofort unter Atemnot, aber zum Glück war es damals nur ein einziger Stich und der Krankenwagen war sehr schnell da.« Katharina Lange wurde wieder sehr blass, offenbar in der Erinnerung an das Erlebnis heute Morgen.

»Dass Pastor Borgmann allergisch gegen Wespen war, wusste also jeder, der bei diesem Gemeindefest im Kirchgarten dabei war.« Pfennig strich sich über den Bart.

»Ja«, sagte die Vikarin, nahm ihre Brille ab und rieb mit zwei Fingern müde ihre Nasenwurzel, »das nehme ich doch an. Es war ja kein Geheimnis.«

Sie hörten, wie die Tür des Gemeindehauses geöffnet wurde und wieder ins Schloss fiel.

»Hallo?«, rief jemand.

»Wir sind im Sekretariat«, antwortete Lange und stand auf. Im Türrahmen zeigte sich das Gesicht eines etwa sechzigjährigen Mannes. Der in einen stilvollen Anzug gekleidete Herr nahm höflich seinen Hut ab. Pfennig hatte den Eindruck, dass er ziemlich gehetzt sein musste, denn er atmete wie ein Marathonläufer auf der Zielgeraden.

»Die Spurensicherung schickt mich, Herr Hauptkommissar.« Steif

gab ihm der hochgewachsene Mann die Hand. »Jürgen von Asendorf, Gemeindevorsteher.« Aus seiner Manteltasche zog er einen Schlüsselbund hervor. »Ihre Kollegen kommen gleich und wollen in die Wohnung vom Pastor. Ich soll Ihnen den Haustürschlüssel für die Pfarrwohnung geben. Sie haben ihn von der Haushälterin. Die meinten, Sie wollen da bestimmt vorher schon rein.«
»Vielen Dank, Herr von Asendorf.« Pfennig nahm den Schlüssel entgegen.
»Freut mich, dass ich behilflich sein kann. Obwohl es mich wundert, dass Sie Pastor Borgmanns Privatsphäre betreten müssen, schließlich ist er doch in der Kirche gestorben.«
»Reine Routine.« Pfennig wandte sich an Katharina Lange. »Würden Sie mir bitte eine Namensliste der gestern Anwesenden zusammenstellen?«
»Selbstverständlich.« Sie nickte und wirkte nun sehr müde.
»Ist das denn nötig?«, fragte von Asendorf und sah ihn aus kleinen Augen scharf an. »Sie werden noch die Gemeinde beunruhigen. Dass die Kripo in dieser unglücklichen Sache überhaupt ermittelt, finde bestimmt nicht nur ich allein ungewöhnlich. Es war doch ein Unfall, oder?«
»Für die Todesumstände von Pastor Borgmann wird sich die Öffentlichkeit sicherlich interessieren.« Pfennig erhob sich nun ebenfalls und steckte sein Notizbuch ein. »Und wir müssen den Fragen der Presse zuvorkommen.«
»Ah ja, sicher«, sagte von Asendorf und nickte, offenbar zufrieden mit dieser Erklärung. »Wir wollen hier ja keine unnötige Unruhe heraufbeschwören, nicht wahr.«
Pfennig war in diesem Moment froh, dass er sich diese fadenscheinige Begründung schon vorhin im Telefonat mit Stubi zurechtgelegt hatte. Er musste vorsichtig sein. Wenn Herberg und Stubi nicht bald etwas Handfestes fänden, würde es schwierig werden, die Ermittlungen offiziell fortzuführen, ohne dass diese Geschich-

te ein unangenehmes Nachspiel hätte. Bremen war schließlich die Stadt der kurzen Wege. Jeder kannte jeden. Und wer wusste schon, wen von Asendorf so kannte und welcher Art Einfluss der wiederum hatte.

»Ich lasse Ihnen meine Visitenkarte da.« Der Kommissar händigte ihm und Lange höflich je eine Karte aus. »Meine Handynummer steht hinten drauf. Sie können mich jederzeit anrufen. Würden Sie mir jetzt noch das Büro des Pastors zeigen?«

»Er hatte keins«, sagte Lange schlicht, »Pastor Borgmann arbeitete meist oben in seiner Wohnung. Hier unten nutzte er allenfalls das Besucherzimmer für die Seelsorgearbeit.«

Pfennig ging in das obere Stockwerk. Stubi und Hannes waren Anhänger der romantischen Vorstellung, als Kommissar würde er beim Anblick der vertrauten Umgebung des Opfers in seinem Bauch schon etwas fühlen. Vielleicht ein Bilderblitzlicht aus der Vergangenheit, wie es manche Fernsehserie suggerierte. Das war Blödsinn, aber er tat ihnen den Gefallen und öffnete die Pfarrwohnung mit dem Schlüsselbund der Haushälterin. Der Kommissar interessierte sich besonders für Ralph Borgmann als Privatperson. Die eigenen vier Wände sagten viel über einen Menschen aus: wie er lebte, was er dachte, wofür er sich interessierte. An der Wand der Diele empfingen ihn einige Zeichnungen des alten Arsten und Ansichten von der Weserbiegung, ziemlich altbacken. Außer einer umfangreichen Schallplattensammlung klassischer Orchestermusik und Bildbänden über die großen Kunst- und Architekturstädte Europas wie Rom, Barcelona und Paris gab es nichts, was dem Kommissar den Privatmann Ralph Borgmann nähergebracht hätte. Der Sessel vor dem Fernseher hatte eine durchgesessene Delle und der Schreibtisch war zwar aufgeräumt, aber nicht pedantisch ordentlich. Den Laptop ließ Pfennig unberührt, den würde Hannes nachher mitnehmen. Eine lutherische Bibel,

Predigten und Entwürfe für Trauerandachten. Nichts Ungewöhnliches. Neben dem Fernsehsessel war der Schreibtischstuhl offenbar der Ort, an dem Borgmann sich am meisten aufgehalten hatte. Der graue Teppichboden unter dem Stuhl war vom Hin- und Herrollen ganz ausgefranst. Im Bad gab es nur Utensilien einer alleine lebenden männlichen Person. Nassrasierer, stellte Pfennig mit Blick auf den altmodischen Rasierpinsel fest.
Fahrig öffnete er die nächste Tür und sah in den Raum hinein. Das Schlafzimmer. Spartanisch eingerichtet, ein großer antiker Schrank, dazu passend ein einfaches Bett. Auf dem Nachttisch standen eine Lampe mit einem cremefarbenen Schirm und ein goldener Wecker. In der Nachttischschublade lagen lediglich ein paar Schlaftabletten und Halspastillen. Für den Kommissar blieb Ralph Borgmann seltsam konturlos. Es galt, den Pastor als mögliches Tatopfer zu betrachten. Die Erfahrung zeigte, dass gute Opferkenntnis zu einem Tatmotiv führen konnte. Das Fehlen von jeglichen privaten Details offenbarte ebenfalls eine Menge über den Bewohner, in diesem Fall schien er besonders langweilig gewesen zu sein. Oder er hatte etwas zu verbergen. Als Pfennig das Schlafzimmer verließ und über den knarrenden Dielenboden zurück ins Arbeitszimmer ging, klingelte sein Handy.
»Sag bloß, du hast schon etwas gefunden, Hannes?«
»Ich denke schon, wir haben hier inzwischen die Dekoration um den Altar herum auseinandergenommen und sind auf eine verdächtige Kiste gestoßen.«
»Was meinst du mit verdächtig? Brauchen wir das ZTD-14?« Pfennig war alarmiert. Er hörte im Hintergrund ein lautes Quietschen. Offensichtlich wurden schwere Gegenstände über den Steinboden geschoben.
Herberg lachte.
»Nein, die Kollegen vom Kampfmittelräumdienst werden wir wohl nicht brauchen. Obwohl, wenn ich so darüber nachdenke«,

fuhr er nach einer kurzen Pause fort, »dann könnte man einen Wespenschwarm in diesem Fall durchaus als biologische Waffe bezeichnen. Immerhin wurden natürliche Giftstoffe gezielt eingesetzt.«

»So so, die Wespe als Massenvernichtungswaffe. Interessante These, aber ich finde Drohnenangriffe weitaus gefährlicher.« Pfennig freute sich über sein gelungenes Wortspiel. »Was ist denn nun so verdächtig an der Kiste?«

»Die Obstkiste brummt.«

»Sie brummt?« Pfennig war verblüfft, er hatte nicht damit gerechnet, dass sich tatsächlich ein Nest in der Kirche finden würde.

»Wir werden sie mit ins Labor nehmen. Dem Brummen nach zu urteilen müssen noch einige Wespen darin eingesperrt sein. Wir haben die Kiste ziemlich versteckt direkt unter der Kanzel gefunden und ich werde das Gefühl nicht los, dass es sich dabei nicht um einen Zufall handelt.«

»Okay, dann nehmt sie mit.« Pfennig überlegte kurz. »Versuch doch mal, ob du heute beim Imkerverein oder bei der Feuerwehr noch irgendjemanden erreichst, der euch mit den Wespen helfen kann. Die haben dort bestimmt auch so etwas wie eine Notbesetzung am Wochenende. Nicht dass ihr später die Viecher alle einzeln im Labor einfangen müsst.«

»Gute Idee. Und wie sieht es bei dir aus? Bist du schon in der Wohnung des Pastors?«

»Ja, aber erst mal kann ich nichts Auffälliges entdecken. Kommst du rüber, wenn ihr in der Kirche fertig seid?«

»Klar, dauert nicht mehr lange.«

»Ach, Hannes, kannst du dann auch gleich die Haushälterin mitbringen?«, bat Pfennig. »Ich würde ihr gern ein paar Fragen stellen.« Zufrieden mit dieser Idee verabschiedete er sich, ging am Fernsehsessel vorbei und öffnete die Balkontür. Frische Luft strömte in das stickige Zimmer und er sog sie gierig ein.

Pfennig war froh darüber, dass Hannes Herberg zurück in seinem Team war. Anfangs war er sehr skeptisch gewesen, was seinen jüngeren Kollegen betraf. Er hatte große Bedenken gehabt und war nicht sicher gewesen, ob dieser wirklich für die harte Polizeiarbeit geeignet war. Herberg eilte damals der Ruf voraus, er sei ein selbstverliebter und arroganter Schönling. Vermutlich, weil er während seiner Ausbildung bei der Polizei nebenbei als Fotomodell für Jeanshosen gearbeitet hatte. Für Hannes war das Modeln aber nie mehr als eine gut bezahlte Nebentätigkeit gewesen, hatte er später erzählt. Ein Job, den er mit Beendigung seiner Grundausbildung an den Nagel hängte. Damals aber konnte er damit sein mageres Anwärtergehalt ohne große Anstrengungen ein wenig aufbessern und die Aufmerksamkeit genießen. Seine langen, dichten Wimpern und die blauen Augen strahlten einem zu der Zeit aus so manchem Hochglanzmagazin entgegen. Muskulös gebaut, mit einer Körpergröße von über einem Meter neunzig, überragte er die meisten seiner Kollegen.

Aus den feuchtfröhlichen Wochenenden in einer der Großraum-Diskotheken im Bremer Umland wurden für Herberg irgendwann regelmäßige Besäufnisse. Wenn das Geld am Abend ausging, ließ er sich einfach zur Wahl bei einem der unzähligen »Mister Sexy«-, »Mister Body«- oder »Mister Wet-Shirt«-Wettbewerbe aufstellen. Sehr zur Freude seiner Kumpels gewann er meistens und schmiss mit dem Preisgeld die nächsten Runden. Das war der Anfang vom Ende. Als dann auch noch die langjährige Beziehung zu seiner Freundin Mareke an seinem übermäßigen Alkoholkonsum vor vier Jahren zerbrach, fiel Hannes in eine tiefe Depression. Immer wieder bekam er tröstlich gemeinte Kommentare zu hören. Vor allem, dass es bei seinem Beruf nun kein Wunder sei, mal ein Bier über den Durst zu trinken. Aber Hannes begriff irgendwann, dass er auch ohne die angeblich so guten Gründe immer öfter zur Flasche griff und sich auf direktem Wege in die Abhängigkeit befand.

Pfennig war es, der ihn schließlich zu einem Treffen bei den Anonymen Alkoholiker überredet und sich bei mehreren Vorgesetzten wiederholt für den jüngeren Kollegen eingesetzt hatte. Er hatte Herberg, trotz aller anfänglichen Vorbehalte, in den vergangenen Jahren als sehr zuverlässig und engagiert zu schätzen gelernt. Für ihn war er in fachlicher und menschlicher Hinsicht zu einem Kollegen geworden, auf den er nicht mehr verzichten wollte. Pfennigs Fürsprache und Hartnäckigkeit trugen entscheidend dazu bei, Hannes den Schritt in sein neues Leben überhaupt zu ermöglichen. Ein Leben ohne Alkohol. Seitdem verband sie beide eine Art väterlich-freundschaftliche Beziehung.

Pfennigs Blick ging in den wunderschönen Garten. Er hörte Stimmengemurmel und trat hinaus auf den Balkon. Den Leuten, die unten auf der Wiese standen, konnte er jetzt auf die Frisuren gucken. Der Balkon war groß, wie ein Halbrund geformt und entsprach dem Erkerraum im Erdgeschoss. Zwei einfache Holzstühle und ein Tisch luden zum Verweilen ein.
Er musste sowieso auf die anderen warten, dachte Pfennig und setzte sich.
Von hier aus konnte er die gesamten Grünanlagen des Gemeindehauses, des Kindergartens sowie den hinteren Teil des Friedhofs überblicken. Getrennt wurden sie jeweils durch den über Arstens Grenzen hinweg berühmten Laubengang, der über seine gesamte Länge von etwa zweihundert Metern wie ein »L« geformt war. Diese Blättermauer war ziemlich durchlässig, wie Pfennig am Hin und Her der rennenden Kinder bemerkte, die mal drüben in der Sandkiste tollten und dann plötzlich im Garten auf der Wippe saßen. Auch aus dem Laubengang, in dem er selbst gern einmal Verstecken gespielt hätte, hörte Pfennig das Kinderlachen. Er schlug die Beine übereinander und wollte sich mit der linken Hand auf den anderen Stuhl stützen, als ihm etwas Glänzendes

auf dem Sitz auffiel. Ein Fernglas. Ein sehr kleines Fernglas, eher ein Operngias. Er nahm es in die Hand und sah hindurch. Jetzt konnte er die einzelnen Buchenblätter, die den Gang beschatteten, genau erkennen, so nah, als ob er sie abreißen könnte. Da schob sich plötzlich ein Gesicht vor seine Linse. Als er scharf stellte, erkannte er Marlene. Sie lächelte gerade und schien sich angeregt mit jemandem zu unterhalten. Langsam wendete Pfennig das Fernglas in ihre Blickrichtung, um festzustellen, mit wem sie sprach. Eine Frau mittleren Alters; er kannte sie nicht. Also sah er wieder Marlene an. Sie war wunderschön, ihre Haare glänzten in der Sonne und er konnte sogar das Muttermal auf ihrer Wange neben dem Grübchen erkennen, das er so liebte. In diesem Moment hörte er Geräusche. Jemand betrat die Wohnung. Unvermittelt erschrak Pfennig, sogar Schweiß brach ihm aus und er fragte sich, weshalb er so stark reagierte. Doch dann wurde ihm auf einmal klar: Er schämte sich, seine eigene Frau wie ein Voyeur zu beobachten, ohne dass sie davon wusste. Er wollte bei dieser Taktlosigkeit keinesfalls ertappt werden. Schnell ließ er das Fernglas sinken und legte es wieder zurück auf den Stuhl.

Die korpulente Mittfünfzigerin Hermine Onnen hatte der Spurensicherung ihren Schlüssel für das Pfarrhaus direkt ausgehändigt, nachdem sie im Gottesdienst den Todeskampf des Pastors hatte mit ansehen müssen. Sie arbeitete seit etwa acht Jahren als Haushälterin für den Pastor. Unsicher folgte Onnen dem Kommissar, der sie bat, mit ihm auf die Terrasse zu kommen. Hier würden sie Hannes und seinen Leuten nicht im Weg stehen.

»Frau Borgmann, seine Frau Mama, war nicht mehr gut zu Fuß und ich ging ihr zur Hand.«

»Wann ist sie gestorben?«

»Sie war nicht lange bettlägerig, in dieser Zeit war ich öfter da. Vor etwas mehr als einem Jahr, im September. Der Pastor wollte mich

weiterhin behalten. Es sollte alles so weiterlaufen wie bisher, hat er gesagt.« Sie zupfte am Revers ihrer hellblauen Jacke.
»Gab es eine Freundin oder eine Geliebte?«
Die Frau sah Pfennig mit großen Augen an. »Davon weiß ich nichts. Seine Mutter hätte das bestimmt auch nicht zugelassen.«
»Wie meinen Sie das?« Pfennig wurde hellhörig.
»Sie hat ihren Sohn sehr behütet. Und er war sehr gehorsam.« Sie zögerte und suchte offenbar nach den richtigen Worten. »Wie soll ich das sagen. Der Pastor war immer für die Gemeinde da. Seine Mutter sorgte für ihn. Eine Ehe passte da irgendwie nicht rein. ›Wir sind uns selbst genug‹, hat die Frau Borgmann immer gesagt, wenn ich sie gefragt habe, ob sie mal zum Seniorennachmittag mitgehen wollte. Sie wollte nie.«
»War Frau Borgmann«, Pfennig versuchte in seiner Formulierung vorsichtig zu bleiben, »eine schwierige Frau?«
Hermine Onnen sah in den Garten und schien etwas irgendwo hinter dem Laubengang zu fixieren. »Ach wissen Sie, Herr Kommissar, Mütter sind eben so. Meine Mutter hat mich auch vor ihrem Tod tyrannisiert. Nichts war gut genug. Da kann man nichts machen. Man kann nur hoffen, dass man es selbst anders macht, wenn es so weit ist.«
Pfennig wusste nicht, ob er noch weiter nachhaken sollte, entschied sich dann aber dagegen.
»Und seit dem Tod seiner Mutter, hat sich Borgmann da irgendwie verändert?«
»Er hat sehr getrauert, er war eigentlich untröstlich, es war eine schlimme Zeit. Oft habe ich ihn morgens mit dem Kopf auf seinem Schreibtisch gefunden, wo er am Abend zuvor eingeschlafen sein muss.« Ihr Doppelkinn wackelte, wie um das zu betonen, was sie sagte. »Ich habe aber nie Klagen über ihn in der Gemeinde gehört. Seine Arbeit hat er weiterhin ganz pflichtbewusst erfüllt, da bin ich sicher!«

Pfennig machte sich eine Notiz und die Zugehfrau schien damit zufrieden.

»Doch dann normalisierte sich alles wieder. Sein Leben war wie vorher, nur ohne seine Mutter. Ich koche das, was er sich abends dann aufwärmt, und ich mache alles im Haushalt. Sogar seine Wäsche räume ich in die Schränke.«

»Gab es irgendeinen Bereich, den Sie nicht betreten durften, abgeschlossene Türen oder Schränke?«

»Eigentlich gibt es nichts in diesem Haushalt, was ich im Laufe der Zeit nicht in der Hand gehabt hätte.« Sie schüttelte den Kopf. »In dem Zimmer der verstorbenen Frau Mama sollte ich zwar nichts verändern oder wegschmeißen, aber ich sollte regelmäßig das Bett frisch beziehen und die Schränke von innen und von außen putzen. Schon wegen der Mottengefahr.«

»Das Zimmer von Frau Borgmann ist unverändert?«, fragte Pfennig erstaunt noch einmal nach. Er fand es merkwürdig, einen Raum so zu belassen, als sei die Verstorbene lediglich auf Reisen und könnte jederzeit zurückkehren.

»Ja ja. Alles ist so wie damals, als sie friedlich eingeschlafen ist.«

Am Abend legte Pfennig die Beine auf das Sofa. Marlene lümmelte sich auf der anderen Seite der großen Eckcouch. Der Sonntagabend-Tatort war einer ihrer gemeinsamen Lieblingspflichttermine und beide versuchten nach Möglichkeit, ihn einzuhalten. Der Kommissar fand den Fernsehkrimi besonders amüsant, weil er oftmals wenig mit der Wirklichkeit zu tun hatte. Wenn er selbst es wagen würde, seine uniformierten Kollegen darauf zu reduzieren, ihm das Flatterband hochzuhalten, damit er aufrecht den Tatort betreten konnte, wäre er für immer und ewig bei ihnen unten durch. Marlene kümmerte sich nicht um die flimmernde Realitätsferne und Pfennig tat ihr den Gefallen, nicht darauf herumzureiten. Stattdessen nutzte er die Zeit, um über seinen neuen

Fall zu grübeln. Der Laptop des Pastors war mit einem Passwort geschützt. Hannes Herberg hatte ihn ins Labor mitgenommen. Obwohl Pfennig seine Kollegen darauf hingewiesen hatte, im Zimmer der Mutter besonders gründlich vorzugehen, hatten sie nichts Bemerkenswertes gefunden. Muttersöhnchen waren dem Kommissar allerdings per se suspekt. Seinen gesunden Menschenverstand hatte irgendein Psychologieexperte bestimmt längst wissenschaftlich untermauert. Das Schwarz-Weiß-Foto, das über dem Bett von Frau Borgmann hing, zeigte einen Jungen in kurzen Hosen mit aufgeschrammten Knien, einer Kappe und einem Blumenstrauß. In Kinderschrift stand vorne drauf: »Herzlichen Glückwunsch, Mutti – Dein Sohn Ralph«. Geheimfächer in den Schränken oder im Schreibtisch hatte es keine gegeben, keinen Safe in der Wand. Nichts. Borgmann schien ein ganz normaler Pastor gewesen zu sein, einer, dessen Leben bestimmt und erfüllt war von der Arbeit in seiner Gemeinde. Pfennig fragte sich, was wohl Frau Rahtjen, seine Sekretärin, zu dem Fall sagen würde. In diesem Moment aßen Freddy Schenk und Max Ballauf ihr obligatorisches Würstchen irgendwo am Rhein in Köln und Pfennig wusste, dass er den Tatort verpasst hatte.

Montag

Der Kommissar hörte das vertraute Röcheln der Kaffeemaschine bereits, bevor er die letzte Stufe zum dritten Stock erreicht hatte. Abgesehen von seinem alten Schreibtisch und zwei schiefen Regalen war das verkalkte Ding eines der wenigen Relikte, die er bei dem Umzug des Präsidiums vor ein paar Jahren hatte retten können. Manchmal hatte Pfennig den Eindruck, diese Gegenstände passten genauso wenig in das nüchterne Gebäude wie er selbst. Alles in dieser ehemaligen Kaserne war mittlerweile enorm praktisch und funktionell eingerichtet. »Modern und innovativ« hatte es der damalige Polizeipräsident in seiner Rede bei der Eröffnungsfeier genannt. Farblos und steril hätte es in Pfennigs Augen eher getroffen. Früher hatte er von seinem Schreibtisch aus direkt in die Wallanlagen geschaut. Er vermisste den Blick auf die hohen Bäume und den Stadtgraben im Park. In die Räume des ehemaligen Polizeihauses war inzwischen die Stadtbibliothek eingezogen und jetzt sah er aus seinem neuen Büro auf einen trostlosen betonierten Parkplatz in der Bremer Vahr.

Am Ende des Flurs angekommen, wehte ihm der Geruch frischen Kaffees entgegen.

»Moin, Frau Rahtjen«, begrüßte er seine langjährige Sekretärin, die an ihrem Schreibtisch saß und gerade dabei war, die Post durchzusehen. Er zog sich die Jacke aus und hängte sie an den Kleiderständer hinter der Tür.

»Moin, Herr Kommissar. Tässchen Kaffee?« Sie nickte zu dem Tablett, das auf dem Aktenschrank stand, und schob sich die Brille hoch. In ihrem linken Auge hatte sie eine Muskelschwäche, die ihren Augapfel weit nach außen rutschen ließ. Man hatte dadurch den Eindruck, dass sie direkt an einem vorbeisah. Dieses Um-die-Ecke-Gucken fand sich manchmal auch in ihrem Denken wieder.

Mit ihrer besonderen Sichtweise und der leicht verschobenen Perspektive hatte Pfennig einen ganz neuen Blick auf den einen oder anderen Fall gewinnen können. Tatsächlich hatte sie so in der Vergangenheit bei einigen Ermittlungen geholfen und nicht unerheblich zur Lösung mancher Straftaten beigetragen.
Er schenkte sich Kaffee ein und gab einen Schuss Milch dazu. Den Vornamen seiner Sekretärin hatte Pfennig inzwischen fast vergessen. Für ihn war sie »Frau Rahtjen« und sie sprach ihn wiederum mit »Herr Kommissar« an. Nur manchmal, wenn sie Grund hatte, sauer auf ihn zu sein, war er für sie nur »Herr Pfennig«. Ohne den respektablen, wenn auch unzutreffenden Titel. Frau Rahtjen war zwei Jahre älter als er und ihm graute jetzt schon vor dem Tag, an dem die zweitwichtigste Frau in seinem Leben in Rente gehen würde.
»Frischer Butterkuchen«, bemerkte sie. Sie war seinem Blick auf die geöffnete Tupperbox gefolgt.
»Ist Herr Rahtjen wieder auf Wanderschaft?«, fragte er und schnupperte hungrig. Pfennig wusste, dass ihr Mann seit seiner Frühpensionierung vor drei Jahren immer wieder ausgedehnte Wanderungen im Harz unternahm. Sie gönnte ihrem Mann dieses Hobby, das sie überhaupt nicht teilte. Sie liebte es, an ihren »freien« Wochenenden in aller Ruhe zu backen und neue Rezepte auszuprobieren. Spätestens seitdem ihre beiden Söhne auswärts studierten, blieb dabei meist ein riesiges Stück für Pfennig und das Büro übrig.
»Diesmal ist es noch schlimmer. Er wandert nicht nur«, sie strich sich ihre kurzen grauen Locken nach hinten, »er pilgert!« Sie zog ihre Augenbrauen nach oben und machte ein übertrieben bedeutungsvolles Gesicht.
»Er pilgert?« Pfennig sah seine Sekretärin irritiert an. »Ich wusste gar nicht, dass er so gläubig ist.«
»Ist er auch nicht, bloß ehrgeizig. Von Bremen nach Osnabrück«,

ihre Mundwinkel zuckten verräterisch, »auf dem baltisch-westfälischen Jakobsweg.«
»Soll sehr schön sein«, gab der Kommissar in ernstem Ton zurück und frotzelte: »Wenn man platte Landschaft, öde Feldwege und Kühe mag.«
»Schnellstraßen und schicke Neubaugebiete liegen übrigens auch an dieser historischen Wegstrecke«, sagte sie mit ironischer Bewunderung in der Stimme, so als ob sie einen Reiseprospekt von der französischen Südküste zitieren würde. Sie lachten beide.
»Das ist eben per Fax hereingekommen.« Sie gab ihm zwei Blätter aus der Ablage. »Sieht aus wie eine Namensliste.«
»Wir haben einen neuen Fall. Seit gestern.« Er berichtete ihr von den Geschehnissen beim Erntedankgottesdienst in Arsten.
»Ein mitten im Gottesdienst erstochener Pastor, das ist außerordentlich spektakulär.« Rahtjen hatte mal wieder das Wesentliche sogleich erfasst und ihr Auge wippte nach links. »Da wird sich der Weser-Kurier sicherlich bald melden. Auch wenn es bloß Wespen waren.«
»Sie halten den Kontakt zur Pressestelle, nicht wahr?«
»Wie üblich, Herr Kommissar?«
»Wie üblich, Frau Rahtjen. Wenn es was gibt, melden wir uns. Auf dem Fax stehen bestimmt die Namen, um die ich die Vikarin gebeten habe.« Er wandte sich zum Gehen.
»Ach, und Ihre Bootsversicherung hat heute Morgen angerufen«, sie gab ihm einen Zettel mit einer Telefonnummer. »Die bitten um Rückruf. Irgendein Formular«, doch sie beendete den Satz nicht, als sie seine gequälte Miene sah, und Pfennig war ihr dankbar dafür. »Apropos Papierkram, was soll ich denn hiermit machen?« Rahtjen zeigte auf die überquellende Ablage neben der Kaffeemaschine.
»Heften Sie erst einmal alles ordentlich in den Akten ab. Die Zuständigkeiten sind im Moment noch völlig offen. Solange nicht

klar ist, an wen die Berichte gehen sollen, sammeln wir alles bei uns im Büro.«

Hauptkommissar Pfennigs direkter Vorgesetzter, Polizeioberrat Harald Plog, war vor zwei Wochen ganz plötzlich an einem Blinddarmdurchbruch gestorben. Seitdem war die Stelle zwar ausgeschrieben, aber bislang noch nicht neu besetzt worden. Sosehr er sich auch in den Details mit seinem Chef hatte streiten können, im Großen und Ganzen waren sie gut miteinander zurechtgekommen. Wenn er ehrlich war, fehlte ihm der Schlagabtausch mit Plog sogar. Wegen des andauernden Personalnotstands hatte er mit seinem Chef eng zusammenarbeiten müssen. Der Kampf gegen die offenbar allgegenwärtige Terrorbedrohung raubte ihnen die besten Leute aus den mittleren und unteren Polizeibehörden. Unter den letzten zehn Beamten, die von ihren Dienststellen abgezogen wurden, hatte sich auch Pfennigs Assistent befunden. Ständig wurden Kolleginnen und Kollegen in neu gegründete Sondereinheiten zu Sondereinsätzen abbestellt. Bislang wurde es aber versäumt, das fehlende Personal an der Basis zu ersetzen. Bisweilen hatte Pfennig den Eindruck, die Bremer Mordkommission bestünde nur noch aus Frau Rahtjen, Stubenrauch, Herberg und ihm.

Der Kommissar öffnete die Tür zu seinem Büro und ließ Frau Rahtjen mit dem duftenden Butterkuchen im Vorzimmer zurück. Er genoss das triumphierende Gefühl, einer Versuchung widerstanden zu haben.

Die durchgehende Fensterfront gab Pfennigs Arbeitszimmer eine freundliche Helligkeit, auch wenn der Ausblick nur in Richtung des Parkplatzes ging. Der Kommissar hatte sein Büro, wie er fand, gemütlich und mit einer ganz persönlichen Note eingerichtet. Der bequeme Bürosessel stand hinter einem einfachen Holzschreibtisch, davor ein geschwungener Besucherstuhl in dunklem Lila, der an Cocktailmöbel aus den 1950er-Jahren erinnerte. Schlicht eben, aber Pfennig mochte es so. Seine Büroeinrichtung stand damit in krassem Gegensatz zu den grau-silber schimmernden Vorstellungen des Innenarchitekten bezüglich der Ausstattung von behördlichen Räumen.

Er setzte sich an seinen Schreibtisch und drehte den Zettel mit der Telefonnummer der Versicherung unschlüssig in den Händen. In ihrem letzten Urlaub waren er und Marlene in der Ostsee vor Dänemark Segeln gewesen. Die Rückfahrt durch den Nord-Ostsee-Kanal in Schleswig-Holstein wurde zum Desaster, denn er rammte in einem kurzen Moment der Unachtsamkeit die Kaimauer unterhalb der Eisenbahnbrücke und lief auf Grund. Er hatte sich nur ein Sitzkissen aus der Achterkajüte greifen wollen, auf deren Dachabdeckung er saß. Beim Umdrehen hatte er allerdings das Steuerrad verrissen. Als er sich Sekunden später wieder aufrichtete, sah er nur noch die Mauer auf sich zukommen und konnte nicht mehr ausweichen. Marlene war unter Deck in der kleinen Kombüse und wollte gerade Teewasser aufsetzen, als das Unglück geschah; ihr war zum Glück nichts passiert. Ein hilfsbereiter Skipper schleppte sie nach dem Unfall mit seiner Motorjacht bis Brunsbüttel. Von dort aus hatte Pfennig das kaputte Boot per Überlandtransport nach Bremerhaven schaffen lassen, wo es nun schon seit dem Sommer auf der Werft im Trockendock lag und auf die notwendigen Reparaturen wartete. Die Welle war durch das Aufsetzen auf Grund vor der Schraube vollkommen deformiert und musste ausgetauscht werden. Auch die Außenhaut seiner Delanta 76 hatte etwas abbekommen. Doch die zuständige Versicherung weigerte sich bisher, den Schadensfall in angemessener Höhe zu begleichen. Sie fand teils höchst dubiose Ausreden, um die Auszahlung zu verzögern.

Pfennig hatte überhaupt keine Lust, diesen Schnösel von der Versicherung anzurufen. Aber Unangenehmes erledigte er in der Re-

gel lieber sofort. Mutig griff Pfennig zum Telefonhörer und tippte widerwillig die Nummer seines Sachbearbeiters.
»S.A.D., Mertens«, schnarrte es ihm aus der Muschel entgegen.
»Hier Pfennig. Sie baten um Rückruf«, erwiderte er kühl. Für wen hielt sich dieser Versicherungs-Fuzzi bloß? Bei jedem Gespräch benahm sich der Kerl wie ein Möchtegern-Geheimagent mit der Lizenz für uneingeschränkte Unverschämtheiten.
»Ah, der Herr Pfennig«, Mertens machte eine Pause, die den Kommissar sofort provozierte. »Der Nord-Ostsee-Kanal-Unfall.«
Schon beim ersten Telefonat direkt nach dem Unfall hatte Mertens sich über ihn lustig gemacht. Bei dem schnurgeraden Kanal sei es doch ziemlich unverständlich, wie man ein Boot im 90-Grad-Winkel gegen die Kaimauer fahren könne. Er hatte recht offen Pfennigs Kompetenz als erfahrener Segler angezweifelt und ihm dümmlich kichernd geraten, vielleicht besser auf Tretboote umzusteigen. Die seien einfacher zu steuern und weniger anfällig.
»Uns fehlt noch das Antragsformular VIII/9.3. Vorher können wir Ihren Fall leider nicht weiterbearbeiten.«
»Ich habe Ihnen das Formular letzte Woche bereits zugefaxt, Herr Mertens.« Pfennig betonte den Namen wie einen Dolchstoß.
»Es tut mir leid, aber Sie haben uns das Formular VIII/3.9 gefaxt. Nicht 9.3.«
»Sie haben mir das Formular doch selbst zugeschickt!« Pfennigs Wut näherte sich schnell dem Siedepunkt.
»Ach ja?«, fragte die Stimme übertrieben erstaunt. »Na, da habe ich wohl nicht richtig aufgepasst, Herr Pfennig. Das passiert uns ja allen mal. Bei dem einen ist es eine komplette Mauer, die übersehen wird, bei dem anderen ein simpler Zahlendreher, ist es nicht so? Ich schicke das VIII/9.3 heute noch mal raus.«
»Tun Sie das!«
Pfennig drückte die Aus-Taste so kräftig, dass sie im Gehäuse des Hörers stecken blieb. In solchen Momenten vermisste er sein al-

tes Telefon. Da hätte er jetzt den Hörer so laut auf die Gabel knallen können, dass seinem Gesprächspartner das Ohr abgefallen wäre.
Während er mithilfe einer Büroklammer versuchte, den gummierten Knopf aus dem Telefon zu pulen, dachte er an seinen Fall, der noch immer kein Fall war. Borgmann war anscheinend ein Mann, der sich seiner Aufgabe als Pastor widmete und sein Privatleben für seine Gemeinde aufgegeben hatte. Das war in den Augen des Kommissars zu viel des Gutmenschentums in einer Person.
Die Büroklammer hatte sich verhakt.
»Mist!« Er stöhnte entnervt. In diesem Moment riss jemand die Tür auf. Gleichzeitig ploppte der Knopf aus dem Telefonhörer heraus wie ein Ei aus einem Hühnerpopo.
»Ewald, das ist die Kiste, von der ich dir erzählt habe.« Hannes Herberg trat ohne weitere Begrüßung ein. »Die, die direkt unter der Kanzel stand. Sie gehörte mit zur Erntedank-Dekoration. Überaus interessant.« Er hielt eine Obstkiste aus Holz in den Händen. »Da drin war tatsächlich ein komplettes Wespennest verborgen.«
»Und die lebten noch, als ihr sie da rausgeholt habt?« Pfennig schauderte es bei dem Gedanken ein wenig.
»Ja, aber dein Tipp mit dem Imkerverein war super. Ich habe tatsächlich Sonntagnachmittag den Schwarmfänger des Vereins telefonisch erreicht und er hatte sich sofort bereit erklärt zu helfen.« Herberg stellte die leere Kiste auf Pfennigs Schreibtisch ab. »Ich bin dann mit dem brummenden Ding im Kofferraum zum Lehrbienenstand gefahren. In Oberneuland, kennst du das? Direkt hinterm Lür-Kropp-Hof. Echt idyllisch, das musst du dir bei Gelegenheit unbedingt mal ansehen, Ewald.«
»Erzähl das bloß nicht Marlene, dann muss ich bei der nächsten Radtour gleich nach Oberneuland strampeln.«
Herberg schmunzelte.
»Jedenfalls hat der Mann die Kiste geöffnet, den doppelten Boden

entfernt und das Nest mitsamt der Königin und ihrem restlichen Hofstaat rausgehoben.«

»Einen doppelten Boden?«

»Genau. Der Imker meinte, es sei ohne Weiteres möglich, in dem Zwischenraum ein Wespennest unterzubringen. Solange das Volk zusammen ist, verhält es sich sogar recht ruhig. Das Brummen wird nur dann laut, wenn die Wespen sich bedroht fühlen, zum Beispiel bei starker Erschütterung. Aber man kann auch bewohnte Nester entsprechend umsiedeln, wenn man sich damit auskennt.« Er hielt inne, zog einen kleinen Notizblock aus der hinteren Hosentasche und las: »Das ist zwischen April und ungefähr Mitte August möglich. Danach sind die Brutstätten meist zu groß für einen Ortswechsel. Dabei sind Wespen nicht wählerisch. Sie bauen ihre Nester auf Dachböden, in Gartenlauben, unter Vordächern, selbst in versteckten Winkeln auf Balkons. Die Insekten stören den Menschen eigentlich selten, außer zum Herbst hin. Herr Thelen, das ist der Imker, hat mir erklärt, dass die Wespen in dieser Jahreszeit besonders aggressiv sind, weil es einen zunehmenden Mangel an Zucker und Eiweiß in der Natur gibt. Das ist auch der Grund dafür, warum die Wespen sich dann plötzlich so für Kuchen und Grillfleisch interessieren. Oder wie in unserem Fall für Traubensaft.« Er blätterte die Seite um. »Die alte Königin stirbt übrigens zum Herbst hin und ihr Staat löst sich komplett auf; nur die jungen Königinnen überleben bis zum nächsten Frühjahr und gründen dann einen neuen Wespenstaat.«

»In ein paar Wochen hätte es das Nest also gar nicht mehr gegeben?«, fragte Pfennig.

»Richtig. Die letzten Arbeiterinnen sterben spätestens bei Einbruch der Kälte«, berichtete Herberg.

»Vielleicht hat derjenige, der die Obstkiste in der Dekoration abgestellt hat, das Nest selbst nicht bemerkt und unwissentlich ein Drama ausgelöst?«, gab Pfennig zu bedenken.

»Das glaube ich in diesem Fall nicht. Außer dem doppelten Boden haben wir noch etwas ganz Besonderes entdeckt. Siehst du diese Löcher hier?« Er zeigte auf kleine Öffnungen in den Seitenwänden etwa von der Größe einer Ein-Cent-Münze.
»Astlöcher scheinen das nicht zu sein.« Der Kommissar betrachtete die Kiste eingehend.
»Sie wurden hineingebohrt.« Herberg klopfte gegen das Holz. »Die Löcher wurden wahrscheinlich mit einem festen Zuckerguss wieder verschlossen. Ich habe klebrige Reste davon sichergestellt. Dieses Nest wurde nicht zufällig dort platziert. Ich bin sicher, dass die Kiste präpariert wurde. Das war ein Anschlag auf den Pastor und der ist von langer Hand vorbereitet worden.«
»Du meinst also, jemand zieht einen zweiten Boden in eine Obstkiste, versteckt dann darin einen Wespenschwarm, bohrt Löcher hinein und klebt sie mit Zuckerguss wieder zu?«
»Es sieht ganz danach aus. Es dauerte wahrscheinlich einige Zeit, bis sich die Wespen durch das süße Zeug geknabbert haben. Der Schwarm ist dann durch die Löcher hinaus ins Freie. Den Rest kennst du ja.«
»Dann war es tatsächlich kein Unfall«, stellte Pfennig fest. Jemand hatte die Wespen absichtlich eingesperrt, sie in die Kirche gebracht und zudem dafür gesorgt, dass sie sich während des Gottesdienstes ihren Weg ins Freie bahnen konnten. Ein Fluchtweg, den sie just in dem Moment nutzten, als der Pastor mit einem Becher Traubensaft dastand. Der schlug wild um sich und geriet in Panik. Zu Recht, wie seine Leiche bewies.
»Ganz schön aufwendige Planung. Dann müssen wir tatsächlich von einem Tötungsdelikt ausgehen. Totschlag oder Mord!«, sagte Pfennig und Herberg nickte.
»Wie sieht es mit Fingerabdrücken aus?«, fragte Pfennig weiter.
»Wie ich bereits befürchtet hatte, konnten wir keine sicherstellen.« Herberg strich sich durch seine chronisch wuschelige Frisur.

»Also hat der Täter Handschuhe getragen?«

»Nicht unbedingt. Das Holz der Kiste ist sehr rau und porös. Um einen brauchbaren Fingerabdruck zu bekommen, müsste die Fläche glatter sein. Aber angesichts der stechenden Eigenschaften dieser Insekten, wird er wohl Handschuhe getragen haben. Die rote Farbe hier außen untersuchen wir noch. Vielleicht gibt die einen brauchbaren Hinweis auf den Ursprung der Kiste.«

»Wissen wir denn, was oben auf dem doppelten Boden in der Kiste gelegen hat?«

»Äpfel. Schöne rotbackige Äpfel. Waren sehr lecker.«

»Du hast Beweismittel aufgegessen?«

»Sie wären doch jetzt sowieso vergammelt. Ich habe selbstverständlich die Sorte ermittelt und Fotos gemacht, logisch. Zu welcher Gattung unsere Wespen genau gehören, will übrigens Thelen vom Imkerverein noch feststellen lassen.«

»Dann suchen wir also nach einer verdächtigen Person, die in den letzten Tagen eine Kiste Äpfel in die Kirche getragen hat?«, fragte der Kommissar mit gespielter Verzweiflung in der Stimme. Bei dem Trubel im Gemeindehaus in Arsten einen Tag vor dem Erntedankfest war eine Kiste Äpfel wohl das Unauffälligste überhaupt. Es konnte jeder gewesen sein. »Da kann ich ja den ganzen Landkreis vorladen lassen.« Er rieb sich den Schnauzer. »Jedenfalls haben wir jetzt unseren Fall. Und ihr hattet den richtigen Riecher! Sag Stubi Bescheid.« Er lächelte Herberg an, der sich die Obstkiste unter den Arm klemmte und zum Gehen wandte. »Sehr gute Arbeit, Hannes. Danke.«

Als Herberg gegangen war, überflog der Kommissar die Liste, die vor ihm auf dem Tisch lag. Katharina Lange hatte sich ganz offensichtlich Mühe gegeben, die Namen aller Anwesenden, die am Nachmittag vor dem Erntedankgottesdienst im Gemeindehaus gewesen waren, aufzuschreiben. Die Vikarin hatte die einzelnen Namen in Gruppen unterteilt. Die Personen, die den ganzen Nachmittag da waren, standen fein säuberlich untereinander auf dem ersten Blatt. Der Kindergarten aus dem Hirtenweg mit achtzehn Kindern, zwei Erzieherinnen, eine Kunsttherapeutin, der Hausmeister, vier Damen vom Seniorenkreis und die Vikarin selbst. Auf dem zweiten Blatt hatte sie alle Leute notiert, die entweder Gaben zum Erntedankfest vorbeigebracht oder ihre Kinder abgeholt hatten. Manche schienen einfach nur kurz vorbeigekommen zu sein, wie Pastor Borgmann. Pfennig stöhnte. Diese Liste war so lang, dass er sogar mit zusätzlichen Kollegen Wochen brauchen würde, um wirklich jeden, der darauf stand, zu befragen. Er entschied sich, mit den beiden Erzieherinnen und der Kunsttherapeutin anzufangen. Sie waren den ganzen Nachmittag vor Ort gewesen und vielleicht war ihnen etwas aufgefallen, womit er effektiv weiterarbeiten konnte. Er verließ sein Büro und gönnte sich doch noch ein Stückchen von Frau Rahtjens Butterkuchen, das er auf dem Weg zum Parkplatz aus der Hand aß.

Der Kindergarten befand sich in einer ruhigen Seitenstraße schräg hinter der St. Johannes Kirche. Pfennig hatte seinen unauffälligen dunkelblauen Dienstwagen hinter einem alten leuchtend gelben Citroën am Straßenrand geparkt und ging auf das flache Gebäude zu. An den großen Fensterscheiben prangten unzählige Abdrücke kleiner Kinderhände. Rechts neben dem Haupteingang hinter einem Gartentürchen führte ein schmaler Weg zu einer großzügig angelegten Spielwiese mit Klettergerüsten, Sandkisten und Schaukeln. Die Sonne schien auf das zu bunten Haufen zusammengeschobene Laub.

Pfennig zog die schwere Eingangstür auf und ging hinein. Er hatte Kindergeschrei und Gekreische erwartet und wunderte sich über die absolute Stille auf dem breiten Flur. An den Garderoben-

haken, die auf Höhe seiner Hüfte angebracht waren, hingen farbig gemusterte Jacken und Mäntel. Kleine Gummistiefel standen ordentlich aufgereiht unter den niedrigen Holzbänken, die sich an der linken Wand entlang bis zum Ende der Diele zogen.
»Hallo, ich hab mir die Hände gewaschen«, die Dreijährige baute sich vor ihm auf. «Und du?«
Der Kommissar sah die kleine Person verdutzt an. »Na, wo gehörst du denn hin?«
»Zu den Pinguinen. Die Marienkäfer sind doof.«
Pfennig verstand kein Wort, nickte aber verständnisvoll. »Kannst du mir denn sagen, wo ich die Melanie oder die Kerstin finde?«, versuchte er es mit Logik.
»Bei den Pinguinen. Die frühstücken heute mit den Igeln.«
Er gab es auf, schaute sich suchend um und klopfte an die erstbeste Tür.
»Bei den Pinguinen«, wiederholte das Mädchen mit Nachdruck und schüttelte den Kopf. Dann griff es entschlossen nach seiner Hand und zerrte ihn hinter sich her. Auf der Tür, vor der sie stehen blieben, klebte ein schwarz-weißer Pinguin aus Papier. Die Kleine stellte sich auf die Zehenspitzen und öffnete ihm die Tür.
»Ich hab einen Mann gefunden, aber ich weiß nicht, ob er sich die Hände gewaschen hat«, brüllte sie in den Raum und rannte auf eine der beiden Erwachsenen zu.
Augenblicklich sah sich Pfennig gut dreißig interessierten Kindergesichtern gegenüber. Die mümmelnde Ruhe des gemeinsamen Frühstücks war vorbei. Alle schrien durcheinander und wirklich jedes Kind schien wegen der ungewaschenen Hände mit ihm zu schimpfen. Pfennig registrierte in dem ganzen Durcheinander erleichtert, dass eine junge Frau mit blondem Pferdeschwanz sich über Bauklötze hinweg einen Weg zu ihm bahnte.
»Kann ich Ihnen helfen?«, brüllte sie ihn an und versuchte, die Lautstärke der Kinder zu übertönen.

»Pfennig, Kriminalpolizei, ich hatte vorhin angerufen. Sind Sie Melanie Keller?« Er konnte sein eigenes Wort kaum hören. Die Erzieherin nickte und gab ihrer Kollegin per Handzeichen zu verstehen, dass sie mal eben weg sei.

»Am besten wir reden im Büro. Da haben wir etwas mehr Ruhe.« Die zierliche Frau nahm den Schlüsselbund, den sie mit einem Karabinerhaken an ihrer Jeanshose befestigt hatte, in die Hand und ging voraus. Sie schloss die Tür, die der Teeküche gegenüberlag, auf. »Bitte, nehmen Sie doch Platz. Montags ist es hier etwas chaotisch, weil wir um elf Uhr immer ein gemeinsames Frühstück haben.«

»Die Pinguine und die Igel, das hat mir Ihre Empfangsdame schon mitgeteilt«, scherzte der Kommissar und setzte sich.

»Ja, und die Marienkäfer mit den Schmetterlingen«, antwortete sie und lächelte. »Wir haben hier vier Gruppen mit jeweils ungefähr fünfzehn Kindern im Alter von drei bis sechs Jahren.« Melanie Keller erzählte ihm ein wenig aus dem Alltag der Kinder und von den zusätzlichen Angeboten, die der Kindergarten bot. »Es gibt Nachtwanderungen, Ausflüge, Sommerfeste, Laternenläufe und jede Woche ein gemeinsames Singen für die Gruppen. Eine Kunsttherapeutin kommt dreimal die Woche, um die kreative Entwicklung der Kinder gezielt zu fördern. Und um mit den Kindern in spielerischer Form eine Geschichte aus der Bibel zu behandeln, kommt jede Woche entweder die Vikarin Lange oder Pastor Borgmann.« Ihre Augen flackerten. »Er kam«, verbesserte sie sich in die Vergangenheitsform. Sie sah auf ihre Hände und rieb sich den Daumen.

»Wie haben Sie denn die gestrigen Ereignisse überstanden?«, fragte Pfennig freundlich, um ihr über diesen unangenehmen Augenblick hinwegzuhelfen.

»Für die Kinder war es ein großer Schreck in der Kirche«, sagte sie. »Und für uns Erwachsene natürlich auch«, fügte sie hinzu. Ihr

Blick ging zur Seite aus dem Fenster. Dann fasste sie sich wieder und fuhr fort. »Alle Kinder, die da waren, kannten Pastor Borgmann. Und als er dann plötzlich anfing zu schreien und um sich zu schlagen ...«, wieder stockte ihre Stimme. »Wir saßen mit den Kindern in der vierten Reihe und waren wirklich hautnah dabei«, sie schüttelte den Kopf. »Es war furchtbar.«

»Es muss ein schrecklicher Anblick gewesen sein«, sagte Pfennig mitfühlend. Er zog einen kleinen Block aus der Innentasche seiner Jacke. »Frau Keller, am Nachmittag zuvor waren Sie mit den Kindern zum Basteln im Gemeindehaus. Können Sie mir bitte den Ablauf beschreiben?«

Bevor die Kindergärtnerin antworten konnte, wurde die Tür aufgerissen und eine schlanke Frau von Mitte dreißig kam herein. »Herr Kommissar, entschuldigen Sie bitte meine Verspätung, ich konnte mich nicht vorher loseisen.« Sie streckte ihm die Hand entgegen. »Kerstin Behrens, die zweite Basteltante, die Sie sprechen wollten.« Sie warf ihre langen Locken mit einem Ruck nach hinten und begrüßte ihn mit einem festen Händedruck.

»Du kommst gerade richtig«, sagte Keller ein wenig erleichtert, »der Kommissar möchte wissen, ob uns beim Bastelnachmittag im Gemeindehaus irgendetwas aufgefallen ist.«

»Dann stimmt es also doch, was die Arstener Gerüchteküche seit gestern munkelt – dass es Mord war?« Kerstin Behrens sah den Kommissar fragend an.

»Das wissen wir noch nicht, aber es gibt einige Hinweise darauf, dass Pastor Borgmann vorsätzlich zum Ziel der Wespen gemacht worden ist. Unsere Spurensicherung fand unter dem Lesepult vorne am Altar eine präparierte Holzkiste. In dieser Kiste, vermutlich getarnt als Apfelkiste, wurden die Wespen in die Kirche geschmuggelt. Laut den bisherigen Zeugenaussagen muss die Kiste am Vortag dort platziert worden sein. Daher sind Ihre Beobachtungen von dem Nachmittag im Gemeindehaus sehr wichtig.«

Kerstin Behrens setzte sich und schien sich zu konzentrieren. »Melanie, Frauke und ich waren um zwei Uhr mit den Kindern im Gemeindehaus verabredet«, begann sie langsam zu erzählen. »Wissen Sie, für die Kinder ist das Erntedankfest etwas Besonderes. Ganz normale Obst- und Gemüsesorten, die sie alle von zu Hause kennen, werden an diesem Tag extra gewürdigt, es wird sich dafür bei Gott bedankt. Plötzlich ist eine Möhre oder ein Apfel dann etwas ganz Kostbares in ihren Augen. Die Kleineren aus meiner Gruppe nennen ›Erntedank‹ auch das ›Gemüsefest‹, weil für sie das Gemüse gefeiert wird. Ist das nicht goldig?«

Pfennig schmunzelte. Das war wirklich niedlich.

»Also, jedenfalls hatten Melanie und ich für den Gabentisch Kürbisse, etwas Gemüse und zwei Apfelkisten besorgt. Wir hatten sie morgens im Kindergarten gelagert und Frauke hat sie nachmittags geholt. Sie hatte noch Bastelmaterial eingekauft. Wir haben ihr Auto dann zusammen entladen und erst mal alles ins Gemeindehaus getragen. Nach und nach wurden die Kleinen von den Eltern gebracht. Aus der einen Kiste haben wir noch ein paar Äpfel herausgenommen und aufgeschnitten, damit während des Bastelns für die Kinder etwas zum Knabbern auf dem Tisch stand.«

»Wurden noch mehr Kisten gebracht?«

»Manche der Angehörigen haben noch Kartons oder Tüten mit zusätzlichem Bastelmaterial gebracht«, erinnerte sich Keller. »Einige hatten auch Kisten dabei mit Honig und Mehl. Und auch mit Obst. Sie haben die Sachen entweder direkt in die Kirche getragen oder bei uns abgestellt.«

»Und dann?«

»Wir haben mit den Kindern Kränze aus Getreide gebastelt, Schleifen gebunden und Papieranhänger ausgeschnitten und bemalt.«

»Wer war außerdem noch da?«

»An einem der anderen Tische saßen vier ältere Damen. Ich glaube, die kamen so gegen drei Uhr. Sie haben zuerst mit Katharina, also der Vikarin, Kaffee getrunken und dann die Erntekrone gebastelt.«

»Pastor Borgmann schaute später noch mal kurz vorbei«, warf Keller ein, »er blieb aber nicht lange.« Sie überlegte. »Der Einzige, den ich immer wieder mit Kisten gesehen habe, war der Udo Brinkhus.«

»Der Hausmeister?«, versicherte der Kommissar sich, während er die Angaben notierte.

»Genau, aber der sollte den ganzen Obst- und Gemüsekram um den Altar herum auch aufbauen und dekorieren. Kein Wunder, dass er alles immer hin- und herschleppen musste. Zum Schluss haben wir ihm mit dem Rest noch geholfen«.

»Ist Ihnen sonst noch etwas aufgefallen?«

»Nein«, Behrens überlegte kurz, »mehr fällt mir leider nicht ein.«

»Ist Ihre Kunsttherapeutin«, er schaute in seinen Block, »Frauke Bulthaupt denn heute auch hier?«

»Nein, Frauke ist montags immer in einem Kindergarten in Gröpelingen.«

»Frau Behrens, Sie sagten, es gab zwei Apfelkisten. Wissen Sie noch, wer von Ihnen die Kisten in die Kirche hineingetragen hat?«

»Also ich habe eine der Kisten und einige Sträuße getragen«, erinnerte sich Behrens, »aber wer die anderen Sachen genommen hat, daran kann ich mich echt nicht mehr erinnern.« Sie sah zu ihrer Kollegin, aber diese zuckte auch nur die Schultern und schaute den Kommissar ratlos an.

Pfennig sah sie prüfend an und glaubte ihnen. Er warf einen Blick auf seine Notizen, überlegte kurz, ob er noch weitere Fragen hatte, steckte dann aber den kleinen Block zurück in seine Tasche. Er stand auf und zog den Reißverschluss seiner Jacke zu.

Er verabschiedete sich von Kerstin Behrens, Melanie Keller brachte ihn durch den Flur zur Tür. Da fiel ihm doch noch etwas ein.

»Erlauben Sie mir eine letzte Frage, Frau Keller.« Er lächelte un-

sicher, so als ob es eine peinliche Wissenslücke wäre. »Es ist reine Neugier, aber Sie haben mir eben erzählt, dass die Kunsttherapeutin dreimal in der Woche hier ist, um die kreative Entwicklung der Kinder zu fördern.« Er zögerte und rieb sich sein Kinn. »Ist das denn nicht überflüssig? Ich meine, Sie als Erzieherinnen basteln und spielen doch sowieso den ganzen Tag mit den Kindern.«
»Bevor Frauke hier anfing, haben wir genau das auch immer gedacht.« Keller lachte auf und klemmte sich eine widerspenstige Strähne hinter das Ohr. »Doch inzwischen sind wir alle heilfroh, dass es sie gibt. Zum einen ist sie supernett und kommt gut mit den Kindern aus, zum anderen nimmt sie uns wirklich viel Arbeit ab.«
»Inwiefern?« Pfennig sah sie erstaunt an.
»Herr Kommissar, bei fünfzehn, zum Teil sogar zwanzig Kindern in einer Gruppe haben wir überhaupt nicht die Zeit, uns auf jedes Kind einzustellen, da ist es nur wichtig, dass es im Ganzen rund läuft. Manche Kinder brauchen aber diese individuelle Betreuung und Anleitung. Aus ganz unterschiedlichen Gründen.«
»Und da setzt die Arbeit der Kunsttherapeutin ein?«
»Richtig«, sagte Behrens, »sie hat die Möglichkeit, abseits des Trubels in einem separaten Raum gezielt mit den Kindern zu arbeiten. In Kleingruppen von zwei bis vier Kindern kann Frauke auf jedes einzelne Kind eingehen.« Sie überlegte kurz und fuhr dann fort. »Nehmen sie zum Beispiel die kleine Susi Steinebrunner in meiner Gruppe. Bislang eine aufgeweckte, glückliche Vierjährige. Und dann ertrinkt ihr Bruder während der Konfirmandenfreizeit an der Nordsee. Das war vor sechs Monaten. Seitdem sitzt die Kleine teilweise völlig apathisch in der Ecke. Im nächsten Moment ist sie jähzornig und schlägt um sich. Wir wissen, dass der Tod des Sohnes die Eltern extrem belastet und es seitdem massive Probleme zwischen den Eheleuten gibt. Ich glaube, unsere Kunsttherapeutin Frauke ist für die Kleine gerade so etwas wie

ein Rettungsanker. Sie ist die Einzige, die noch richtig an sie herankommt.«
»Der Bruder ist auf einer Konfirmandenfreizeit ertrunken?« Der Kommissar wurde hellhörig. »War Pastor Borgmann denn auch mit auf dieser Freizeit?«
»Ja, er hat die Freizeit organisiert und geleitet«, antwortete Melanie Keller. »Herr Steinebrunner gab dem Pastor sogar eine Mitschuld an dem Unfall – habe ich gehört«, fügte sie hinzu. »Aber da fragen Sie besser die Vikarin. Katharina war auch mit dabei und kann Ihnen bestimmt mehr erzählen.«
Der Kommissar bedankte sich für die Zeit, die sie sich genommen hatte, und ging hinaus.

Vor der Tür blinzelte er, weil die Sonne ihn blendete.
Das war merkwürdig, dachte er, zuerst ein toter Konfirmand und jetzt ein toter Pastor.
Er musste unbedingt noch einmal mit der Vikarin sprechen. Pfennig setzte seine Sonnenbrille auf, die ihm Marlene letztes Jahr fürs Segeln geschenkt hatte, und beschloss, das schöne Wetter für einen kurzen Spaziergang zum Gemeindehaus zu nutzen.
In diesem Moment kam ein kleines Mädchen aus dem Garten auf ihn zu gelaufen. Die Kinder hatten das Frühstück bei den Pinguinen inzwischen offenbar beendet und spielten draußen. Das Mädchen blieb vor ihm stehen. Sie war blond und trug ein gelbes Kleid mit einer Sonnenblume vorne drauf. Ganz schön luftig angezogen für diese Jahreszeit, dachte er.
Sie streckte ihm ein großes Kastanienblatt entgegen, wie ein Eis am Stil hielt sie es vorsichtig mit zwei Fingern an seinem langen Stängel fest.
»Danke«, sagte Pfennig und nahm das Blatt. Er schätzte das Mädchen etwa auf vier oder fünf Jahre. Um freundlich zu sein, fragte er: »Wie heißt du denn?«

Sie sah zu ihm hoch und musterte ihn eindringlich.

»Arm!«, piepste sie und hob ihre Ärmchen in die Luft. Als Pfennig nicht reagierte, sagte sie noch einmal lauter: »Arm!«

Pfennig verstand, dass sie hochgenommen werden wollte. Hilfe suchend sah er sich um. Als ihm klar wurde, dass niemand sonst da war, tat er ihr den Gefallen und hob sie unbeholfen hoch. Schnell fand sie ihren Platz in seiner Armbeuge und schaute ihn aus dunkelblauen Augen ernst an. Er roch ihren Kleinmädchenduft, die Sonne spielte mit dem feinen Schleier ihrer dünnen Haare. Er hielt ihr das Blatt hin, doch sie war daran nicht interessiert. Sie hob ihre Hand, zögerte einen Augenblick und berührte dann seinen Schnurrbart. Ihre kleinen Fingerchen zeichneten zuerst die Kontur nach und strichen dann über die kurzen Haare, so als würde sie eine Puppe kämmen. Er wollte die Kleine gerade wieder herunterlassen, als er ihr Stimmchen hörte.

»Ich heiße Amelie«, sagte sie leise. »Ich kenne noch jemanden mit Haaren im Gesicht.« Sie rutschte ein wenig auf seinem Arm nach unten und Pfennig ließ das Kind überrascht auf den Boden gleiten.

»Hast du mich nicht lieb?«, fragte sie und sah ihn ängstlich an.

Pfennig ging ohne ein Wort durch das Tor auf die Straße. Die meisten Kinder waren ihm einfach suspekt.

Die kühle Luft und die Bewegung taten ihm gut. Pfennig sortierte im Rhythmus seiner Schritte noch einmal das Gehörte. Die Mordwaffe, also die präparierte Kiste mit den Wespen, schien ein totes Gleis in den Ermittlungen zu sein. Es waren einfach zu viele Menschen am Nachmittag vor dem tödlichen Gottesdienst im Gemeindehaus und in der Kirche gewesen. Obwohl es seiner Meinung nach klar war, dass nur jemand aus dem näheren Umfeld der Gemeinde für die Tat infrage kam. Derjenige musste ungehinderten und unauffälligen Zugang zur Kirche gehabt und zudem über Borgmanns Allergie Bescheid gewusst haben. Er brauchte mehr Informationen über Ralph Borgmann. Innerlich unterstrich er noch einmal seine Gedankennotiz, mit dessen Studienfreund sprechen zu müssen. Und ein Vater, der für den Tod seines Sohnes den Pastor verantwortlich machte, war mit Sicherheit auch eine Richtung, die vielversprechend schien.

»Hallo!«

Er hatte die Frau gar nicht bemerkt, die jetzt mit dem Fahrrad neben ihm hielt. Katharina Lange schwang ihr Bein nach hinten über den Sattel ihres sportlichen Herrenrads und stieg ab. Sie brachte ihre Tasche, die an einem breiten Riemen über ihrer Schulter hing, in eine bequemere Position, sodass sie mit einer Hand am Lenker die letzten Meter neben ihm hergehen konnte.

»Wollen Sie zu mir, Herr Kommissar?«

»Ja. Frau Lange, ich habe da noch ein paar Fragen«, sagte er und sah die Vikarin von der Seite an. Ihre Wangen waren zwar vom Fahrtwind gerötet, aber die frische Farbe tat ihrem hübschen, lebendigen Gesicht keinen Abbruch. Eigentlich müsste er nicht jeden Tag das Auto nehmen, um zum Präsidium zu fahren. Vielleicht sollte er doch öfter mal das Rad aus der Garage holen

»Ich war gerade bei der Druckerei wegen des Gemeindebriefs, der noch fertiggestellt werden musste. Aber jetzt habe ich etwas Zeit. Gehen wir doch hinein.«

Sie stellte ihr Fahrrad an einen Ständer und ließ es unabgeschlossen stehen. Arsten hatte offenbar in mehr als einer Hinsicht seinen dörflichen Charakter behalten. Pfennig war erstaunt. Ein Fahrrad in Bremen einfach nicht abzuschließen, war in anderen Stadtteilen völlig unmöglich. Zumindest, wenn man seinen Drahtesel noch einmal wiedersehen wollte.

Katharina Lange ging mit ihm in ihr Büro und hängte ihre kurze Jacke über einen Stuhl.

»Ich würde uns gerne einen Tee kochen. Kommen Sie doch einfach mit, dann können wir uns in der Küche unterhalten.«
Pfennig suchte sich einen Platz am Türrahmen, während sie in der Küchenzeile des schmalen Raums mit dem Wasserkocher und den Teebeuteln hantierte.
»Was ist eigentlich genau ein Vikariat?«, fragte der Kommissar.
»Es ist die praktische Voraussetzung für den Pastorinnenberuf. Obwohl ich noch keine richtige Pastorin bin, darf ich während der Vikariatszeit schon Trauerfeiern machen, trauen, taufen und während des Gottesdienstes das Abendmahl verwalten«, sagte sie und lächelte ihn an. »Das Theologiestudium endet mit dem ersten Staatsexamen und dem schließt sich diese zweieinhalbjährige Ausbildung an. Sie können das Vikariat in etwa vergleichen mit dem Referendariat bei Lehrern oder Juristen.« Sie goss das kochende Wasser in die Thermoskanne. »Nach dem Vikariat muss ich das zweite Staatsexamen machen, um ordiniert zu werden. Die Ordination ist dann die feierliche Übernahme in den Berufsstand.«
»Das ist viel Büffelei und eine lange Zeit, um einen Beruf zu lernen, der so spezifisch ist.«
»Da haben Sie recht, Herr Kommissar. Ich schwanke in meiner inneren Haltung auch oft, ob ich für dieses Leben wirklich berufen bin oder ob ich es als einen Job sehe, der mir ein gutes Auskommen sichert, interessant ist und mir zudem eine Verbeamtung auf Lebenszeit verspricht. Momentan ist es von beidem ein bisschen, denke ich.«
Pfennig war erstaunt über die Offenheit der jungen Frau. Er erinnerte sich an seine eigene Ausbildungszeit. Nach dem Abitur konnte er sich ein Studium nicht leisten. Er war durch einen Freund auf die Anzeige der Polizei in der Zeitung aufmerksam gemacht worden. Ihm gefiel damals besonders der Gedanke, irgendwo hinzugehören. Etwas, was er nach dem Tod seiner Eltern

irgendwie verloren hatte. Obwohl seine Schwester Lisa und ihr Mann sich rührend um ihn gekümmert hatten, daran bestand gar kein Zweifel. Die Polizei als Familie wäre sicherlich zu stark ausgedrückt, aber es suchte eben jeder seinen Platz im Leben.
»Aber das ist es nicht, was Sie mich fragen wollten, oder?« Lange lächelte und drehte die Thermoskanne zu.
»Nein, da haben Sie recht. Es geht um den toten Jungen während der Osterfreizeit.«
»Philipp Steinebrunner.« Sie hielt kurz inne, als sie die Becher aus dem Schrank nahm. »Das war sehr traurig. Ich erinnere mich genau daran. Die Eltern leiden sehr unter dem Verlust ihres Sohnes.« Sie stellte die Becher auf die Ablage. »Ich hatte gerade meine Zusage in der Tasche, dass ich im Juni mein Vikariat in der Gemeinde beginnen konnte. Daher beschloss ich, als Begleitperson nach St. Peter-Ording mitzufahren, um vorab die Jugendlichen und auch Pastor Borgmann, meinen zukünftigen Mentor, kennenzulernen. Er hatte sich sehr über meine Idee gefreut.«
»Was ist denn genau passiert?«
»Es war der letzte Abend. Wir haben am Strand ein Lagerfeuer gemacht und gegrillt. Philipp und zwei seiner Freunde haben sich zwischendurch von der Gruppe entfernt und Alkohol getrunken. Was Vierzehnjährige halt so machen, wenn sie endlich mal außerhalb des Zugriffs der Eltern sind. Eigentlich nicht schlimm. Obwohl, wenn wir es mitbekommen hätten, dann hätten wir es ihnen selbstverständlich verboten.« Sie drehte sich um, so als ob sie gehen wollte, blieb dann aber doch stehen. »Haben wir aber nicht. Wir haben sie nicht vom Feuer weggehen sehen. Irgendwann, es war längst dunkel und Philipp muss zu diesem Zeitpunkt schon sehr betrunken gewesen sein, ist er allein ins Watt gegangen. Wir wissen nicht warum. Er muss die Orientierung verloren haben und ist immer weiter in Richtung Meer gegangen, möglicherweise ist er auf einer Sandbank von der auflaufenden Flut überrascht

worden. Die Polizei hat ihn am nächsten Tag am Strand angespült gefunden.« Sie stellte die Teebecher vorsichtig auf dem Tischchen ab und Pfennig konnte sehen, dass Katharina Lange die Bilder ihrer Erinnerungen überrollten. Er zog einen Klappstuhl heran, auf den sie sich dankbar setzte.

»Weil wir Philipps Verschwinden erst bemerkt haben, als wir nachts wieder zurück in der Jugendherberge waren, ist wertvolle Zeit verloren gegangen. Wir haben sofort eine Suchaktion eingeleitet. Die Küstenschutzpolizei hatte sogar einen Hubschrauber im Einsatz. Die ganze Nacht haben wir ihn gesucht. Niemand konnte ein Auge zumachen. Die Eltern sind sofort am nächsten Morgen gekommen, aber sie hatten nur noch die schreckliche Aufgabe, ihren ertrunkenen Sohn zu identifizieren.«

Pfennig ließ ihr einige Sekunden, sich wieder zu fassen.

»Wie kam es zu dem Vorwurf, Borgmann wäre schuld am Tod des Jungen? Es hört sich doch alles nach einem Unfall an.«

»Herr Steinebrunner ist, soviel ich weiß, der Meinung, dem Pastor hätte auffallen müssen, dass sein Sohn fehlte. Verletzung der Fürsorgepflicht. Er hätte Philipp früher suchen lassen müssen, meinte der Vater.« Sie griff sich an ihre Stirn. »Glauben Sie mir, nichts wäre uns lieber gewesen. Wir haben uns oft gefragt, was wohl geschehen wäre, wenn wir sein Verschwinden früher entdeckt hätten. Ich habe lange daran zu knabbern gehabt. So etwas geht an niemandem spurlos vorbei, das können Sie mir glauben.«

Pfennig nickte stumm.

Der Kommissar stand vor der Tür des Gemeindehauses. Den Tod seines Sohnes zu rächen, war ein starkes Motiv. Aber Wespen in eine Kiste sperren, das passte nicht zu Pfennigs Bild von einem Mann, der rotsieht. In seiner Vorstellung war das eher jemand, der in einer solchen Situation den Pastor direkt angegangen wäre, vielleicht sogar mit Fäusten. Aber das konnte er erst beurteilen,

wenn er den Vater des Jungen kennengelernt hatte. Wespen als Tatwaffe waren jedenfalls eine originelle Idee, fand Pfennig. Aber diese Waffe hatte Tücken, denn es erforderte Geschick und sicherlich auch Erfahrung mit Getier jeder Art, sie umzusetzen.
Er fragte sich, ob der Hausmeister am Tag vor dem Erntedankgottesdienst noch jemanden, vielleicht sogar den Steinebrunner, gesehen hatte.
Er sah sich um. Es war ein weitläufiger Garten mit alten Bäumen, die das Gemeindehaus weit überragten. In dem Schatten, den sie spendeten, standen eine verschnörkelte Bank aus Gusseisen und ein großer Rhododendron. Dahinter rankte in der Sonne eine alte Kletterrose die Wand hinauf, die sich von den kürzer werdenden Tagen nicht erschüttern ließ und noch immer rosafarbene Blüten trug. Die große Wiese mit dem offenbar regelmäßig gemähten Rasen war im hinteren Teil von der Mauer des alten Friedhofs begrenzt. Pfennig konnte sich gut vorstellen, dass die Feste bei den Gästen der Gemeinde eine beschauliche Stimmung hinterließen. Besondere Attraktion in diesem Garten aber war selbstverständlich der Laubengang. Marlene hatte ihm begeistert erzählt, dass er seinen Ursprung im 18. Jahrhundert hatte und sich viele Hochzeitspaare umhüllt von diesem ehrwürdigen Blätterdach trauen ließen.

In dem Laubengang hörte Pfennig ein Geräusch und ging hinein. Der Mann, den er sah, war groß und braun gebrannt. Mit einer Gartenschere an einer Stabverlängerung schnitt er die Äste oberhalb seines Kopfes. Der Gärtner und Hausmeister, vermutete der Kommissar.
»Herr Brinkhus?«
»Ja?« Der Mann hielt in seiner Arbeit inne.
Er streckte dem muskulösen Enddreißiger die Hand entgegen. »Moin, Hauptkommissar Pfennig«, stellte er sich vor.

»Ich habe mir schon gedacht, dass Sie kommen, Herr Kommissar.« Udo Brinkhus wischte sich die rechte Hand an seiner Gärtnerschürze ab und begrüßte ihn mit einem so kräftigen Händedruck, dass es Pfennig fast die Tränen in die Augen trieb.
»Dann können Sie sich sicherlich auch denken, dass mich so ziemlich alles interessiert. Speziell natürlich alles, was den Tag vor dem Tod des Pastors betrifft. Ihre Beobachtungen rund um die Kirche und im Gemeindehaus. Ich habe gehört, Sie waren für die Dekoration in der Kirche zuständig?« Unauffällig knetete er seine schmerzende Hand.
»Tja«, sagte Brinkhus gedehnt, »was kann ich da sagen? Ich hab keine Wespen gesehen. Vielleicht hatten sie ihr Nest in einem der Strohballen. Keine Ahnung. Ich habe alles, was die Leute mitgebracht haben, in die Kirche getragen und dann mein Bestes gegeben, dass es schön aussieht.«
Brinkhus lächelte und Pfennig begriff, dass dieser ein Lob erwartete.
»Die Dekoration war sehr schön. Jedenfalls das, was ich noch erkennen konnte, nachdem die Spurensicherung damit fertig war.«
»Gelernt ist eben gelernt«, entgegnete Brinkhus nicht ohne Stolz. »Ich bin eigentlich Tischler. Aber in dem Job landet man heutzutage oft in irgendeiner Fabrik unter Neonröhren am Fließband. Sägt Regalsysteme zu. Ohne Tageslicht. Nee, das ist nichts für mich.« Er schüttelte den Kopf und deutete zum Kindergarten. »Da repariere ich lieber die Holzstühle von den kleinen Rabauken, baue denen eine Sandkiste und kümmere mich um den Gemeindegarten.«
Pfennig unterbrach ihn. »Sie wollten gerade etwas zur Erntedank-Dekoration in der Kirche erzählen, Herr Brinkhus. Wieso waren Sie denn eigentlich dafür zuständig; machen so etwas sonst nicht eher die Damen der Gemeinde?«, stichelte er.

Brinkhus lachte. »Ja, das kann sein, aber hier in der Arstener Kirche mache ich das seit vier Jahren. Sie müssen wissen, Herr Kommissar, während meiner Lehrzeit habe ich häufig am Theater gearbeitet. Bühnenaufbauten, Tischlereiarbeiten und so. Da bekommt man eben das eine oder andere mit, was Dekoration angeht. Wie ein Bühnenbild entsteht, wie es auf die Zuschauer wirken und was es ausdrücken soll. Ein gelungenes Bühnenbild, hat mein Chef immer gesagt, weiß das Publikum immer zu würdigen. Und das versuche ich in der Kirche auch immer so zu machen.«

Ein interessanter Gedanke, überlegte Pfennig. Die Kanzel als Bühne, das Kirchenschiff als Theatersaal, die Gemeinde als Publikum und der Mord eine Inszenierung. Eine Aufführung, ein Stück, in dem der Pastor vorgeführt werden sollte?

»Nach meiner Lehrzeit war ich mehrere Jahre als wandernder Geselle auf Baustellen in ganz Europa unterwegs«, fuhr Brinkhus unverdrossen fort und unterbrach damit Pfennigs Gedankengang. »Die schönsten Monate auf der Walz hatte ich in der Provence. Dort gibt es diese riesigen Lavendelfelder. Alles lila bis zum Horizont. Mein Kumpel und ich hatten damals die brillante Idee, die Blüten zu trocknen und in kleine Stofffetzen einzunähen. Die französischen Mademoiselles fanden es ›charmant‹ und ›magnifique‹. Und uns hat's noch nicht mal was gekostet.« Er zwinkerte Pfennig verschwörerisch zu. »Glauben Sie mir, mit so einem duften Geschenk bezaubern Sie auch heute noch jede Dame.«

»Vielen Dank für den Tipp. Aber wie Sie sich denken können, bin ich nicht hier, weil ich ein Potpourri herstellen möchte oder vorhabe, ein Lavendelblütensäckchen zu nähen. Ich ermittle wegen Mordes an Pastor Borgmann.«

»Mord?« Brinkhus war sichtlich schockiert.

»Ja, wir wissen inzwischen, dass die Wespen absichtlich in die Kirche gebracht wurden. Genauer: versteckt in einer Apfelkiste unter der Kanzel. Daher sind die Beobachtungen, die Sie am Samstagnachmittag und am Sonntag gemacht haben, sehr wichtig für uns.«

»Alles kein schöner Anblick gewesen«, sagte Brinkhus nun zerknirscht. »Der Pastor hat sich ganz schön gequält.«

»Waren Sie denn der Einzige, der die Kisten hineingetragen hat?«, versuchte Pfennig noch einmal den Kern anzusprechen.

»Nein.« Brinkhus klappte die Schere zusammen und legte sie mit dem langen Stab vorsichtig auf den Boden. Er griff in seine Tasche, holte ein Päckchen Tabak hervor und begann, sich eine Zigarette zu drehen. »Frauke, also Frau Bulthaupt«, verbesserte er sich, »die Therapeutin aus dem Kindergarten, der Leineweber und die Müllers und noch zwei Frauen und ein Mann, deren Namen ich nicht kenne. Aber ich glaube, das waren alles Eltern von den Bastelkindern.« Er leckte das Blättchen an und drehte es geschickt zu einem Röllchen zusammen. Pfennig würde diese Art zu rauchen immer ein Rätsel bleiben, da er es für zu aufwendig hielt, erst an seine Zigarette zu kommen, indem man sie noch herstellte. Er war froh, dass er in seinem Leben noch nie geraucht hatte.

»Die Vikarin«, fuhr Brinkhus fort, »Frau Lange hat mir auch geholfen, eine sehr nette Person. Ihre Freundin ist übrigens auch sehr nett.« Brinkhus zwinkerte dem Kommissar zu, aber Pfennig begriff nicht, was er damit sagen wollte.

»Ist Ihnen denn irgendwas aufgefallen an diesem Nachmittag?«

»Hm«, machte Brinkhus mit der Zigarette im Mundwinkel, »nein, es war wie immer vor dem Erntedankfest. Wissen Sie, das ist eines der wichtigsten Feste im Jahr und da ist immer viel los.«

So etwas Ähnliches hatte die Vikarin auch schon gesagt. Es war zum Verzweifeln. Im Prinzip hätte jeder die Möglichkeit gehabt, eine Kiste unter die Dekoration zu schmuggeln. Aber nicht jeder hatte ein Motiv.

»Haben Sie zufällig Herrn Steinebrunner an dem Nachmittag in der Kirche gesehen?«

»Samstagnachmittag? Ich glaube nicht.« Brinkhus nestelte sich umständlich ein Feuerzeug aus der Gartenschürze und zündete sich die Zigarette an. Er zog daran und atmete den Rauch betont langsam aus. »Aber der war nicht der Einzige, dem der Pastor übel mitgespielt hat.«
»Wie meinen Sie das?«
»Dem Steinebrunner seinen toten Jungen, dafür hat sich der Pastor noch nicht mal entschuldigt.« Brinkhus kniff seine braunen Augen zu schmalen Schlitzen zusammen. »Der Pastor war ein Mann mit zwei Gesichtern. Ich sag Ihnen das, obwohl man über einen Toten nicht schlecht reden soll.« Er schnippte die Asche auf den Boden. »Aber wenn es doch so war.«
Pfennig war erstaunt. Dieser Mann war der Erste, der einen kleinen Riss in den weißen Lack kratzte, mit dem Pastor Borgmann von allen, mit denen er bisher gesprochen hatte, angemalt worden war.
»Zwei Gesichter?«, hakte er nach.
»An dem Sonntag vor zwei Wochen konnten es alle sehen, Herr Kommissar. Da kam der Finke in die Kirche und hat sein Geld verlangt. Mitten im Gottesdienst hat er den Borgmann einen Erbschleicher und Dieb genannt. ›Ein verlorenes Schaf kehrt zurück‹, hat der Pastor dann gesagt. Er hat den armen Finke sogar noch grinsend aufgefordert, doch gemeinsam mit ihm und der Gemeinde das Vaterunser zu beten.« Brinkhus war aufgebracht und fuchtelte mit seiner Zigarette vor Pfennigs Gesicht herum. »Gemein war das, Herr Kommissar. Finke ist dann fluchend aus der Kirche gerannt.«
Pfennig hörte dem Hausmeister aufmerksam zu. Menschen ohne Macken und Schwächen waren ihm schon immer suspekt gewesen, Geistlicher hin oder her.
»Was steckte denn hinter diesen Vorwürfen gegen Pastor Borgmann?«

»Der Finke ist der Neffe von der Bodenmüller. Die ist vor einiger Zeit im Altenheim gestorben, wo der Pastor sie immer besucht hat. Ein Vermögen hat sie der Kirche vermacht und der Finke hat keinen Cent davon gesehen, obwohl er ein gutes Verhältnis mit seiner Tante hatte und sich um sie gekümmert hat. Die war zuletzt eben doch ein bisschen tüdelig. Also wenn Sie mich fragen«, Brinkhus zog heftig an seiner Zigarette, »dann hat der Finke sicher nicht alles übertrieben.«

»Dann müsste er doch einfach das Testament vor Gericht anfechten«, schlug der Kommissar vor.

»Es gab da wohl was mit dem Gericht und so, aber die haben Borgmann recht gegeben. Das müssen Sie alles den Kirchenvorsteher von Asendorf fragen, der weiß das besser als ich.«

Das waren ganz neue Gesichtspunkte, die sich ihm da auftaten. Pfennig machte die Jacke auf, weil ihm auf einmal warm wurde, obwohl er noch immer im Schatten des Laubengangs stand. Ein Pastor, der sich nicht nur gut mit alten Leuten, sondern besonders gut mit vermögenden alten Leuten verstanden hatte. Die Liste seiner möglichen Verdächtigen erweiterte sich zusehends. Und auch das Opfer selbst nahm endlich Kontur an: vom Paulus zum Saulus.

»Das sind interessante Dinge, die Sie mir da erzählen, Herr Brinkhus. Ich klopfe da mal auf den Busch.«

»Klopfen Sie, Herr Kommissar.« Brinkhus schien erleichtert, dass er in den Augen des Kommissars offenbar nichts Schlechtes getan hatte. »Und es war nicht vielleicht doch ein Unfall?«, fügte er hoffnungsvoll hinzu. »Sie sind sich sicher, dass Borgmann ermordet wurde? Ein Versehen ist ausgeschlossen?«

Pfennig nickte und wollte sich gerade mit Handschlag verabschieden, als ihm noch etwas einfiel. »Sagen Sie, haben Sie sich eigentlich gut mit dem Pastor verstanden?«

Brinkhus' Lächeln gefror. »Mal so, mal so, Herr Kommissar.« Er ließ den Zigarettenstummel auf den Boden fallen und trat mit seinem schweren Arbeitsschuh drauf. »Er war mein Boss. Ich bin hier das Mädchen für alles und so hat er mich auch behandelt.«

Frau Rahtjen saß an ihrem Schreibtisch und tippte konzentriert auf der Tastatur ihres Computers. Sie grüßte durch ein kurzes Nicken, ließ sich aber weiter nicht von ihm stören. Leichtes Sodbrennen plagte ihn. Pfennig hatte auf dem Weg zurück ins Präsidium noch eine kurze Pause am Imbiss gemacht. Er holte sich eine Flasche Mineralwasser aus der Kiste hinter der Tür und nahm sie mit in sein Büro. Die Bratwurst mit der extra Portion hausgemachtem Kartoffelsalat lag ihm schwer im Magen. Marlene hatte recht, er aß den Tag über einfach zu unregelmäßig und zu fettig. Er schenkte sich ein Glas Wasser ein und setzte sich an den Schreibtisch.
Im Eingangskorb lagen der vorläufige Bericht der Rechtsmedizin sowie eine Gesprächsnotiz von Frau Rahtjen. Er schaute auf den kleinen gelben Zettel und stöhnte. Seine Schwester Lisa hatte wegen des »Kaffeeklatsches« am kommenden Freitag angerufen. Instinktiv rieb er sich den linken Daumen. Es war wieder so weit. Pfennig erinnerte sich an die umfangreichen Vorbereitungen zu Lisas Feier im letzten Jahr.
An dem Wochenende vor ihrem Geburtstag war er extra zu ihr aufs Land gefahren, um beim Bespannen der alten Möbel zu helfen. Sie hatte sich in den Kopf gesetzt, ihre Gäste auf Rosen zu betten, wie sie es ausdrückte. Die beiden Sessel strahlten bereits in freundlichem Rosenmuster und auch das Sofa hatten sie fast fertig. Er zog den neuen Stoff glatt und hielt ihn straff gespannt unterhalb der Lehne fest. Lisa beugte sich über ihn und versuchte, sich schräg von der Seite an ihm vorbeizuhangeln, um zu helfen. Beide hatten sie eine denkbar schlechte Position eingenommen und so war es kein Wunder, dass er abrutschte. Pfennig schoss sich

mit der Tackerpistole den langen Nagel direkt durch den Daumen. Das Röntgenbild zeigte, dass der Nagel den Knochen nur um Millimeter verfehlt hatte. In der Notaufnahme des Rotenburger Krankenhauses löste der Arzt vorsichtig den geblümten Stoff, der wie ein Fähnchen am Mast noch an seinem Finger hing. Unter örtlicher Betäubung wurde der Nagel operativ aus dem Daumen entfernt. Pfennig trug seinen dick verbundenen Finger aufrecht wie ein Mahnmal vor sich her, als sie die Klinik ein paar Stunden später wieder verließen. Lisa nahm den Umschlag mit der Röntgenaufnahme und dem Bericht des behandelnden Arztes an sich. Zum letzten Weihnachtsfest bekam er von ihr eben dieses Röntgenbild in einem wuchtigen Barockrahmen geschenkt. Seine Schwester meinte, dass ihn das »Daumen mit Nagel«-Bild immer daran erinnern solle, bei allem was er tue, schön vorsichtig zu sein. Seitdem hing das Bild als Warnung über seinem Schreibtisch im Büro.

Pfennig legte den Zettel beiseite. Seine Schwester konnte er auch später noch zurückrufen. Er nahm den abschließenden Bericht der Rechtsmedizin zur Hand und lehnte sich zurück. Stubi hatte ihm das ganze medizinische Kauderwelsch von mehreren Seiten noch einmal kurz zusammengefasst. Demnach gab es keine neuen Erkenntnisse. Nach den ersten Stichen musste der Pastor in Panik verfallen sein. Die hektischen Bewegungen hatten die Wespen erst richtig aggressiv gemacht und der verschüttete Traubensaft aus dem Abendmahlskrug den Schwarm zudem angelockt. Ein Wespenstich in die Zunge des Opfers ließ diese anschwellen und blockierte die Atemwege wie ein riesiger Fleischklops. Zeitgleich erlitt Borgmann durch das Gift der Stiche einen anaphylaktischen Schock. Die einzelnen Organe versagten in kürzester Zeit, schließlich blieb das Herz stehen. Laut Stubenrauchs Notiz am Rande der Akte war eine ausreichend schnelle Hilfe für das Opfer so gut wie ausgeschlossen. Tatsächliche Todesursache allerdings war der

reflektorische Atemstillstand, ausgelöst durch die geschwollene Zunge. Pastor Borgmann war erstickt.
Der Kommissar sortierte den Bericht zurück in die Ablage und dachte nach. In all den Jahren bei der Kriminalpolizei hatte er noch nie so einen Fall erlebt. Genau genommen wurde sein Opfer dreimal getötet. Erstochen, vergiftet und erstickt. Das war schon eine sehr raffinierte Mordmethode. Da ging jemand ganz auf Nummer sicher. Sehr geplant und äußerst skrupellos. Wer ermordete auf diese Weise einen Pastor? Und warum? Mit was hatte Borgmann bei seinem Mörder einen derartigen Hass ausgelöst?
Pfennig wurde in seinen Gedanken jäh unterbrochen, als es klopfte. Hannes Herberg erschien im Türrahmen und wedelte mit einer grauen Aktenmappe.
»Hier, Ewald, ich dachte, ich bringe dir unseren Bericht eben persönlich vorbei.«
»Und gibt es etwas Neues?«, fragte Pfennig.
»Nein, eigentlich nicht. Die Holzkiste selber ist eine ganz normale, gängige Ausführung, wie sie zu Tausenden an den Marktständen für Obst und Gemüse verwendet wird. Auch der ›Kleber‹ lässt sich nicht zurückverfolgen. Da hat jemand eine Mischung aus weißem Kristallzucker, Leitungswasser und etwas flüssigem Klebstoff hergestellt. Den Leim bekommst du in jedem Schreibwaren- oder Bastelladen. Ist nichts Besonderes drin.« Er schaute in die Akte. »Die Wespen, die wir unter dem doppelten Boden gefunden haben, sind vom Imkerverein auf ihre Art und Herkunft untersucht worden. Es handelt sich um die Gemeine Wespe aus der Gattung der Kurzkopfwespen. Vespula vulgaris, um genau zu sein. Leider ist es auch hier nicht möglich, das Gebiet einzugrenzen. Diese Wespenart kommt bei uns in Norddeutschland und überhaupt in ganz Mitteleuropa sehr häufig vor.« Er klappte die Mappe zu und reichte sie Pfennig über den Schreibtisch.
»Und die rote Farbe an der Seite der Kiste?«

»Wachsmalkreide.«
»Wachsmalkreide? Wie die, mit der im Kindergarten gemalt wird?«
»Genau, aber nicht nur da. Auf dem Großmarkt zum Beispiel markieren die Händler damit ihre Waren. Die Marktleute an den Ständen schreiben häufig ihre Preise mit Wachsmalstiften direkt auf die Kisten, anstatt erst kleine Schilder zu basteln.«
»Also hilft uns das auch nicht weiter.«
»Ich fürchte, nein.« Herberg schüttelte den Kopf. »Leider sind wir auch mit dem Laptop noch keinen Schritt weiter. Der Pastor war entweder etwas paranoid, was seine Daten anging, oder es befinden sich wirklich wichtige Informationen auf dem Ding. Er hatte seinen Laptop jedenfalls gesichert wie Fort Knox. Haben wir ein Kennwort geknackt, landen wir vor der nächsten verschlüsselten Hürde. Es kann noch ein, zwei Tage dauern, bis wir so weit sind.«
»Zusammengefasst haben wir also, genau genommen, absolut gar nichts«, stellte Pfennig resigniert fest. »Danke dir trotzdem, Hannes. Vielleicht haben wir mit dem Laptop mehr Glück. Das könnte ich wirklich gut gebrauchen.«
»Tut mir leid, ich hätte gerne bessere Nachrichten für dich gehabt.« Er drehte sich zur Tür. »Lass uns demnächst mal wieder zu Paolo gehen«, schlug Herberg vor, bevor er sich verabschiedete. Paolo war ihre italienische Lieblingseisdiele, wo sie sich ab und zu trafen und ihre aktuellen Fälle besprachen. Diese Treffen waren aber für beide auch gleichzeitig ein wichtiges Ritual zum Erhalt ihrer Freundschaft.
Pfennig sah auf seine Armbanduhr. Verdammt, für den Anruf bei seinem Kollegen Jens de Vries in Husum war es schon zu spät. Er würde gleich morgen früh versuchen, ihn zu erreichen. Möglicherweise fand sich in der Unfallakte des in St. Peter-Ording ertrunkenen Konfirmanden irgendein Hinweis auf ein mögliches Motiv. Er überlegte kurz und beschloss, auf dem Heimweg noch bei der Kunsttherapeutin vorbeizuschauen. Er wollte sie nach

dem Bastelnachmittag im Gemeindehaus befragen. Vielleicht war ihr aufgefallen, wer eine Kiste mit Äpfeln in die Kirche getragen hatte. Außerdem konnte sie ihm eventuell sogar etwas zur Familie Steinebrunner erzählen, immerhin war sie mit dem Fall vertraut und kümmerte sich um die kleine Schwester des Ertrunkenen.

Pfennig suchte die Hausnummer 143 und fand zu seiner Überraschung einen Parkplatz direkt vor dem weißen Mehrfamilienhaus, dessen gepflegte Balkone mit üppigen Geranienkästen in Rosa und kräftigem Rot zur Straße blickten. Die Crüsemannallee war eine beliebte Wohnstraße, denn der Autoverkehr rauschte hauptsächlich durch die parallel verlaufende Parkallee. Diese führte zur Universität und war gleichzeitig die Ausfallstraße in Richtung Lilienthal und zur A27. Pfennig stieg aus. Es war ruhig in der Straße und außer den Leuten, die gerade von der Straßenbahnhaltestelle kamen, sah er niemanden. Er schätzte, dass die meisten Anwohner, Lehrer und Beamte, entweder um diese Zeit schon zu Hause waren oder später kommen würden, wie hanseatische Kaufleute und mittlere Unternehmer oder Stadtverordnete nach einer abendlichen Sitzung. Mehrfamilienhäuser waren in diesem noblen Stadtteil zwar eher die Ausnahme, fügten sich aber dennoch problemlos ins Bild der frei stehenden Einfamilienhäuser und Villen ein.
Man sah dem Eingang der Nummer 143 an, dass sich alle Bewohner an den Putzplan hielten. Die Mülleimer waren ordentlich rechts neben dem Hauseingang in einem eigenen Holzzaunverschlag aufgereiht, die grüne Tonne für den Biomüll, die gelbe für das Plastik und eine große schwarze für den Rest. Das Klingelbrett neben der Haustür war strahlend weiß und die Namen standen in schwarzer Schrift auf einer passgenauen weißen Pappe, die unter dem Plastik der Klingel eingesetzt war.

Pfennig drückte bei »Bulthaupt« und wartete. Keine Reaktion. Er drückte noch einmal.
»Wollen Sie zu Frau Bulthaupt?«, fragte die Stimme einer älteren Dame hinter ihm. »Die ist nicht da. Ich glaube, dass sie zum Sport wollte. Ins Fitnessstudio«, sagte sie etwas in die Länge gezogen und bemüht um eine englische Aussprache, »was die jungen Leute eben heutzutage so machen, nicht wahr.«
Sie lächelte den Kommissar an, sodass er sich fragte, ob sie ihn schon zum alten Eisen zählte und glaubte, dass er noch nie ein Sportstudio von innen gesehen hätte. Im Gegenteil, im Winter war er oft dort. In der Sauna.
»Wir sind damals«, fuhr sie in freundlichem Plauderton fort, »in den Bürgerpark gegangen und haben auf dem Emmasee eine kleine Bootsfahrt mit dem Ruderboot gemacht. Das war unser Sport. Romantisch, finden Sie nicht?«
Der Bremer Bürgerpark mit dem angrenzenden Stadtwald war damals wie heute ein beliebtes Ausflugsziel. Mit ihren zahlreichen kleinen Gebäuden, Brücken, Bänken und Spazierwegen zählte die Parkanlage zu einer der wenigen fast vollständig erhaltenen gartenkünstlerischen Schöpfungen des 19. Jahrhunderts. Im letzten Juli hatte Pfennig seine Frau zum »Sommernachtstraum« in den Park eingeladen. Die bremer shakespeare company spielte jedes Jahr ein paar Abende lang Openair-Aufführungen an der Melchersbrücke hinter dem Emmasee. Nach den ersten beiden Szenen hatte es angefangen zu regnen. Doch Bremer kannten es nicht anders und ließen sich davon nicht verdrießen. Auch Pfennig und Marlene hatten sich den Rest des Stückes daher in ihren Regenjacken und bibbernd auf unbequemen Klappstühlen eng aneinandergekuschelt angesehen.
Pfennig blickte die Nachbarin an. Er konnte sich vorstellen, dass sie eine schöne Frau gewesen war, die sich zu ihrer Zeit keine Sorgen um fehlende Verehrer hatte machen müssen. Ihre lilagrau

gefärbten Haare waren in einer Dauerwelle um den Kopf gelegt und er konnte sogar einen Hauch von Lippenstift erkennen, der tatsächlich mit ihren braunen Augen harmonierte.

»Na ja, wenn Frau Bulthaupt nicht zu Hause ist, dann komme ich ein anderes Mal wieder.« Pfennig war ein wenig enttäuscht. Hätte er die Therapeutin heute angetroffen, könnte er einen Namen mehr von seiner Liste streichen. »Und Sie sind Frau ...?«

»Schnakenberg. Ich bin Frau Schnakenberg, Erdgeschoss«, sagte sie und zeigte auf ihren Klingelkopf.

»Frau Schnakenberg«, wiederholte er höflich, »wissen Sie vielleicht, wann ich Ihre Nachbarin am besten antreffen kann?«

»Vormittags nicht. Da ist sie in den Kindergärten unterwegs. Ich würde eigentlich sagen, am besten wieder um diese Zeit, wenn sie dann nicht gerade bei ihrem Freund ist.« Sie überlegte und ihr Gesicht hellte sich auf. »Sie hat versprochen, mir morgen Nachmittag mit meinen Wasserkisten zu helfen. Die sind doch so schwer und die trägt sie mir immer in die Wohnung. Sehr lieb von ihr. Frau Bulthaupt ist eine wirklich hilfsbereite Person. Und ihr Freund ebenso; ein sehr netter junger Mann. Wissen Sie, wenn man so allein ist wie ich, dann ist eine gute Nachbarschaft ein Geschenk Gottes.« Sie deutete mit beiden Händen zum Himmel, als würde sie ein Dankgebet senden, und sah dann Pfennig wieder an. »Worum geht es denn?«

»Ich wollte sie zu etwas aus der Gemeinde fragen, wo sie in dem Kindergarten arbeitet. Aber das hat auch bis morgen Zeit. Vielen Dank für Ihre Hilfe.«

Bevor sie noch etwas sagen konnte, drehte der Kommissar sich um und ging den gepflasterten Weg zu seinem Auto zurück. Als er einstieg, sah er, dass die alte Dame ihm neugierig nachblickte. Die Sonne stand schon tief und das letzte helle Licht des Tages brachte die Blumen an den Balkonen über ihr zum Leuchten. Die Tage wurden merklich kürzer. Pfennig seufzte, die Segelsaison für dieses Jahr hatte er nun wohl endgültig verpasst. Er winkte ihr noch einmal zu und scherte aus dem Parkplatz aus.

Zu ihm nach Hause war es nicht weit. An der Kirchbachstraße musste er zwar lange vor der Kreuzung warten, kam aber insgesamt relativ zügig voran. Von der Konrad-Adenauer-Allee bog er schließlich rechts ab in die Ostpreußische Straße. Der Name hatte nach Pfennigs Umzug vor fünfzehn Jahren bei seinem Kollegen von der Rechtsmedizin für Erheiterung gesorgt. Mit einem breiten Grinsen hatte Stubi ihn gefragt, ob er jetzt seine Wurzeln als Bremer Urgestein verleugnen und zu den Preußen überlaufen wolle. »Nicht, dass du noch auf den Gedanken kommst, Deutschlands Grenze verläuft erst an der Weichsel«, hatte Stubi damals gefeixt. Die Einbahnstraße war nicht viel befahren und wurde von ein- und zweistöckigen Häusern gesäumt, deren Gärten Kindern noch viel Platz zum Spielen boten. Marlene und er hatten keine gemeinsamen Kinder. Peter war Marlenes Sohn aus ihrer ersten Ehe und lebte als Werbefachmann mit seiner Familie in Hamburg. Peter und der Kommissar mochten sich von Anfang an. Er kam regelmäßig zu Besuch, mal allein und mal mit seiner Frau und den beiden Töchtern. Manchmal trafen sie sich auch in Hamburg, bei gutem Wetter gerne auch zum Segeln auf der Alster. Das waren immer sehr heitere Ausflüge. Sie hatten Pfennig wenigstens ein bisschen für die versaute Segelsaison in diesem Jahr entschädigt. Er fragte sich allerdings, ob Helen und Marit, Peters Töchter, nicht bald zu groß dafür waren. Er würde seine Frau fragen müssen. Wieder einmal wurde Pfennig klar, dass er mit Kindern keine Erfahrung hatte, und mit einem Anflug von Hilflosigkeit dachte er an den Kindergarten, in dem er gerade ermitteln musste.

Er schloss die Haustür auf und trat in die Diele. Marlene hatte ein Händchen für Innenausstattung. Sie hatte es geschafft, die

dunklen und abgewohnten Räume in ein helles und freundliches Zuhause zu verwandeln. In jedem Zimmer gab es eine vorherrschende Farbe. Die Stube hatte ein dezentes Lindgrün in der Mustertapete und in den Sofakissen. Die Küche hatte blau gefärbte Fliesenfugen. Das Bad war weiß mit Messingarmaturen und einem goldumrandeten Spiegel. Und die Diele war rosa. Weil es so gut zu ihrem Rosengarten passe, hatte Marlene es begründet, als sie seinen skeptischen Blick in den Farbeimer bemerkte. Niemals hätte er gewagt, das Gegenteil zu behaupten, er ließ ihr in allem, was die Gestaltung ihrer gemeinsamen vier Wände betraf, freie Hand. Marlene missverstand seine Haltung manchmal und warf ihm vor, er sei ignorant ihren Bemühungen gegenüber, ihnen ein gemütliches Heim zu schaffen, und behauptete, er habe eben kein Auge für so etwas. In solchen Situationen pflegte er sie liebevoll anzulächeln und zu sagen: »Aber dich habe ich gesehen, Liebes, und das beweist, dass ich sehr wohl ein Auge für schöne Dinge habe.« Angesichts dieses Charmes schmolz ihr Zorn von einem Sturm zu einer kleinen Böe zusammen und meist antwortete sie seufzend: »Quod erat demonstrandum – was zu beweisen war.«
Pfennig war fast vierzig, als sie sich kennengelernt hatten. Sie hatte eine enttäuschende Ehe hinter sich und er war noch immer Junggeselle. »Wieso eigentlich?«, hatte Marlene ihn später gefragt. Es hatte sich einfach nicht ergeben. Immer wenn er eine Freundin hatte, von der er glaubte, es könne etwas Dauerhaftes werden, verließ sie ihn meist wegen seiner unregelmäßigen Arbeitszeiten bald wieder. Ein Phänomen übrigens, das er mit dem Großteil seines Kollegenkreises teilte, egal ob männlich oder weiblich. Irgendwann gab Pfennig es auf, eine Partnerin zu suchen, und konzentrierte sich einfach nur auf seinen Job, der ihm immer schon Spaß machte. Und entdeckte das Hobby aus seiner Jugend, das Segeln, als Freizeitausgleich und Seelentröster für sich wieder. Marlene war die Erste gewesen, die blieb.

Er legte seinen Schlüssel auf die Ablage, hängte seine Jacke an die Garderobe, zog die Schuhe aus und schlüpfte in seine Hausschuhe.
»Da bist du ja«, begrüßte ihn seine Frau und gab ihm einen kleinen Kuss. »Ich mache uns schnell ein Abendbrot.«
Pfennig folgte ihr in die Küche. Noch immer war er für jeden Tag dankbar, den sie beide miteinander teilten.
»Wie war dein Tag?«, fragte sie ihn, während sie die Radieschen putzte.
»Die Versicherung aus Hamburg will nicht zahlen. Der Sachbearbeiter schiebt jeden Tag ein neues Formular vor, das ihm noch fehlt. Ein gelackter Affe ist das«, redete sich Pfennig langsam in Rage, »heute hat er wieder angedeutet, dass ich zu dämlich wäre, ein Boot geradeaus zu segeln.«
Er nahm die Teller aus dem Schrank und ließ sie auf den Tisch fallen, sodass sie klapperten. Marlene drehte sich mit einem missbilligenden Blick um. Er beherrschte daraufhin seinen Ärger, legte das Besteck ordentlich neben die Teller und vergaß auch die Servietten nicht. Dennoch konnte er es nicht lassen, den Stuhl geräuschvoll hervorzuziehen, um sich zu setzen.
Marlene kam mit den Radieschen, der Butter und dem frischen Brot an den Tisch.
»Du ärgerst dich doch nur so sehr über diesen Schnösel, weil du selbst denkst, du wärst zu blöd zum Geradeaussegeln.« Sie sah ihm direkt in die Augen und lächelte.
»Hm«, grunzte er.
Seine Frau wusste immer, wie es um ihn stand, so als ob sie mit einem Röntgenblick in ihn hineinsehen könnte. Ja, er ärgerte sich maßlos über seine Unachtsamkeit. Er wollte doch nur das blöde Kissen aus der Achterkajüte holen, um bequemer am Ruder sitzen zu können. Missgelaunt biss er in sein Brot.
»Die werden schon zahlen«, brachte Marlene das Thema zum Ab-

schluss. »Lisa ist übrigens auf dem Anrufbeantworter. Sie wollte uns an ihren Kaffeeklatsch am Freitag erinnern. Rufst du sie zurück und sagst ihr noch mal, dass ich am Wochenende nicht da bin?«

»Wieso, wo bist du denn?« Pfennig griff sich das letzte Radieschen und knabberte die rote Haut kreisförmig ab.

Über Lisa hatte er seine Frau erst kennengelernt. Sie kannte Marlene schon länger als er. Marlene wohnte damals noch ganz in der Nähe seiner Schwester auf dem Land zwischen Hamburg und Bremen bei Rotenburg. Lisa wollte auf eine Kunstmarktausstellung und weil Pfennig gerade bei ihr zu Besuch war, hatte sie ihn gegen seinen Protest mitgeschleift.

»Ich muss dort Fotos machen«, sagte sie. Sie hatte ein kleines Fotoatelier in Lauenbrück und musste jeden Auftrag annehmen. Er wusste, dass dies einer der angenehmeren Außendienste für sie war im Vergleich zu den Feuerwehrvereinen oder Kindergärten, mit denen sie ansonsten damals ihr Brot verdiente. »So ein bisschen Kunst wird dir außerdem mal ganz gut tun.«

»Was kann in einer Scheune im güllegetränkten Nirgendwo schon Kunst sein?«, murrte er. Doch Widerspruch war zwecklos. Lisa kannte selbstverständlich fast alle Ausstellerinnen. Es waren ausschließlich Frauen, die in der mühevoll dekorierten Scheune die Ergebnisse ihrer Hobby-Ergüsse der Öffentlichkeit preisgaben. Hausfrauen, die zu viel Zeit hatten, weil die Kinder aus dem Haus waren, dachte Pfennig abfällig.

Lisa blieb bei allen lange stehen und schwatzte. Weil Pfennig keine Lust hatte, wie ein kleiner Junge danebenzustehen, schlenderte er lustlos durch die Gänge und sah sich die Bilder an. Es gab viele Landschafts- und Tierbilder, am furchtbarsten fand er ein kitschiges Ölbild von einem Reh. Dazwischen hingen auch mal Farbflecken von Blumensträußen oder bewachsenen Hofeinfahrten. Er wollte gerade gehen und draußen vor der Scheune auf Lisa warten, als er plötzlich vor einem Bild stehen bleiben musste. Eine Explosion von Farben erschütterte ihn bis ins Mark. Noch nie hatte er ein solches Bild gesehen. Es war nichts Gegenständliches darauf zu erkennen. Orange, Rot, Weiß und Gelb flossen hin und her, so als ob ihnen die Maße der Leinwand zu eng wären und sie daraus ausbrechen wollten. Pfennigs Sinne waren fokussiert auf diesen halben Quadratmeter und hatten die Außenwelt ausgeblendet, als ihn eine freundliche Stimme in die staubige Realität der Scheune zurückkatapultierte.

»Gefällt es Ihnen?«

Vor ihm stand eine umwerfende Frau, die ihn anlächelte. Ihre Augen waren traurig und doch gleichzeitig voll Lebensfreude.

Pfennig fehlten die Worte und er starrte sie an. Genau wie dieses Bild, dachte er.

»Ah, ihr habt euch schon kennengelernt«, hatte seine Schwester Lisa hinter ihm gesagt, genau im richtigen Moment, bevor es peinlich geworden wäre. Im Nachhinein erinnerte er sich oft an diesen Augenblick.

Mit einem Lächeln im Gesicht wandte Pfennig sich wieder der Gegenwart zu. Irgendwie freute er sich inzwischen doch auf den Geburtstag seiner Schwester.

»Ewald, du weißt doch, dass ich dieses Wochenende nach Spiekeroog fahre. Zum Malkurs«, erinnerte Marlene ihn. »Wolltest du nicht sogar den Chauffeur für uns spielen?«

»Tja, dafür habe ich leider keine Zeit mehr, denn der ›Kripoman‹ hat gegenüber dem ›Gentleman‹ derzeit Oberwasser.«

»Ich komme schon klar.« Sie lächelte und tippte ihm dann nachdrücklich auf die Brust. »Wenn du zu Lisa fährst, dann vergiss bitte nicht, die blaue Plane für die Rückbank mitzunehmen«, mahnte sie. »Denk an das letzte Mal, da hat der Wagen einen Monat lang nach Kneipe gestunken.«

Der Kommissar nickte und schmunzelte.

Dienstag

Ein Auffahrunfall staute den Verkehr in der Kirchbachstraße auf beiden Spuren. Pfennig saß in seinem Wagen und trommelte mit den Fingern auf das Lenkrad. Eigentlich wollte er heute ein wenig früher im Büro sein. Er sah auf seine Uhr und beschloss, die unfreiwillige Wartezeit zu nutzen und seine Schwester anzurufen. Er tippte die Nummer in sein Handy und war überrascht, sie sofort am Apparat zu haben.

»Moin Lisa, ich bin es, Ewald.«

»Lieb, dass du dich meldest, Waldi.« Lisa war die einzige Person, die ihn so nennen durfte. Bei allen anderen, einschließlich seiner Frau, verbot er sich diesen Kosenamen aus der Kindheit vehement.

»Ich habe es gestern leider nicht mehr geschafft, dich zurückzurufen. Was gibt es denn?«

»Du, wegen Freitag, ihr kommt doch, oder?!«

»Marlene ist das Wochenende mit ihren Freundinnen zum Malen auf Spiekeroog, aber ich habe auf jeden Fall vor zu kommen«, versprach Pfennig.

»Ach, das mit Marlene ist sehr schade. Aber ich freue mich natürlich auch, wenn du alleine kommst.«

Sie hatte von klein auf die unheimliche Gabe, immer in allem, was passierte, nur das Positive zu sehen. Selbst in den dunkelsten Stunden nach dem Tod ihres Mannes stand für Lisa immer die Freude über die gemeinsamen Jahre im Vordergrund. Vergangenes war vergangen und sie behielt es in liebevoller Erinnerung. So etwas wie Sehnsucht nach den alten Zeiten oder gar Wehmut waren ihr fremd. Sie lebte im Hier und Jetzt. Langfristige Pläne kannte sie nur, wenn sie ihren Geburtstag betrafen. Dafür konnte sie sich ein halbes Jahr vorher schon Gedanken über die Tischdekoration und die Anordnung der Schnittchen auf den Platten machen.

»Waldi, könntest du vielleicht die Getränke besorgen? Du weißt ja, mit dem Fahrrad sind Großeinkäufe immer etwas mühsam.«
»Kein Problem, was soll ich denn mitbringen?« Seine Schwester besaß keinen Führerschein. Sie machte alle Besorgungen mit dem Rad, soweit es ging.
»Es werden wohl so etwa zwanzig Leute.« Lisa überlegte kurz. »Ich würde sagen eine Kiste Bier, sechs Flaschen Himbeergeist – aber den guten! Absinth, Whiskey und zwanzig Flaschen Prosecco.«
»Meine Güte! Sind Dean Martin und Frank Sinatra diesmal auch mit unter den Gästen?«
»Nein.« Lisas Lachen dröhnte aus seiner Freisprechanlage und erfüllte das Wageninnere. »Aber das, was übrig bleibt, wird ja nicht schlecht.«
Für ein Tässchen Sekt ergab sich immer ein Anlass, pflegte sie zu sagen. Besonders wenn sie mit ihren Künstlerfreunden zusammen war. Pfennig fand ihre Trinkgewohnheiten manchmal etwas bedenklich. Schließlich wurde man im Alkoholrausch nicht automatisch zu einem Vincent van Gogh oder Henri Toulouse-Lautrec. Absinth hin oder her.
»Na gut, ich besorge dir die Getränke. Aber vielleicht darf es zudem auch etwas Alkoholfreies sein?«
»Danke, Waldi, aber das brauchst du nicht. Die drei Flaschen Orangensaft bekomme ich locker ins Fahrradkörbchen.«
Er hatte befürchtet, dass sie etwas in der Art antworten würde. Pfennig verabschiedete sich von seiner Schwester und versprach, möglichst frühzeitig am Freitagnachmittag in Lauenbrück zu sein. Er würde zusätzlich wieder eine Kiste Wasser mitbringen, im letzten Jahr hatte sich auch der eine oder andere dankbare Abnehmer gefunden.
Er ließ die Kupplung vorsichtig kommen und der Passat rollte langsam ein paar Meter vorwärts. In einiger Entfernung konnte er das gelbe Blinklicht des Abschleppdienstes erkennen. Ein gutes

Zeichen, dann würde sich der Stau sicher bald auflösen. Pfennig wollte gerade das Radio einschalten, als sein Handy klingelte.
»Hier ist Jürgen von Asendorf, hallo Herr Hauptkommissar.«
»Herr von Asendorf«, begrüßte er den Kirchenvorsteher der St. Johannes Gemeinde in Arsten und ihm fiel die Erbschaft ein, die Udo Brinkhus am Vortag bei ihrer Unterhaltung im Laubengang erwähnt hatte. »So ein Zufall, ich hätte Sie heute auch noch angerufen.«
»Ich sollte mich doch bei Ihnen melden, falls mir noch etwas einfällt. Ich weiß auch nicht, wie ich das vergessen konnte, aber bei all der Aufregung und dem Durcheinander am Sonntag habe ich daran gar nicht mehr gedacht. Erst gestern Abend wieder.«
»Um was handelt es sich denn?«, unterbrach Pfennig den Redeschwall.
»Letzten Donnerstag habe ich zufällig in Pastor Borgmanns Wohnung einen Streit mitbekommen.«
Pfennig wurde hellhörig. Ein Streit nur drei Tage vor dem Mord?
»Was für einen Streit?«
»Ich bin an dem Morgen noch kurz im Gemeindehaus gewesen. Ich habe Aktenordner ins Sekretariat gebracht.«
Der Kommissar entschied, bei der Erwähnung von Aktenordnern erst mal nicht weiter nachzuhaken. Er glaubte zu wissen, um welche Unterlagen es sich dabei handelte. Im Moment war es wichtiger, mehr über den Streit zu erfahren. Pfennig rief sich die Räumlichkeiten des Gemeindehauses ins Gedächtnis. Das Sekretariat lag direkt unter dem Arbeitszimmer des Pastors, soweit er sich erinnerte.
»Ich habe der Sekretärin eine kurze Notiz geschrieben, damit sie weiß, was mit den Ordnern geschehen soll, wenn sie aus dem Urlaub zurückkommt. Die gehören jetzt ins Archiv.«
»Wissen Sie noch, um welche Uhrzeit Sie dort waren?«
»Es muss so gegen neun Uhr gewesen sein. Ich war eigentlich auf

dem Weg zur Arbeit, als mir plötzlich einfiel, dass ich die Akten noch im Kofferraum hatte.«

»Was haben Sie denn genau gehört?«

»Ich hörte, wie Pastor Borgmann sich sehr laut mit jemandem stritt. Es ging, so wie ich es verstanden habe, um Geld. Immer wieder fielen die Worte Umschlag und Bargeld. Ich habe den Herrn Pastor zuvor nie so brüllen gehört. Er muss sich offensichtlich sehr aufgeregt haben.«

»Konnten Sie hören, mit wem er den Streit hatte?«

»Nein, leider nicht. Die zweite Stimme war zu leise. Ich kann nicht einmal mit Sicherheit sagen, ob es ein Mann oder eine Frau gewesen ist.«

»Sie vermuten, dass es um Geld ging, Herr von Asendorf. Könnte es sich vielleicht um die Erbgeschichte der alten Dame gehandelt haben? Ich habe erfahren, dass deren Neffe darüber alles andere als erfreut gewesen sein soll.«

»Sie meinen Rainer Finke«, schnaufte der Kirchenvorsteher in den Hörer. »Kann sein, aber ich wüsste nicht, was der im Gemeindehaus verloren hätte. Vor allem nicht nach der Nummer, die er sich den Sonntag zuvor im Gottesdienst geleistet hat.«

»Ich habe davon gehört. Finke war angeblich angetrunken und hat den Pastor einen Erbschleicher und Dieb genannt, nicht wahr?«

»Stellen Sie sich das einmal vor, Herr Kommissar. Einen Pastor während des Gottesdienstes so zu beschimpfen! Was erlaubt der sich. Kein Benehmen, dieser freche Kerl! Pastor Borgmann hat auf den misslichen Vorfall erstaunlich gefasst und souverän reagiert.«

Diese Situation hatte der Gärtner völlig anders geschildert, erinnerte sich Pfennig. Borgmann sei gemein und arrogant dem Neffen gegenüber gewesen, hatte Brinkhus erzählt. »Was war denn das für ein Prozess, den Sie gegen Herrn Finke geführt haben?«

»Es war umgekehrt. Herr Finke prozessierte gegen uns. Als seine Tante Hanna Bodenmüller starb, hat sie der Kirchengemeinde

Arsten ihr Geld vermacht. Pastor Borgmann hatte, im Gegensatz zu ihrem nichtsnutzigen Neffen, ein enges und herzliches Verhältnis zu der alten Dame. Da war es kein Wunder, dass sie ihr Geld lieber der Kirche vererbte, als es Finke in den Rachen zu werfen. Auch wenn der ihr einziger Verwandter war.«
»Rainer Finke sah das offensichtlich anders.«
»Allerdings. Er unterstellte Pastor Borgmann, dieser habe seine Tante emotional erpresst. Sein windiger Anwalt wollte das Testament anfechten. Hanna Bodenmüller sei nicht mehr im Vollbesitz ihrer geistigen Kräfte gewesen und so weiter. Das übliche Verfahren eben, wenn man bei einer Erbschaft leer ausgeht. Insgesamt zog sich der Prozess über anderthalb Jahre. Erst vor vier Wochen wurde das Urteil zugunsten der Kirche verkündet.« Von Asendorf wirkte hörbar erleichtert darüber, dass dieses lästige Thema nun endgültig vom Tisch war.
»Können Sie mir sagen, wo ich Rainer Finke finden kann?«
»Soweit ich mich erinnere, arbeitet er auf dem Großmarkt am Hafen an einem Obst- und Gemüsestand.«
Der Kommissar beendete das Telefonat und legte den ersten Gang ein. Der Stau hatte sich aufgelöst. Ohne weitere Zwischenfälle erreichte er das Präsidium und fuhr auf den Parkplatz unterhalb seines Bürofensters. Im Auto sitzend, notierte er sich die neuen Informationen und blätterte den Notizblock kurz durch. Hatte Hannes nicht erwähnt, dass die rote Wachsmalkreide auch auf Märkten zur Beschriftung von Kisten verwendet wurde? Und er musste unbedingt seinen Kollegen in Husum wegen des toten Konfirmanden befragen.

Frau Rahtjen hockte auf dem Fußboden und steckte gerade ein grünes Stäbchen in die Erde der Yukka-Palme, als Pfennig das Büro betrat.
»Guten Morgen, Frau Rahtjen«, begrüßte er sie und hängte seine

Jacke auf, »wenn Sie Ihren Joint ausgedrückt haben, sagen Sie mir Bescheid. Ich hätte noch einen Auftrag für Sie.«

»Moin, Herr Kommissar«, sagte sie und sah ihn aus ihrer Froschperspektive heraus amüsiert an, »diese Düngestäbchen wirken Wunder. Eine Freundin von mir hat zu Hause eine wahre Oase gezaubert. Die armen Grünpflanzen brauchen ab und zu eben auch einmal Vitamine.« Sie stand auf und legte die Packung mit den restlichen Düngestäbchen in eine Schublade ihres Schreibtisches. »Sie sind spät dran heute, ich dachte schon, ich müsste alleine weiterermitteln«, sagte sie und glättete ihren bordeauxroten Rock, bevor sie sich an den Computer setzte.

»Hier, Miss Marple«, Pfennig reichte ihr über den Schreibtisch einen Zettel, den er aus seinem Notizbuch ausgerissen hatte. »Finden Sie doch bitte heraus, wo wir diesen enterbten Neffen finden können. Er heißt Rainer Finke und soll bei einer Firma auf dem Großmarkt angestellt sein.«

Frau Rahtjen warf einen Blick auf den eng beschriebenen Schmierzettel und sah Pfennig tadelnd an. Wortlos wandte sie sich ihrem Computer zu, und machte sich an die Recherche.

Pfennig nahm sich schnell einen Kaffee, gab etwas Milch hinein und ging mit der Tasse in sein Büro. Er war wirklich sehr spät dran.

Während er darauf wartete, dass die Zentrale ihn mit seinem Kollegen in Husum verband, knöpfte er sich die Manschetten auf, rollte seine Hemdsärmel ein Stück hoch und ging zum Fenster. Ein trostloser Anblick, dieser Parkplatz. Im Vergleich dazu war das Büro von Jens de Vries eine echte Lounge, in der man zufällig auch noch arbeiten konnte. Von einem Besuch vor ein paar Monaten wusste Pfennig, dass der Leiter der Wasserschutz- und Verkehrspolizei in einem älteren Gebäude direkt am Hafen saß und auf die Nordsee schauen konnte.

Die beiden Kommissare hatten sich im vorletzten Jahr auf einem Polizeikongress in München kennengelernt. Als zwei Norddeutsche südlich des Weißwurst-Äquators waren sie schnell miteinander ins Gespräch gekommen. Für Jens de Vries war es der erste längere Aufenthalt in Süddeutschland und er kämpfte gegen die erheblichen Schwierigkeiten an, die er mit der Mentalität und den verschiedenen Dialekten hatte. Sein Husumer Kollege beherrschte zwar neben Englisch auch mehrere skandinavische Sprachen fließend, aber das half ihm auf dem Kongress nicht viel. Pfennig musste während mancher Vorträge als eine Art Simultandolmetscher für bayerische Mundart fungieren. Den schlimmsten Fauxpas leistete sich de Vries, als er einem Karlsruher Kollegen auf die Schulter klopfte und ihm herzlich dazu gratulierte, dass die Schwaben einfach die besten Spätzle machen würden. Die Nachricht, dass einer der »Fischköpfe« Badener und Schwaben in einen Topf warf, hatte sich unter den Badener Polizisten wie ein Lauffeuer verbreitet. Die Reaktionen reichten von mitleidigem Kopfschütteln bis hin zum verärgerten Ignorieren des Kollegen. Ein Polizeianwärter erbarmte sich und versuchte Jens de Vries die badisch-schwäbische Beziehung anhand eines Beispiels zu erklären: Aus Sicht der Badener entstanden die Schwaben, als der liebe Gott auf dem Feldberg saß, über den Rhein blickte und die Badener schnitzte. Jedes Exemplar, das nichts wurde, warf er hinter sich.

De Vries hatte sich danach umso enger an Pfennig gehalten, um weitere regionale Fettnäpfchen zu umgehen. Und da sie sich so gut verstanden und zudem die Leidenschaft fürs Segeln teilten, hatten sie sich im letzten Jahr für ein Wochenende auf Helgoland getroffen. De Vries und seine Frau Karin waren von Husum, Pfennig und Marlene von Bremen aus dorthin gesegelt. Und obwohl sich die Paare noch nicht gut kannten, war es ausgesprochen lustig gewesen. Mittags hatten sie an den bunt gestrichenen Holzbu-

den im Hafen Hummer und Scholle gegessen und abends waren sie auf de Vries' Boot bei Bier und Cocktails versackt.
Mit einem Seufzer dachte Pfennig wieder an sein lädiertes Boot.
»Moin! Wie geiht di dat, Ewald?«, begrüßte de Vries ihn auf Platt. Seine Stimme verriet Pfennig, dass er sich wirklich freute, von ihm zu hören.
»Moin, Jens! Goot, un sölvst?«
»Bei uns ist heute die Hölle los.« De Vries wusste, dass Pfennigs Kenntnisse op Platt mit der Begrüßung aufgebraucht waren und wechselte deshalb ins Hochdeutsche. »Da sollte man meinen, die Küstenbewohner sind Nebel gewohnt. Aber nein, kaum ist das Wetter mal nicht heiterer Sonnenschein, nehmen die Verkehrsunfälle sofort bedeutend zu. Man konnte heute Morgen kaum vom Schaf bis zum Deich sehen, alles eine dicke Suppe. Einige Autofahrer sind trotzdem der Überzeugung, es wäre nicht nötig, mal das Tempo zu drosseln. Denen reicht es, wenn die Nebelleuchte eingeschaltet ist.«
»Ich will dich auch gar nicht lange aufhalten«, Pfennig hörte im Hintergrund, dass es im Büro seines Kollegen hoch herging, »aber ich habe eine Bitte.«
»Schieß los!«
»In St. Peter-Ording ist Ostern ein Jugendlicher aus Bremen ertrunken. Er hieß Philipp Steinebrunner. Ich weiß nicht, ob du dich erinnern kannst.«
»Doch klar, der Unfall mit dem Konfirmanden. Ich war damals bei der Suchaktion dabei. Wie kann ich dir helfen?«
»Weißt du, ob damals irgendetwas ungewöhnlich war? Ich meine, war es wirklich ein Unfall oder steckte vielleicht doch mehr dahinter? Der Vater scheint den Pastor, der damals die Freizeit geleitet hatte, noch immer für den Tod seines Sohnes verantwortlich zu machen.«
»Der Vater, ich erinnere mich. Sehr traurig. Der hat uns damals

alle auf Trab gehalten mit seinen Beschuldigungen. Was willst du genau wissen, wieso interessiert dich das?«

»Ich weiß noch nicht. Im Moment suche ich noch nach einem Motiv. Der Pastor, der Ostern mit an der Nordsee war, ist am Sonntag hier in Bremen ermordet worden.«

»Ach, du hast den Fall an den Hacken? Ich habe davon in der Zeitung gelesen. Ich nehme mir die Akte am besten noch mal vor, obwohl ich nicht glaube, dass ich etwas finden werde. Der Junge war wahrscheinlich ziemlich betrunken. Soweit ich mich erinnere, haben seine Freunde damals ausgesagt, dass sie sich ein ganzes Stück von ihrer Gruppe entfernt hatten, um irgendein hartes Zeug zu trinken. Als sie zurück zu den anderen wollten, hat Philipp seine beiden Kumpel vorgeschickt. Er wollte nur kurz pinkeln und dann nachkommen. Er hat vermutlich die Orientierung in der Dunkelheit verloren und nicht bemerkt, dass er ins Watt läuft, statt zu seiner Gruppe. Da muss er an dem breiten Strand vom auflaufenden Wasser überrascht worden sein.«

»Das habe ich hier schon von verschiedenen Seiten gehört. Aber sicher ist sicher. Vielleicht fällt dir doch noch etwas auf.«

Jens de Vries versprach ihm, die verschiedenen Zeugenaussagen und Berichte noch einmal detailliert durchzugehen und sich in den nächsten Tagen bei ihm zu melden. Pfennig bedankte sich und wusste, dass er sich auf ihn verlassen konnte. Sie unterhielten sich noch kurz über die anstehende Bootsreparatur in Bremerhaven.

»Grüß deine bessere Hälfte«, sagte Pfennig zum Abschied.

Pfennig nippte vorsichtig an seinem Kaffee, der noch ziemlich heiß war, und überlegte, was er als Nächstes tun musste. Markus Dierks, fiel es dem Kommissar ein – den langjährigen Freund und ehemaligen Kommilitonen von Borgmann hätte er beinahe vergessen. Bei ihm musste er sich unbedingt melden. Schließlich

schien er der einzige Mensch zu sein, der Ralph Borgmann auch von seiner privaten Seite kannte. Er suchte in seinen Notizen nach der Telefonnummer. Die Vikarin hatte ihm extra zusätzlich die Nummer der Bremer Landeskirche gegeben, wo Pastor Dierks in der zentralen Verwaltung derzeit in der Öffentlichkeitsarbeit tätig war. Endlich fand er den zusammengefalteten Zettel in seinem Block. Er hatte Glück, denn Pastor Dierks war gleich am Apparat und gern bereit, sich mit dem Kommissar zu treffen, allerdings lieber in der Innenstadt als im Präsidium in der Vahr. Sie verabredeten sich zur Mittagszeit im Café Engel im Ostertorviertel.
Café Engel, dachte Pfennig, wie passend für einen Kirchenmann.

Gerade als Pfennig das Gespräch beendet hatte, hörte er durch die geschlossene Bürotür Stimmen im Vorzimmer.
»Moin!«, rief Hannes Herberg fröhlich. »Wie ist die Lage im ›Indian Office‹?«
»Wie bitte?«, fragte Frau Rahtjen, offenbar irritiert.
»Im ›Indian Office‹«, wiederholte er vergnügt. »Wussten Sie nicht, dass Sie im ganzen Haus so genannt werden?«
»Indisches Büro? Und was bin ich dann bitte – die Haremsdame vom Kommissar?«
»Gibt es denn eine Haremskultur in Indien?«, entgegnete Herberg interessiert.
Pfennig kam aus seinem Büro. »Habe ich irgendetwas verpasst?«, mischte er sich neugierig ein.
»Herr Kommissar«, sagte Frau Rahtjen mit wachsender Empörung. »Als ob wir hier im Konkubinat wären!« Dabei sah ihr linkes Auge an ihm vorbei aus dem Fenster.
»Das indische Büro?« Rätselnd sah er sich um. Er konnte in dem typischen Stall eines Bürohengstes und seiner Herde nichts entdecken, was an den Mittleren Osten erinnerte. »Wenn das mal nicht an der Ehre des Innenarchitekten für graue Behörden kratzt.«

»Das ist doch ganz klar«, Herberg grinste breit. »Ihr seid schließlich das Büro am Ende des Ganges!«
Der Kommissar und Frau Rahtjen sahen ihren Kollegen von der Spurensicherung verständnislos an.
»Am Ende des GANGES.« Er betonte jeden einzelnen Buchstaben. Das begeisterte Grinsen blieb voller Erwartung in seinem Gesicht stehen, wie bei einem Dreikäsehoch vor dem Kasperletheater. Doch Pfennig und Frau Rahtjen begriffen seinen Witz noch immer nicht.
»Ist ja auch egal«, winkte er ab und verdrehte die Augen. »Vergesst es einfach.« Er gab Pfennig einen braunen Umschlag und nahm die Haltung eines Kripobeamten an, der voller Konzentration Informationen weitergeben wollte. »Ich habe hier den endgültigen Bericht der Rechtsmedizin. Von Stubi soll ich dir ausrichten, dass es keine neuen Erkenntnisse gibt. Die Leiche von Borgmann ist seit heute freigegeben.«
»Der Fluss!« Frau Rahtjen schien das Rätsel gelöst zu haben, doch Pfennig stand noch immer auf der Leitung. Sie sah den Kommissar an und summte »Kalkutta liegt am Ganges, Paris liegt an der Seine …«
»… und dass ich so verliebt bin, das liegt an Madeleine«, sang Pfennig den alten Schlager weiter. Er sah Herberg triumphierend an, der lachend und kopfschüttelnd das Büro verließ.

Es war kurz nach halb eins, als Pfennig das Café Engel im Viertel betrat. Er setzte sich an den letzten freien Tisch und nahm die Speisekarte zur Hand. Mit Markus Dierks war er erst um eins verabredet und er wollte vor dem Treffen noch schnell eine Kleinigkeit essen. Er entschied sich für die angebotene Kürbissuppe und bestellte dazu eine Apfelsaftschorle. Für ein Gespräch unter vier Augen war dieser zur Mittagszeit voll besetzte Raum eigentlich völlig ungeeignet. Zwar hatte das Café die Atmosphäre eines

Pariser Bistros, aber der Lärmpegel war eher mit dem einer Bahnhofshalle zu vergleichen, fand Pfennig. Der Steinboden und die hohen Decken gaben jedes noch so leise Geklapper der Bestecke, Teller und Tassen in doppelter Lautstärke wieder.
Solange er auf die Suppe wartete, blätterte er in seinem Notizbuch und rekapitulierte, was er bereits über den besten und, wie es aussah, auch den einzigen Freund von Pastor Borgmann wusste. Auch Markus Dierks hatte Theologie studiert und war Pastor geworden. Die beiden kannten sich offenbar seit der gemeinsamen Studienzeit in Berlin. Vor fünf Jahren hatte der Ermordete seinen ehemaligen Kommilitonen und dessen langjährige Freundin Heike im St. Petri Dom am Marktplatz getraut. Nach seiner Zeit im Entsendungsdienst war Dierks verbeamtet worden und arbeitete seitdem in verschiedenen Sonderbereichen der Bremer Kirche. Diese Projektstellen, die zwar der Landeskirche angeschlossen und dem Gemeindedienst übergeordnet waren, hatten den Nachteil, dass sie meistens auf vier Jahre begrenzt waren. Eine Pastorenstelle in einer Gemeinde wurde dagegen auf Lebenszeit vergeben. Derzeit war Pastor Dierks als Rundfunkbeauftragter zuständig für die Morgenandachten, die im Wechsel von verschiedenen Pastoren und Pastorinnen gesprochen wurden, und die Übertragungen der Gottesdienste bei Radio Bremen.
Die Serviererin stellte die dampfende Suppe vor ihn auf den Tisch, mahnte ihn, dass der Teller heiß sei, und wünschte ihm einen guten Appetit. Pfennig pustete auf seinen Löffel und schlürfte vorsichtig. In diesem Moment bemerkte er einen Mann im dunklen Rollkragenpulli und mit Nickelbrille, der gerade das Café betrat. Er sah sich suchend um und nach kurzem Zögern steuerte er Pfennigs Tisch an. Eigentlich hatte er gehofft, seine Suppe noch in Ruhe essen zu können.
»Kommissar Pfennig?«
»Pastor Dierks?« Pfennig legte seinen Löffel beiseite und stand

auf, um ihn zu begrüßen. Die eisblauen Augen hinter den kleinen runden Gläsern musterten ihn von Kopf bis Fuß. Pfennig fühlte sich unwohl und versuchte vergeblich, seine spontane Abneigung diesem Mann gegenüber zu unterdrücken.

Die Stühle quietschten laut über den Steinboden, als sie sich setzten. Dierks bestellte einen Espresso mit einem Glas Leitungswasser und einen großen Salat mit extra Schafskäse.

»Ich bin Vegetarier«, erklärte er mit einer Betonung, die ihn als besseren Menschen auszuzeichnen schien. »Lassen Sie es sich schmecken, Herr Kommissar.«

»Danke, aber die Suppe ist noch viel zu heiß.« Er wischte sich den Mund mit der Serviette ab und legte sie neben den Tellerrand. »Mein Beileid zum Tod Ihres Freundes, Herr Dierks.« Irgendwie fiel es ihm schwer, diesen Mann, der auf ihn wie ein Vollzeitintellektueller oder Werbefachmann wirkte, mit dem Titel »Pastor« anzusprechen. »Wie ich von Frau Lange, der Vikarin in Arsten, erfahren habe, kannten Sie beide sich schon sehr lange.«

»Wir haben uns vor etwa zwanzig Jahren während des Grundstudiums in Berlin kennengelernt«, er rückte seine Brille zurecht, »das waren noch Zeiten.« Wegen seines langen Oberkörpers wirkte Markus Dierks viel größer, als er in Wirklichkeit war. Pfennig fiel auf, dass dieser Sitzriese sein Kinn beim Sprechen immer leicht anhob, sodass sein Gegenüber das unangenehme Gefühl hatte, von oben herab behandelt zu werden.

»Und Sie haben all die Jahre über den Kontakt gehalten?«

»Das war nicht schwer, schließlich stammten wir beide aus Bremen und kamen nach dem ersten theologischen Examen auch wieder zurück in unsere Landeskirche.«

»Sie sind bisher der Einzige, den ich treffe, der Ralph Borgmann privat kannte. Wen kennen Sie sonst noch aus seinem persönlichen Bekannten- oder Freundeskreis?«

»Also, ehrlich gesagt«, seine Stirn legte sich in Falten und er schien ernsthaft nachzudenken, »ich kenne keine weiteren Freunde oder Bekannten von ihm. Wissen Sie, Ralph wuchs ohne Vater und als Einzelkind auf. Er hatte immer ein sehr enges Verhältnis zu seiner Mutter. Als er studierte, fuhr er mindestens jedes zweite Wochenende von Berlin aus nach Hause. Später, als er die feste Stelle in Arsten bekam, holte er seine Mutter zu sich ins Pfarrhaus. Sie ist letztes Jahr im September gestorben, ihr Tod war ein schwerer Schlag für ihn.«

»Was war denn mit dem Vater?«, hakte der Kommissar nach, obwohl er die Antwort schon kannte. Borgmann war ein uneheliches Kind. Die Mutter hatte sich offenbar für ihre vermeintliche Sünde geschämt, vielleicht war der Mann aber auch verheiratet gewesen. In Borgmanns Geburtsurkunde war der Name des Vaters jedenfalls nicht eingetragen.

»Ich kann es Ihnen beim besten Willen nicht sagen. Ralph wollte nie über ihn sprechen. Kann sein, dass er sich schon vor seiner Geburt vom Acker gemacht hatte; kann aber auch sein, dass er früh verstorben ist. Ich habe keine Ahnung. Es hat mich auch nie sonderlich interessiert.«

Das konnte Pfennig sich denken, Dierks war offenbar nur an sich selbst interessiert.

Egoismus und Selbstherrlichkeit waren nicht die Charakterzüge, die er bei einem Mann, der ein Amt der Nächstenliebe ausübte, erwartet hätte.

»Können Sie sich eventuell vorstellen, wer ein Motiv gehabt haben könnte, ihn umzubringen?«

»Nein.«

»Also weder Feinde noch Freunde. Was hat er dann so getrieben in seiner Freizeit?«

»Ich glaube, er hatte nie wirklich Freizeit. Die Arbeit in der Gemeinde ist ein Fulltime-Job und Ralph hat ihn auch so gesehen.« Er verzog die Lippen, so als ob er in eine saure Zitrone gebissen

hätte. »Er ist in seiner Arbeit total aufgegangen«, fügte er mit einem abfälligen Unterton hinzu.
»Und Sie sind im Moment als Rundfunkbeauftragter tätig.«
»Das ist richtig. Mit einer Dreiviertelstelle schon seit dreieinhalb Jahren.«
»Dann läuft Ihr Vertrag in ein paar Monaten aus. Wissen Sie schon, was Sie dann machen werden?«
»Ich und meine Frau wollen so langsam mit der Familienplanung beginnen.« Er grinste den Kommissar verschwörerisch an. »Sie ist zwar jünger als ich, aber so langsam tickt bei ihr die biologische Uhr.«
»Dann würde sich für Sie demnächst eine feste Gemeinde empfehlen, mit einem Pfarrhaus und genügend Platz.«
»Kann schon sein«, sagte er gedehnt und wartete, bis die Serviererin ihm seine Bestellung auf den Tisch gestellt hatte. »Wobei ich meine Stärken bislang immer im wissenschaftlich-intellektuellen Bereich gesehen habe. Ralph war ich bei unseren Wortgefechten zum Beispiel immer überlegen«, protzte Dierks selbstverliebt.
»Aber Pastor Borgmann hatte im Gegensatz zu Ihnen den geraden Weg auf der Karriereleiter genommen. Auch in finanzieller Hinsicht«, stichelte Pfennig, nur um diesen aufgeblasenen Möchtegern auf den Boden der Tatsachen zurückzuholen. »Ich nehme an, er hatte ein höheres Einkommen als Sie mit einer Dreiviertelstelle.«
»Die Bremer Kirchengemeinden wählen eben nicht immer den besseren Theologen, sondern lieber denjenigen, der gut mit Kindern und alten Tanten kann«, gab Dierks zickig zurück. »Außerdem lief in Ralphs Anfangszeit als Vikar nicht immer alles so glatt für ihn.« Er kreuzte die Arme vor seiner Brust und schob das Kinn noch ein Stückchen weiter nach oben. »Damals hätte seine Karriere – wie Sie es nennen – auch ganz schnell vorbei sein können.«
»Dann waren Sie nicht nur Freunde und Kollegen, sondern auch Konkurrenten.«

»Herr Kommissar«, Dierks lachte gekünstelt auf, »Ralph und ich hatten ganz unterschiedliche Arbeitsansätze und Schwerpunkte. Unsere Bereiche kann man nicht vergleichen.«
Schon klar, dachte Pfennig ironisch, Dierks war natürlich der intellektuelle Überflieger und Borgmann nur die fleißige Basteltante.
Der Kommissar löffelte lustlos seine inzwischen kalt gewordene Suppe und suchte einen Grund, sich möglichst schnell von dem Salatblätter knabbernden Vegetarier zu verabschieden, als ihm noch etwas einfiel. »Die Leiche Ihres Freundes ist übrigens seit heute freigegeben.«
»Das ist gut, dann können wir den Aussegnungsgottesdienst wohl noch am Freitag stattfinden lassen. Ich werde die Predigt und die Grabrede halten.« Die übertriebene Beiläufigkeit in Dierks Stimme ärgerte den Kommissar. Er steckte sein Notizbuch ein, verabschiedete sich unter einem Vorwand, zahlte am Tresen und ging.
Vor der Tür sah Pfennig auf die Uhr. Bis zu seiner Verabredung mit Klaus Steinebrunner hatte er noch zwei Stunden Zeit. Er beschloss, den Ostertorsteinweg entlangzuschlendern und seinem alten Büro am Wall einen Besuch abzustatten. In dem zur Stadtbibliothek umgebauten Gebäudekomplex gab es auch eine kleine Suppenbar. Und er hatte immer noch Hunger.

Klaus Steinebrunner war in die Küche gegangen, um für den Kommissar ein Glas Wasser zu holen. Der Geschäftsmann war selbst erst vor einer halben Stunde aus dem Büro gekommen. Er war Aufsichtsratsvorsitzender und Vorstandsmitglied bei einem großen Bremer Energieversorger. Pfennig war froh, dass er ihn ohne weitere Nachfragen zum Zweck seines Besuches empfangen hatte. Er nahm an, dass die Erwähnung des Namens der Kunsttherapeutin, die seine kleine Tochter betreute, ihm die Tür geöffnet hatte.

Pfennig hatte schon weit schwächere Mordmotive erlebt, als die Rache für den Tod des eigenen Sohnes. Er sah sich im Wohnzimmer der Familie um. Es wirkte gediegen, die Möbel waren sehr geschmackvoll und dennoch gleichzeitig robust genug für herumtobende Kinder. Das Haus war vom Grundriss her eine architektonische Meisterleistung, befand Pfennig. Im Erdgeschoss war jede Ecke, jeder Winkel und jede Nische perfekt genutzt, ohne dass die weiten Flächen der ineinander übergehenden Räume zugebaut wirkten. Neben dem offenen Kamin hing ein etwa zwanzig Zentimeter großes Kreuz aus Holz. Die Jesusfigur war kunstvoll herausgearbeitet worden und, soweit Pfennig es beurteilen konnte, handelte es sich bei diesem Stück vermutlich um eine wertvolle Schnitzarbeit. Er trat näher an eine Wand mit Fotos. Auf einem großen Bild in einem breiten Rahmen erkannte er Klaus Steinebrunner, der neben einer hübschen, blonden Frau in die Kamera strahlte. Er trug einen Cowboyhut und hatte ein kleines Mädchen mit indianischer Kriegsbemalung und Federschmuck in den Haaren auf der Schulter. Die Frau hatte ihren linken Arm um einen etwa zwölfjährigen Jungen gelegt. Sie trugen ebenfalls Cowboyhüte. Familie Steinebrunner in glücklichen Tagen, mutmaßte Pfennig.
Die Rollläden vor den hohen Fenstern waren zur Hälfte heruntergelassen. Die indirekte Beleuchtung gab dem Zimmer trotzdem eine warme und einladende Atmosphäre. Der Kontrast zur emotionslosen Begrüßung an der Haustür war erstaunlich.
Der dunkelgraue Anzug, das schwarze Hemd und die anthrazitfarbene Krawatte mit der kleinen Vereinsabzeichennadel des Golfclubs Oberneuland ließen Steinebrunner auf den ersten Blick sehr dynamisch und erfolgreich erscheinen. Doch der 43-Jährige hatte einen so kalten und laschen Händedruck gehabt, dass Pfennig meinte, ihm sei ein Stück toter Fisch durch die Finger geglitten. Er konnte dieses völlige Fehlen jeglicher Vitalität und

Energie schwer mit dem Menschen in Einklang bringen, den er erwartet hatte.

»Hier bitte, Herr Kommissar.« Steinebrunner kam aus der Küche und stellte ihm das Mineralwasser auf den eleganten Wohnzimmertisch. »Setzen Sie sich doch.« Mit einer steifen Geste wies er auf einen der Sessel.

»Ein nettes Foto«, Pfennig zeigte auf das »Squaw mit Cowboys«-Bild an der Wand. »Ihre Familie?«

»Ja, vor zwei Jahren bei den Karl-May-Festspielen in Bad Segeberg.« Er setzte sich auf den Sessel gegenüber und rückte seine Krawatte zurecht.

»Der tragische Unfall Ihres Sohnes muss ein schwerer Schlag für Sie alle gewesen sein.« Pfennig hasste diese Floskeln, zu denen man sich immer nach dem Tod eines geliebten Menschen genötigt sah. Er konnte es dem trauernden Vater daher nicht verdenken, dass er auf seine Bemerkung hin schwieg. »Sollen wir noch auf Ihre Frau warten?«

»Nein, sie liegt oben im Bett. Bettina geht es nicht so gut.«

So selbstverständlich, wie er das sagte, hatte Pfennig den Eindruck, dass die Dame des Hauses schon seit Monaten nichts anderes mehr tat, als oben im Bett zu liegen. Steinebrunner hatte seine Beine in einer unbequem aussehenden Haltung sehr eng übereinandergeschlagen und zog die Schultern verkrampft zusammen, sodass sein Hals in dem gestärkten Kragen seines Hemdes versank.

»Und Ihre kleine Tochter?«

»Susi ist bei meinen Eltern, ein paar Straßen weiter.« Er strich sich langsam eine Falte in der Hose glatt. »Bitte Herr Kommissar, stellen Sie Ihre Fragen.«

»Nun gut«, er setzte sich und zog seinen Notizblock aus der Tasche. »Sie wissen, dass Pastor Borgmann tot ist?«

»Ich habe davon in der Zeitung gelesen.« Er sah mit leerem Blick an Pfennig vorbei.

»Von verschiedenen Seiten habe ich inzwischen gehört, dass Sie Pastor Borgmann eine gewisse Mitschuld an dem Unfall Ihres Sohnes gegeben haben.«

»Pastor Borgmann hat Philipp auf dem Gewissen. Dass sich ein Wespenschwarm auf ihn gestürzt hat, empfinde ich als gerechte Strafe«, stellte er emotionslos fest.

»Der Pastor ist ermordet worden, Herr Steinebrunner. Das hat für mich wenig mit einer gerechten Strafe zu tun«, erwiderte der Kommissar, überrascht über Steinebrunners unverhohlene Abscheu gegenüber Borgmann. »Sie sind offensichtlich froh darüber, dass Borgmann tot ist.«

»Ja, ganz richtig, ich verspüre Genugtuung über den Tod des Pastors.« Die tiefe Verbitterung hatte sich um Steinbrunners Mundwinkel eingegraben. Die grauen Falten zogen sich wie Priele im Wattenmeer durch sein Gesicht. Trotzdem wahrte der Vater die höfliche Etikette und spielte weiterhin die Rolle einer Person, die er offenbar glaubte sein zu müssen.

»Auge um Auge«, zitierte Steinebrunner die Bibel. »Ihre Kollegen aus Husum haben Borgmann damals einfach laufen lassen. Er wurde nicht zur Rechenschaft gezogen. Er stellte sich nicht der Verantwortung. In keiner Weise. Wir hatten ihm unser Kind anvertraut und er vernachlässigte seine Aufsichtspflicht.«

Pfennig war irritiert. Steinebrunners Stimme war trotz seiner harten Worte von Desinteresse und Gleichgültigkeit geprägt. Dieser Mann erinnerte ihn an den Film »Die Frauen von Stepford« mit Nicole Kidman. Er hatte ihn vor ein paar Tagen abends mit Marlene zusammen im Fernsehen gesehen. In dem Städtchen Stepford wurden alle Ehefrauen in Cyborgs umprogrammiert, in Mischwesen aus einem lebendigen Organismus und einer Maschine. Ihnen wurden Microchips in die Gehirne gepflanzt und damit waren sie für ihre Ehemänner steuerbar wie willenlose Roboter. Ein fürchterliches Szenario, hatte Pfennig gedacht. Und nun saß er einem Mann gegenüber, der sich genau so verhielt: wie ein Cyborg.

»So so, Auge um Auge«, sagte Pfennig. Er nahm das Wasser vom Couchtisch, trank einen Schluck und stellte das Glas bedächtig wieder ab. »Waren Sie vergangenes Wochenende in der St. Johannes Kirche?«

»Ich betrete seit dem Tod meines Sohnes keine Kirche mehr«, antwortete er und sah an dem Kommissar vorbei.

»Sie waren also weder am Samstag noch am Sonntag irgendwann in der Kirche oder in dem angrenzenden Gemeindehaus?«

»Nein, wie ich bereits sagte.«

»Wo waren Sie dann an dem Wochenende?«

»Ich war hier«, sagte er und sah sich erstaunt in seinem Wohnzimmer um. »Zu Hause.«

»Das ganze Wochenende?«

»Bitte?« Mit stumpfem Blick betrachtete er den Kommissar, als wäre er ein lästiges Insekt.

»Herr Steinebrunner«, Pfennig hob seine Stimme, »ich frage Sie, ob Sie das ganze Wochenende hier zu Hause waren.«

»Ja.«

»Gibt es für Ihre Anwesenheit hier im Haus Zeugen?«

»Meine Frau.«

»Und, lassen Sie mich raten, Ihre vierjährige Tochter?«

»Nein, Susi hat das Wochenende bei meinen Eltern verbracht. Und auch dort übernachtet, weil sich meine Frau schon mittags mit Kopfschmerzen ins Bett gelegt hatte.«

Pfennig griff sich an die Stirn. Steinebrunner hatte damit gerade seine einzige Zeugin für unbrauchbar erklärt.

»Fakt ist, Sie haben für die Tatzeit kein Alibi. Und Sie hätten demnach jederzeit die Möglichkeit gehabt, die Wespen in die Kirche zu bringen. Rache ist ein ziemlich gutes Motiv, finden Sie nicht? Zudem zitieren Sie wiederholt die Bibel und haben den gekreuzigten Jesus im Wohnzimmer hängen. Für mich wirft das die Frage auf, Herr Steinebrunner, ob Sie einfach ein von tiefem Glauben erfüllter Mensch sind – oder ob Sie gar von Gott enttäuscht wurden und nun, Selbstjustiz übend, Ihrer eigenen Mission folgen?«

»Wenn das Ihre Meinung ist, Herr Kommissar«, er entknotete seine Beine und richtete sich auf, »möchte ich Sie bitten, jetzt zu gehen.« Er ging zielstrebig hinüber zur geräumigen Diele und riss auf einmal sehr energisch die Eingangstür auf.

Pfennig erkannte, dass für Steinebrunner das Gespräch an dieser Stelle unmissverständlich beendet war. Betont langsam steckte er seinen Block in die Jackentasche, stand ebenfalls auf und folgte ihm. Auf dem Absatz vor der Haustür blieb er stehen und drehte sich um. »Ich muss Sie bitten, sich für weitere Fragen zur Verfügung zu halten. Dies war ganz sicher nicht unser letztes Gespräch.«

Klaus Steinebrunner nickte wortlos zur Bestätigung und schloss die Tür.

Mittwoch

Mit einem leuchtenden Rot ging die Sonne über Bremen auf. Pfennig schaute, vom Farbenspiel am Himmel fasziniert, aus dem Fenster seines Passats, während er von der Nordstraße in das Hafengebiet einbog. Das Gelände des Großmarktes lag direkt an der Weser und war in den letzten Jahren stetig gewachsen. Auf dem Gebiet des ehemaligen Überseehafens war inzwischen eine der modernsten Anlagen Europas entstanden. Über 120 Händler verkauften Obst, Gemüse, Lebensmittel, Blumen, Pflanzen, Fisch und Trockenwaren. Viele der Betriebe waren bereits seit Generationen in Familienhand. Auch »Plate & Partner – Obst und Gemüse«, die Firma, in der Rainer Finke beschäftigt war, gehörte zu den Traditionsbetrieben auf dem Markt. Nachdem sich Pfennig beim Marktmeister erkundigt hatte, wo genau sich der Obststand der Firma befand, verließ er die Verwaltung und machte sich zu Fuß auf den Weg. Um kurz nach sieben Uhr herrschte hier absoluter Hochbetrieb. Gabelstapler, Hubwagen und Lkw, voll beladen mit Paletten, fuhren die Waren über das Gelände. In den riesigen Markthallen war das Kreuz und Quer der kleineren Fahrzeuge und Menschen organisiert und angelegt wie in einem Ameisenhaufen. Jeder Handgriff, jedes Stapeln, jedes Be- und Entladen saß und funktionierte nach einer unsichtbaren Ordnung. Pfennig war beeindruckt.

Das Areal von »Plate & Partner«, das sich über eine Fläche von nahezu dreißig Quadratmetern erstreckte, befand sich in der sogenannten Erzeugerhalle. Die Bauern und Landwirte aus der Region verkauften ihre Waren frisch vom Feld an die Zwischenhändler und die Marktbeschicker der Wochenmärkte.

Der breitschultrige Mann in der Latzhose und dem dunklen T-Shirt fiel sofort auf. Er hob fünf Kisten gleichzeitig von einer Palette und stellte sie vorsichtig auf den kleinen Leiterwagen einer Kundin. Pfennig sah sich um. Die Frage nach einer bestimmten Apfelkiste hatte sich hier wohl erübrigt. Allein in dieser Markthalle befanden sich mehrere Tausend Holzkisten.

»Danke, Rainer, ich komme Freitag dann noch einmal wegen der Kürbisse.« Die Frau wandte sich ab und zog mit ihrem Handwagen ein paar Stände weiter.

»Herr Finke?« Pfennig beugte sich über das frische Obst.

»Ja, ich komme. Die Weintrauben kann ich sehr empfehlen und die Birnen haben wir heute im Angebot.« Der blonde Hüne schloss sorgfältig die Geldkassette und ging auf den Kommissar zu.

»Eigentlich bin ich nicht zum Einkaufen hier, Herr Finke.« Er streckte die Hand aus. »Hauptkommissar Pfennig«, weiter kam er nicht, da ihm der Obstverkäufer ins Wort fiel.

»Habe ich mir doch gedacht, dass der mich anzeigt.« Rainer Finke schien über den Besuch des Kommissars nicht im Mindesten überrascht zu sein. »Sie kommen bestimmt wegen dem Borgmann.« Er schob die Baseballkappe ein wenig aus der Stirn und sah Pfennig trotzig an. »Im Ernst, den Denkzettel hat der für die miese Abzocke echt verdient. Wenn er mich jetzt wegen Hausfriedensbruch anzeigen will – bitte. Bei mir ist dank ihm ja sowieso nichts zu holen.«

»Herr Finke, ich glaube, hier liegt ein Missverständnis vor. Niemand hat Sie angezeigt. Es geht nicht um Ihren Auftritt in der Kirche.« Pfennig achtete sehr genau auf die Reaktion des Mannes, den er auf Ende dreißig schätzte. »Pastor Borgmann ist tot.«

Rainer Finke lachte überrascht auf. »Hat ihn der Blitz getroffen? Das wäre mal eine schnelle und gerechte Strafe des Himmels.«

»Es war Mord. Der Pastor ist qualvoll erstickt.« In der Hoffnung, Finke aus der Reserve zu locken, fügte er etwas melodramatisch hinzu: »Nachdem er erstochen und vergiftet wurde.«

»Meine Güte, da war ja mal einer gründlich. Muss wohl jemand ziemlich sauer auf ihn gewesen sein.«

»Das war auch mein Gedanke. Wie ich hörte, waren Sie zum Beispiel ziemlich sauer auf Pastor Borgmann.«

Finke stemmte die geballten Fäuste in seine Hüften. »Natürlich bin ich sauer. Stinksauer sogar. Der Borgmann hat sich an meine Tante rangemacht. Der hat sie voll dichtgesülzt mit seinem religiösen Gelaber!« Er trat so kräftig gegen eine gefüllte Obstkiste, dass sie mehrere Meter durch die Halle schlitterte. »Er hat sie ausgenommen wie eine Weihnachtsgans, der miese Erbschleicher. Ein Dieb war der! Hat sich aber immer schön hinter dem Schleier der Nächstenliebe versteckt, der falsche Hund.« Zornig stampfte er auf. »Zwei Gesichter hatte der, das habe ich gleich gemerkt.«

»Ich kann verstehen, dass Sie sich aufregen.« Pfennig dachte kurz an seinen eigenen Ärger mit der Bootsversicherung. Er konnte sogar sehr gut verstehen, dass Finke sich betrogen und hintergangen fühlte.

»Ach ja, glauben Sie? Das glaube ich nicht!«, entgegnete der Obstverkäufer ungehalten.

»Wir können dieses Gespräch auch auf dem Präsidium weiterführen, wenn Ihnen das lieber ist.« Der Kommissar bemerkte, dass Finke die geballten Fäuste wieder ein wenig öffnete und sich zu beruhigen schien. Er entschied daher, mit der Befragung fortzufahren.

»Wie kam es überhaupt dazu, dass Ihre Tante«, er sah auf seine Notizen, »Hanna Bodenmüller Sie enterbt hat?«

»Sie hat mich nicht direkt enterbt«, missmutig biss Finke sich auf die Unterlippe. »Wir hatten immer ein gutes Verhältnis, Tante Hanna und ich. Sie war die jüngste Schwester meines Vaters. Früher, als ich klein war, hat sie oft auf mich aufgepasst. Sie hatte für die damaligen Verhältnisse erst sehr spät geheiratet. In unserer Familie hieß es immer, sie sei ein ›spätes Mädchen‹. Aber mit ihrem Georg hatte sie echt einen goldenen Griff getan. Er ist ein hohes Tier bei den Stahlwerken gewesen und hatte seine Kohle immer gut angelegt. Meine Tante war nach seinem Tod echt fett versorgt.«

»Wahrscheinlich hat Sie Ihnen auch ab und an den einen oder anderen Schein zugesteckt.«

»Ja, das hat sie«, seine Stimme bekam wieder einen aggressiven Unterton. »Das ist ja wohl nicht verboten, oder?«

»Nein, natürlich nicht«, beschwichtigte der Kommissar.

»Na also.« Finke schnaubte. »Ich habe sie in der ersten Zeit im Pflegeheim echt total oft besucht. Fast jede Woche. Und nicht, wie Sie vielleicht denken, nur wegen der Scheine. Nee, Hanna war die Letzte, die von den Alten noch lebte, und ich mochte sie.«

»Aber dann haben Sie Ihre Tante nicht mehr so regelmäßig besucht.« Es war mehr eine Feststellung als eine Frage.

»Nein, denn da tauchte irgendwann dieser Borgmann auf. Der scharwenzelte dann öfter bei meiner Tante rum. Zu mir war er von Anfang an von oben herab. Hielt sich ganz klar für was Besseres, der studierte Herr Pastor. Aber Hanna fuhr total auf ihn ab, kein Wunder, so wie der ihr immer Honig um den Bart geschmiert hat.« Finke zog seinen Handschuh aus und kratzte sich am Handgelenk. »Ich habe versucht, ihm aus dem Weg zu gehen. Bin nur noch an den Tagen ins Heim gegangen, an denen ich sicher sein konnte, dass der nicht da war. Und dann fing meine Tante an, irgendwann nur noch von ihrem ›tollen Pastor‹ zu quatschen. Pastor Borgmann hier, Pastor Borgmann da – ich konnte es echt nicht mehr hören. Zuletzt habe ich sie nur noch selten besucht. Dachte mir, es reicht ihr doch eh, wenn der tolle Pastor vorbeikommt. Was sollte ich dann noch dort?«

»Borgmann hatte sich also zwischen Sie und Ihre Tante gedrängt. Sie haben daraufhin die beleidigte Leberwurst gespielt und sind abgetaucht.«

Der Pastor, dachte Pfennig, war vermutlich der einzige Mensch, der die alte Dame wirklich regelmäßig besucht hatte. Kein Wunder, dass sie ihr Geld lieber der Kirche hinterlassen hatte, als ihrem unzuverlässigen Neffen.
»So ähnlich ist es wohl gewesen.« Finke nickte jetzt zerknirscht mit dem Kopf.
»Wann haben Sie erfahren, dass Ihre Tante ihr Geld der Kirche vermacht hat?«
»Das war«, Finke überlegte, »kurz nach ihrer Beerdigung vor ungefähr anderthalb Jahren. Ich wollte meine Tante besuchen, aber ihr Zimmer war leer. Eine von den Pflegerinnen auf der Etage hat mir dann erzählt, dass meine Tante gestorben war. Im Büro der Leiterin habe ich erfahren, dass sich der Borgmann schon um alles gekümmert hätte. Er hatte den Leuten im Altersheim auch gesagt, dass sie mich nicht informieren müssten, weil er das selbst machen wollte. Als ich den blöden Sack angerufen habe, lag meine Tante schon seit sechs Tagen unter der Erde.« Finke wirkte ehrlich empört. »Ich war ihr einziger noch lebender Verwandter, Herr Kommissar. Glauben Sie, der Oberheilige hätte es nötig gehabt, mir vor der Beerdigung Bescheid zu geben? Ich konnte mich nicht einmal mehr von ihr verabschieden.« Umständlich zog er seinen Handschuh wieder an. »Nächstenliebe, dass ich nicht lache. Der war doch nur auf ihre Kohle aus und die hat er ja auch fett eingesackt.«
Pfennig runzelte die Stirn. Das war allerdings keine Art und Weise, mit dem Neffen umzugehen. Egal ob er seine Tante nun oft oder nicht so oft besucht hatte. Borgmann hätte ihn benachrichtigen müssen. Lag Finke mit seiner Vermutung der Erbschleicherei eventuell doch richtig?
»Wie hoch war eigentlich das Erbe, das Ihre Tante Hanna der Kirche hinterlassen hat?«, hakte er nach.
»Über den Daumen ungefähr 800.000 Euro.«

Pfennig entfuhr ein lauter Pfiff.
»Klar bin ich stinksauer. Das Geld hätte ich mehr als gut brauchen können. Wer wohl nicht?« Er griff sich eine Kiste mit Kürbissen und wuchtete sie auf eine Handkarre. »Wissen Sie was, meinetwegen hätte Hanna ihr Geld sonst wem vermachen können. Erdbeben-Opfern, Tierheimen, Greenpeace, ganz egal. War schließlich ihre Kohle, oder? Aber mich ärgert es echt total, dass sie auf diesen zweitklassigen Blender reingefallen ist. Borgmann hat meiner Tante das Hirn matschig gequatscht. Dabei war er die ganze Zeit so falsch, wie die Zähne im Glas auf ihrem Nachttisch. Und das alles, obwohl Hanna früher nie etwas mit der Kirche am Hut hatte. Ganz im Gegenteil, sie und Georg waren nie besonders religiös.«
Pfennig konnte nicht wirklich glauben, dass es dem Neffen egal gewesen wäre, wenn das Vermögen für kleine Kätzchen und entflogene Papageien ausgegeben worden wäre. Finke hätte bestimmt auch ein Tierheim verklagt.
»Sie haben mehrfach Widerspruch eingelegt und trotzdem den Prozess verloren.«
»Ja, ich habe verloren«, schnaufte er, »und seit vorletzter Woche ist Arsten, dank meiner Tante, eine reiche Gemeinde.«
»Letzten Sonntag, wo waren Sie da, Herr Finke.«
Er zuckte mit den Schultern und steckte die Hände tief in die Taschen seiner grünen Arbeitshose. »Wahrscheinlich betrunken zu Hause.«
»Gibt es dafür Zeugen.«
»Nein.«
»Und den Samstag davor?«
»Was wollen Sie eigentlich? Mir den Mord an dem Pastor anhängen?«
»Sie müssen schon zugeben, dass 800.000 Euro ein starkes Motiv sind. In den meisten Fällen werden Menschen für weit weniger umgebracht.«

»Wieso, die Erbschaft ist doch so oder so über den Jordan. Direkt im Klingelbeutel der Kirche gelandet. Oder glauben Sie, dieser Kirchenvorsteher, der alte Graf Zahl von Asendorf, überweist mir jetzt die Kohle zurück?« Rainer Finke schüttelte resigniert den Kopf. »Der Tod des Pastors, Herr Kommissar, geht mir, gelinde gesagt, am Arsch vorbei.«
Das glaubte Pfennig ihm sofort. Und auch die Tatsache, dass der Neffe keinen finanziellen Vorteil vom Tod des Pastors erwarten konnte, war korrekt. Das Geld war für ihn definitiv verloren. Wenn Finke ein Motiv gehabt hätte, dann wäre es sinnlose Rache. Aber hätte er dann einen so komplizierten Mordplan ausgeheckt? Finke war sehr kräftig und hätte das Hemdchen von Pastor vermutlich auch mit bloßen Händen niedergestreckt. Ein gezielter Faustschlag und der Neffe hätte seine Genugtuung gehabt.
»Eine Frage hätte ich noch.« Pfennig dachte an den Streit im Büro des Pastors, den Jürgen von Asendorf angehört hatte. Es war um Geld gegangen, da war sich der Kirchenvorsteher sicher gewesen. »Wo waren Sie letzten Donnerstag so gegen neun Uhr am Morgen?«
Finke riss die Augen weit auf und machte eine ausladende Handbewegung durch die große Markthalle. »Hier natürlich, bei der Arbeit. Brauche ich jetzt auch noch für Donnerstag ein Alibi? Ist da auch irgendjemand ermordet worden?«
»Bitte, Herr Finke.« Der Kommissar sah ihn mit einem tadelnden Blick an.
»Meine Schicht geht von zwei Uhr in der Nacht bis halb elf am Morgen. Und ja, ich habe einen Zeugen. Meinen Chef, Plate senior, der ist donnerstags immer mit am Stand.«
»Das wär's fürs Erste, vielen Dank«, verabschiedete sich Pfennig. »Aber ich muss Sie bitten, sich weiterhin zur Verfügung zu halten.«
»Sie machen mir Spaß. Wo soll ich denn hin? Vielleicht ins Fünf-Sterne-Ressort nach Monaco?« Damit war für den Obstverkäufer

das Gespräch endgültig beendet. Er drehte sich um, bahnte sich einen Weg durch die unzähligen Kisten und begrüßte den nächsten Kunden.
Pfennig grinste. Auch wenn Finke viel verloren hatte, hatte er sich offensichtlich seinen Humor bewahren können. Der Kommissar sah sich um und nahm erst jetzt das enorme Angebot an Delikatessen um ihn herum wahr. Zwischen all den Küchenchefs, Einzelhändlern und Restaurantbesitzern beschloss er, abends et was Leckeres für Marlene zu kochen. Schließlich verließ er die Markthallen mit zwei frischen Lammkoteletts, einem knackigen Weißkohl und blendender Laune.
Auf dem Weg zu seinem Wagen rief er über Handy Frau Rahtjen an. Er bat sie darum, sich von Plate senior das Alibi von Rainer Finke für den Donnerstagmorgen bestätigen zu lassen.

Die alte Rose an der Wand des Pfarrhauses, so schien es Pfennig, hatte noch mehr Blüten bekommen. Er liebte Rosen und diese war wirklich besonders schön. Sie hatte fast die Fensterbank im ersten Stock erreicht. Stolz und gerade strebten die jungen Triebe weit zur Seite, weg von der verholzten Mutterversorgung. Aber die ehrwürdige Alte übertrumpfte diese Neulinge in ihrer Blütenpracht, denn die weitaus meisten der vollen Blätterkugeln hingen an den mehrjährigen Ästen. Die Sonne spielte mit den dünnen Schichten der Blütenblätter und schaffte es, viele Variationen von Hell- bis Dunkelrosa hervorzubringen. Der Kommissar ging zur Rose und nahm eines dieser explodierten Wunderwerke vorsichtig zwischen die Finger. Er beugte sich näher heran, um seine Nase in das seidenweiche Zentrum zu halten. Ein intensiver Himbeerduft füllte seine Sinne, und weil ihm ein wenig schwindelig wurde, musste er die Augen schließen.
Er hörte Stimmen und öffnete die Augen wieder, doch weil er so nah an der seitlichen Hauswand stand, konnte er nicht sehen, wer

da vor der Eingangstür war. Diejenigen konnten ihn allerdings auch nicht sehen, fiel es dem Kommissar ein. Nicht, dass er hätte lauschen wollen, aber er konnte nicht anders, als sich noch einen Moment lang still zu verhalten und sich nicht zu bewegen. Nur einen Augenblick.

»Wann willst du es Ihnen sagen?«, fragte eine fremde Stimme.

»Du weißt doch, das ist alles nicht so einfach.«

Diese Stimme erkannte Pfennig. Sie gehörte der Vikarin Katharina Lange. Wie peinlich wäre es, wenn sie ihn jetzt hier entdecken würde. Er presste sich noch ein paar Zentimeter näher an die Hauswand.

»Lieber heute als morgen, das finde ich ja auch. Vielleicht nach der Beisetzung von Borgmann. Sobald der Leichnam freigegeben ist, wird er beerdigt. In der Zwischenzeit passt es wirklich nicht, das wäre nicht besonders taktvoll.«

»Ja gut, dann eben danach. Versprich es mir. Ich halte das Versteckspiel nicht mehr lange aus.«

»Du weißt doch, wie ich darüber denke, und wir haben da auch schon oft genug drüber gesprochen. Dräng mich nicht, bitte.« Lange schien verärgert.

»Okay, Liebes. Einen schönen Tag wünsche ich dir.«

»Dir auch, Greta. Ich kaufe nachher ein und koche uns was Schönes, okay?«

Der Kommissar lugte so unauffällig wie möglich um die Ecke, um noch einen Blick auf die Unbekannte mit der fremden Stimme zu erhaschen. Es war eine hübsche dunkelblonde Frau mit einer markanten Nase, die gerade mit ihrem Fahrrad losfuhr und winkte. Ihre molligen Rundungen wurden von einer grau karierten Hose und dem eng anliegenden roten Anorak mit Fellkragen noch betont. Sie sah sehr gut aus, fand Pfennig. Er hörte, wie die Vikarin die Tür zum Gemeindehaus öffnete und hineinging.

Dann wartete er noch einen Moment, damit es nicht zu auffällig

war, wenn er jetzt aus dem Busch kam. Pfennig hatte nicht ein Wort von dem, was da gerade gesprochen worden war, begriffen. Es schien allerdings nichts mit seinem Mordfall zu tun zu haben. Oder würde eine Mörderin bis nach der Beerdigung ihres Opfers warten, um erst dann zur Polizei zu gehen und ein Geständnis abzulegen, nur weil sie es für taktvoller erachtete? Die beiden Frauen schienen ziemlich vertraut miteinander zu sein. Aber eine Mitwisserin an einem Mord wäre nicht so – ihm fehlte das richtige Wort – nicht so sanft zu einer mutmaßlichen Mörderin, wenn sie doch unbedingt wollte, dass diese endlich das Versteckspiel beendete. Sie würde viel mehr Druck machen, da war sich der Kommissar ganz sicher. Jeder würde das tun. Hier hatte er eher das Gefühl, dass es um etwas Wichtiges, aber nichts Illegales gegangen war, bei dem es auf einen Tag früher oder später nicht ankam. Das war privat, entschied er, vielleicht eine geplante Urlaubsreise oder sogar ein Vikariatswechsel, was immerhin einer Kündigung gleichkam und womit die Gemeinde sich im Stich gelassen fühlen könnte. Jedenfalls ging ihn das alles nichts an.
Er hätte nicht lauschen sollen, befand Pfennig zerknirscht.

Im Gemeindehaus war es angenehm warm. Er hörte, wie die Vikarin im Büro hantierte.
»Hallo.« Weil die Tür offen stand, klopfte Pfennig nur an den Türrahmen des Büros.
»Herr Kommissar. Moin!« Lange lächelte ihn freundlich an. »Ich habe mir gerade Tee gemacht. Möchten Sie auch einen?«
Einen Tee konnte er gut gebrauchen. Eigentlich mochte er Tee sogar lieber als Kaffee, aber sein Beruf brachte auch die Koffeinsucht mit sich und außerdem hasste er Teebeutel. Im Präsidium war er einfach zu bequem, frischen Tee zu kochen, außerdem war Rahtjen für die Heißgetränke zuständig. Und sie liebte Kaffee. Jedenfalls glaubte er das. Pfennig kam der Verdacht, dass seine

Sekretärin möglicherweise das Gleiche von ihm dachte. Vielleicht traute sie sich nicht, etwas anderes als Kaffee zu kochen. Er nahm sich vor, Frau Rahtjen danach zu fragen. Nicht, dass er und Rahtjen so endeten wie das Ehepaar in Loriots Sketch, das jahrelang auf die jeweilige Lieblingshälfte des Frühstückbrötchens verzichtete, um dem anderen etwas Gutes zu tun.

»Gerne«, sagte er deshalb und setzte sich vor ihren Schreibtisch, während sie das Teegeschirr aus dem Schrank holte.

»Ich wollte Sie noch etwas fragen, Frau Lange.«

»Das habe ich mir gedacht«, scherzte sie.

»Herr von Asendorf hat mir erzählt, dass er am Donnerstag vor dem Mord morgens um neun Uhr einen Streit mit angehört hätte zwischen Pastor Borgmann und einem anderen Mann. Oder einer Frau. Oben im Büro des Pastors. Könnten Sie sich vorstellen, wer das gewesen sein könnte?«

»Da muss ich mal überlegen«, sagte sie und schob ihm eine Tasse hin. »Also eigentlich fällt mir da niemand so recht ein. Morgens um neun Uhr, sagen Sie?«

Der Kommissar nickte und ließ ihr Zeit, vielleicht fiel ihr noch etwas ein.

»Die Sekretärin ist leider auch noch nicht wieder aus ihrem Urlaub zurück«, gab sie zu bedenken und meinte wohl, dass er sie hätte fragen sollen. »Warten Sie, ich hole eben den Tee.« Sie ging hinaus in den Flur Richtung Küche.

»Haben Sie vielleicht Honig für mich?«, rief der Kommissar hinter ihr her. Er liebte es, seinen Tee mit Honig, statt mit Zucker zu süßen.

»Morgens ist es immer sehr ruhig hier.« Sie stellte ihm Sahne und ein Glas Honig auf den Tisch und schenkte ein. »Um diese Zeit sind es vor allem wir, die im Gemeindehaus sind. Kundenverkehr kommt dann eher so gegen elf, wenn die alten Damen einkaufen gehen, und nachmittags natürlich. Einmal die Woche sind wir auch abends hier, für die arbeitende Bevölkerung.« Sie setzte sich und rührte in ihrem Tee. »Montags bis sieben Uhr«, fügte sie ergänzend hinzu.

Pfennig war an dem Wort »Kundenverkehr« hängen geblieben. Da kamen Gottes Kunden, um sich Verzeihung, Liebe und Geborgenheit abzuholen. In welcher Währung wurde dafür bezahlt? In Euro mit der Kirchensteuer? Dieser Fall griff doch tatsächlich stärker in seine bislang nicht hinterfragte Alltags-Religiosität ein, als er vor sich selbst zugeben mochte. Nachdenklich rührte er einen großzügigen Löffel Honig in seinen Tee. Der Duft des Getränks erinnerte ihn an seine Schwester und die vielen Nachmittage, die sie Tee trinkend im Garten gesessen hatten.

Die Vikarin sprach weiter und Pfennig versuchte sich zu konzentrieren.

»In der Regel sind die Sekretärin, der Pastor, der Hausmeister und ich um diese Zeit hier gewesen«, sagte sie und legte geräuschvoll den Löffel auf ihre Untertasse. »Aber die Sekretärin war letzten Donnerstag bereits im Urlaub. Ich kann mich nicht genau erinnern. Vielleicht war ich an dem Morgen auch in der Druckerei wegen des Gemeindebriefs, der in den Druck gehen sollte. Aber es fehlten noch ein paar Texte. Ich schaue noch einmal nach, ob das am Donnerstag war. Denn wenn ich nicht hier war, dann kann ich ja auch niemanden gesehen haben.«

Pfennig war auf einmal müde. Schade, dass ihm die Vikarin nicht weiterhelfen konnte. Der Tee schmeckte gut, fand er, er würde ihm sicher wieder neuen Schwung bringen. Pfennig trank noch einen Schluck. In diesem Moment sah er es. Der Kommissar erstarrte. Direkt vor seiner Nase und er hätte es beinahe übersehen: das Honigglas. »Imkerei Udo Brinkhus« stand da in großen blauen Buchstaben, daneben eine Blume, auf der eine stilisierte Biene saß.

Ein Imker, dachte Pfennig elektrisiert.

»Ist Brinkhus etwa Imker?«, fragte er aufgeregt. Er stand auf, nahm das Glas und hielt es Lange direkt vor das Gesicht.

»Ja, das ist sein Hobby. Er macht das schon seit Jahren und mit wachsender Begeisterung. Den Honig spendet er oft für die Weihnachtstombola oder für unser Seniorenfrühstück, manchmal verkauft er ihn auch auf dem Wochenmarkt, irgendwo hier in der Nähe. Brinkhus meint, damit etwas Gutes für die Umwelt zu tun. Die Natur liegt ihm sehr am Herzen. Wieso fragen Sie, Herr Kommissar?«

»Er ist Imker!«, wiederholte er, als würde das alles erklären, und wedelte mit dem Glas herum, wobei er versehentlich gegen seine Tasse stieß, sodass der Tee in schweren Seegang geriet und überschwappte.

»Oh, tut mir leid«, sagte er entschuldigend, doch sein Bedauern wurde schnell wieder von der Aufregung abgelöst. Endlich eine richtige Spur!

»Ich muss mit ihm sprechen«, sagte er im Befehlston. »Wo ist er?«

»Keine Ahnung. Vielleicht draußen. Im Garten ist ja immer was zu tun bei dem schönen Wetter.« Katharina Lange war vor Überraschung ebenfalls aufgestanden.

Pfennig ging mit großen Schritten zur Tür. »Ach ja«, er drehte sich noch einmal um. »Pastor Borgmann kann beerdigt werden. Die Rechtsmedizin hat den Leichnam freigegeben.«

Mit dem Glas Honig in der Hand, das er wie eine Tatwaffe vor sich hertrug, stampfte der Kommissar durch den Garten. Eine große Leiter stand an einer der Kastanien, die die Einfahrt zum Gemeindehaus säumten. Mit einer Säge hantierte Udo Brinkhus in beängstigender Höhe an einem Ast des majestätischen Baumes. Pfennig konnte den Mann jetzt nicht so energisch ansprechen, wie er es gerne wollte, ohne Gefahr zu laufen, dass dieser von der Leiter stürzte. Er holte tief Luft und versuchte, sich zu beruhigen.

»Guten Tag, Herr Brinkhus!«, rief er schließlich in möglichst normalem Ton.
»Ach, Herr Kommissar«, begrüßte der ihn und ließ die Säge sinken. »Ich bin gleich bei Ihnen, ich muss nur eben noch diesen Ast kappen. Er ist morsch.« Er begann wieder zu sägen. »Wenn der runterfällt auf ein Auto oder auf einen Menschen, dann kommt die Gemeinde in Teufels Küche.«
Pfennig seufzte und wartete. Gott und Teufel waren offensichtlich sogar in Arsten Nachbarn, ein Mordverdacht schien im Vergleich dazu irgendwie belanglos.

»Aaaaachtung, Baum fällt«, rief Brinkhus vorschriftsmäßig, als er den Ast endlich vom Baum getrennt hatte. Mit einem Krachen fiel er auf den Boden und blieb ächzend in der Einfahrt liegen. Als der Gärtner von der Leiter herunterstieg, gemächlich jede Strebe mit den Füßen suchend, hatte sich Pfennigs Gemüt schon wieder in Rage geschaukelt.
»Was ist das hier?«, ging er den Gärtner mit stierem Gesichtsausdruck an und hielt das Glas Honig hoch.
»Mein Honig. ›Sommerblüte‹«, sagte Brinkhus mit einem Blick auf das Etikett. »Schmeckt er Ihnen nicht?«, fragte er, offenbar verunsichert von Pfennigs drohendem Unterton.
»Sie sind Imker!«
»Ja«, sagte Brinkhus zögerlich und verstaute die Säge umständlich in einer Schutzhülle.
»Wissen Sie, was das bedeutet?« Dieser Gärtner war scheinbar ziemlich schwer von Begriff. »Sie sind jetzt mein Hauptverdächtiger!«
»Was?« Brinkhus zuckte zurück und in seinen Augen flammte Angst auf.
»Sie sind der Einzige weit und breit, der offensichtlich in der Lage gewesen wäre, mit einem Schwarm Wespen umzugehen. Sie ha-

ben Ihre Imkeruniform angezogen, dann die Wespen in die Kiste gesperrt und den doppelten Boden eingezogen.«

»Aber …«, stammelte Brinkhus.

»So ist es doch gewesen. Geben Sie es zu«, sagte Pfennig und drohte dem Hausmeister der Gemeinde mit dem Honigglas. »Sie wollten Ihren Chef loswerden«, behauptete Pfennig aufs Geratewohl und setzte noch eine Vermutung obendrauf, die ihm gerade in den Sinn gekommen war: »Sie hatten am Donnerstagmorgen eine lautstarke Auseinandersetzung mit Borgmann. Dafür gibt es Zeugen.«

»Aber«, begann der Beschuldigte noch einmal schwach, »ich war es nicht.«

»Sie haben Ihren Chef gehasst, das haben Sie mir selbst erzählt.«

»Ich gebe ja zu, ich war wütend auf den Pastor, aber ich habe ihn doch nicht umgebracht.« Brinkhus' Hände zitterten, als er die Säge an den Baum lehnte. »Ich habe doch gar keinen Grund.«

»Warum waren Sie wütend auf den Pastor?«

»Er hat mich beschuldigt, Geld gestohlen zu haben«, sagte Brinkhus. »Aber das war ich nicht, wirklich nicht«, wiederholte er, als Pfennig ihn mit gerunzelter Stirn ansah.

»Das macht die Sache nicht besser. Im Gegenteil, Sie haben quasi ein noch stärkeres Motiv, als nur den allgemeinen Ärger über Borgmanns Sklaventreiberei.« Pfennig rieb sich mit der linken Hand über das Kinn und strich zweimal rasch über seinen Schnurbart. Es passte alles zusammen, Brinkhus hätte ein Motiv, die Kenntnisse und die Gelegenheit gehabt, aber sein Instinkt sagte ihm, dass irgendetwas an seiner bestechenden Theorie nicht stimmte. Er musterte den Hobbyimker. Dieser große, kräftige Mann ließ die breiten Schultern hängen. Er hatte jeden Widerstand aufgegeben, das spürte Pfennig.

»Gut«, sagte der Kommissar etwas ruhiger. »Vielleicht glaube ich Ihnen. Erzählen Sie mir ganz genau, was los war. Und lassen Sie

diesmal nichts weg«, drohte er ihm und wedelte wieder mit dem Glas.
»Der Pastor hat mich am Donnerstag in sein Büro gerufen und ist gleich über mich hergefallen, ich hätte ihm Geld gestohlen«, begann Brinkhus und sah Pfennig dabei flehend an. »Er war wütend und ist ganz rot angelaufen. Mit seinem Zeigefinger hat er mir immer wieder hier auf die Brust gestoßen.« Er rieb sich eine Stelle unter seinem linken Schlüsselbein. »Aber ich war es nicht.«
»Weiter!«, forderte der Kommissar und ließ ihn dabei nicht aus den Augen.
»Einen Umschlag mit 4.500 Euro, hat er gesagt. Und der war weg. Das Geld war für die Jugendband, also genauer gesagt für die neuen Instrumente, die am nächsten Tag geliefert werden sollten. Er wollte sie bar bezahlen.«
»Und was haben Sie gemacht?«
»Ich habe ihm gesagt, dass ich das Geld nicht gestohlen habe. Aber er hat nicht aufgehört.« Brinkhus sah zur Seite und dann wieder zu Pfennig. »Er kann sich seinen Umschlag sonst wo hinstecken«, sagte er schuldbewusst. »Der Borgmann war ein Mann mit zwei Gesichtern und das habe ich ihm in diesem Moment auf den Kopf zu gesagt. Ich wollte nur, dass er mich in Ruhe lässt, Herr Kommissar. Und das hab ich nicht besonders leise gesagt.«
Brinkhus rieb sich durchs Gesicht. Über seiner Oberlippe hatte sich ein feiner Schweißfilm gebildet. »Ich dachte ja selbst, nun ist es vorbei und ich bin meinen Job los. Aber der Pastor schnappte nur ein paar Mal nach Luft, drehte sich um und sagte, ich solle im Garten die Rosen schneiden. Deshalb habe ich gedacht, es wäre nicht so wichtig. Ich wollte Sie nicht anlügen, Herr Kommissar.« Er wischte sich seine Hände an seiner Arbeitshose ab. »Ehrlich nicht.«
Pfennig sah noch einmal prüfend in seine großen dunklen Augen, so als ob er dort die Wahrheit erkennen könne. Das, was er

sah, war zwar einerseits ein schlechtes Gewissen, anderseits aber auch Aufrichtigkeit. Pfennig atmete tief ein, schüttelte den Kopf.
»Na gut. Wir belassen es erst einmal dabei. Aber ich weise Sie hiermit an, die Stadt in nächster Zeit nicht zu verlassen. Sie halten sich bitte zu unserer Verfügung, bis der Fall geklärt ist.«
»Ja natürlich! Ich hatte sowieso nicht vor, Bremen zu verlassen.« Bei diesen Worten huschte Brinkhus ein verträumtes Lächeln über das Gesicht.
»Aha, verliebt?« Pfennig war erstaunlicherweise sofort ein wenig besänftigt. »Vielleicht Potpourrisäckchen für die Angebetete?«
»Jepp!« Brinkhus grinste.
»Na, Sie sind mir so ein Lavendelblütenkavalier.« Er sah auf das Glas in seiner Hand, als würde er es zum ersten Mal bemerken. »Was mache ich denn jetzt mit dem Honig?«
»Behalten Sie das Glas einfach, ich schenke es Ihnen.«
»Das grenzt an Beamtenbestechung«, meinte Pfennig und lächelte nun auch.
»Oha«, sagte der Gärtner, »das riskiere ich.« Jetzt lachte er breit, tastete fröhlich an seiner Hose herum und fand bald, was er suchte. Als sich der Kommissar zum Gehen wandte, hielt Brinkhus schon die Tüte Tabak zwischen den Fingern und drehte eine Zigarette. »Was ich noch sagen wollte, mir ist da noch was eingefallen, was vielleicht wichtig für Sie ist.« Er leckte an dem Papier. »Wo Sie doch alles immer ganz genau wissen wollen.«
Pfennig hielt inne und wartete ab, bis der Gärtner seine Zigarette angesteckt hatte und seinen ersten Zug nahm.
»Sie haben mich doch neulich nach dem Steinebrunner gefragt, ob ich den an dem Nachmittag, wo wir die Kisten aufgebaut haben, in der Kirche gesehen hätte.«
Der Kommissar nickte.
»Ich habe noch mal überlegt. An dem Nachmittag habe ich ihn nicht gesehen. Aber abends dann.«

Wie konnte dieser Mann ihm das erst jetzt erzählen, fragte sich Pfennig mit erneut aufwallendem Ärger, aber er war auch selber schuld. Er hätte Brinkhus gegenüber seine Fragen einfach exakter formulieren müssen.

»Sind Sie sicher? Klaus Steinebrunner?«

»Jepp. Der war öfter in der Kirche. Aber immer nur dann, wenn er sicher sein konnte, dem Borgmann nicht zu begegnen. Zu den Gottesdiensten kommt er auch nicht mehr seit dem Tod seines Sohnes. Ist ja auch irgendwie verständlich.«

»Aber an diesem Abend war er in der Kirche.«

»Ich bin mir ganz sicher. Die Lange«, er unterbrach sich, »ich meine, die Frau Vikarin Lange hatte mir aufgetragen, noch Extrastühle im Kirchenschiff aufzubauen, weil wir viele Gäste erwartet haben. Steinebrunner hatte sich zwischen den Bänken versteckt, aber als er mich erkannte, setzte er sich normal hin. Er saß ziemlich weit vorne und sah sehr unglücklich aus.«

»Wann ist er denn wieder gegangen?«

»Das weiß ich nicht genau«, überlegte Brinkhus und rauchte. »Die Kinder kamen mit den Erzieherinnen vom Kindergarten und haben noch ein Lied gesungen. Und danach haben wir die Kirche zugeschlossen. Aber da war der Steinebrunner schon weg.«

»Gut, dass Sie mir das erzählt haben.« Pfennig wandte sich zum Gehen. »Ach so, den Honig habe ich aus dem Gemeindehaus …«

»Kein Problem, ich bringe Frau Lange gleich neuen.«

Pfennig winkte mit dem Glas. »Vielen Dank!«

Noch bevor er seinen Wagen auf dem Parkplatz des Gemeindehauses erreichte, hatte er Frau Rahtjen bereits telefonisch Anweisungen erteilt. Er wollte Klaus Steinebrunner morgen früh zum Verhör in seinem Büro sehen.

Donnerstag

Früher als geplant, war Pfennig auf dem Weg ins Büro. Morgens hatte Frau Rahtjen bei ihm angerufen. Es musste etwas Außergewöhnliches passiert sein, wie er an Marlenes hochgezogenen Augenbrauen ablesen konnte, als sie ihm den Hörer weitergab. Pfennig wusste, dass diese Mimik nicht etwa ein Zeichen der Missachtung seiner Sekretärin gegenüber war, denn die beiden Frauen verstanden sich sehr gut. Außerdem rief Frau Rahtjen sonst nie bei ihm zu Hause an. Sie vertrat vehement den Standpunkt, dass nichts so wichtig wäre, dass man es nicht auch noch nach Dienstbeginn erfahren könnte. Eine Arbeitsauffassung, die auf der einen Seite angenehm war, weil Pfennig vergleichsweise mehr Privatleben genießen konnte als andere mit dem gleichen Job, auf der anderen Seite war es schon vorgekommen, dass er manche Informationen gerne früher gehabt hätte, weil sie ihm einen Ermittlungsumweg erspart hätten. Er hatte daraufhin von Frau Rahtjen verlangt, dass sie abwägen solle, ob etwas wichtig sei oder nicht. Das hatte sie empört von sich gewiesen, denn sie sei schließlich Sekretärin und keine Hellseherin.

»Guten Morgen, Frau Rahtjen. Ist etwas passiert?«, fragte er besorgt.

»Moin, Herr Kommissar! Wie man es nimmt«, scherzte sie. »Ihre Versicherung hat angerufen.«

Pfennig stöhnte.

»Die wollen Ihr Boot begutachten. Es kommt ein Gutachter zum Trockendock nach Bremerhaven. Ich dachte, das interessiert Sie, weil Sie vielleicht dabei sein wollen. Man kann ja nie wissen, nicht wahr: Vertrauen ist gut, aber Kontrolle ist besser.«

»Das stimmt, Frau Rahtjen, das ist eine gute Idee. Nicht, dass die einen Schaden übersehen, der dann nicht bezahlt wird«, sagte er

und nickte in die Muschel. »Wann ist denn diese Begutachtung?«
»Darum rufe ich ja an. Heute. Der Gutachter kommt heute Mittag. Deshalb habe ich ihr Verhör mit Klaus Steinebrunner um eine Stunde vorverlegt. Er müsste gleich hier sein.«
Schon vor der Tür seiner Mordkommission konnte der Kommissar Frau Rahtjens Stimme hören. Offenbar telefonierte seine gut gelaunte Sekretärin.
»Und Sie glauben also, Ihre Eier sind dafür ganz besonders gut geeignet?«, fragte Frau Rahtjen lachend. Ihr Lachen machte Pfennig plötzlich stutzig, er blieb vor der Bürotür stehen.
»Ich sage Ihnen was, wir probieren das aus. Wenn Ihre Eier mit meinen zarten Aprikosen harmonieren, überlege ich es mir vielleicht«, schlug Frau Rahtjen ihrem Gesprächspartner am anderen Ende der Leitung einen Kompromiss vor, der sich in Pfennigs Ohren irgendwie schlüpfrig anhörte. Er hob ungläubig seine Augenbrauen. So etwas hätte er nicht von seiner Sekretärin gedacht. Er horchte weiter. Obwohl es sehr peinlich werden würde, wenn ihn jetzt ein Kollege auf dem Flur entdeckte, konnte er nicht anders.
»Aber versprechen kann ich nichts, denn mit meinem Alten bin ich eigentlich sehr zufrieden.« Nach einer kleinen Pause kicherte sie erneut geziert auf. »Na, Sie sind mir ja so ein kleiner Charmeur. Vielen Dank, ich melde mich dann bei Ihnen.« Sie legte auf und summte eine fröhliche Melodie.
Pfennig war fassungslos darüber, dass seine Frau Rahtjen von ihrem Herrn Rahtjen als »ihrem Alten« sprach, mit dem sie »eigentlich« ganz zufrieden sei. Vor seinem inneren Auge erstand eine Frau Rahtjen in schwarzen Dessous, die sich einen Lover zulegen wollte, solange sie ihren Ehemann außer Haus wähnte. Sollte er sich etwa derart in ihr getäuscht haben?
»Ich muss mich doch sehr wundern, Frau Rahtjen!« Er ging hinein und baute sich vor ihrem Schreibtisch auf. Pfennig spürte, wie seine Stimme in die Kehle sackte. Das passierte immer, wenn

ihn etwas sehr berührte. »Während Herr Rahtjen auf heiligen Wegen durch die norddeutsche Tiefebene pilgert, flirten Sie hier auf Teufel komm raus über ›Eier‹ und ›Aprikosen‹«, sagte Pfennig voller Entrüstung.

»Moin, Herr Kommissar«, sagte Frau Rahtjen, blinkerte einen paar Mal mit den Augenlidern, öffnete den Mund und schloss ihn zunächst wieder wie ein Fisch und schien die Worte des Kommissars langsam zu begreifen.

»Es ist nicht so, wie Sie denken«, erwiderte sie erschrocken.

»Das würde Ihr ›Alter‹, wie Sie ihn nennen, vielleicht etwas anders sehen.«

»Mit meinem ›Alten‹, Herr Pfennig«, setzte sie an und spuckte dabei seinen Namen feucht aus, »meinte ich meinen Eierhändler vom Frischmarkt. Denn am Telefon«, fuhr sie mit schriller werdender Stimme fort, während ihr linkes Auge seine Augenhöhle seitlich zu verlassen schien, »hatte ich gerade das Vergnügen mit dem Chef von Ihrem Herrn Rainer Finke. Herr Plate senior ist nämlich ebenso wie ich begeisterter Hobbybäcker und wir sind ein wenig ins Fachsimpeln geraten. Zudem hat er mir verraten, bei welchem Einzelhändler ich seine besonders großen Eier kaufen kann.« Die letzten Worte waren begleitet von roten Flecken auf ihrem Hals, die sich zudem schnell vermehrten. »Außerdem ist Plate senior fröhliche dreiundsiebzig und damit raus aus meinem Beuteschema, wie Sie es vermutlich nennen würden, Herr Pfennig!«

Pfennigs moralische Entrüstung wich einer tiefen Verlegenheit. Ein Missverständnis! Er dachte gepeinigt an das Bild seiner betulichen Frau Rahtjen in Reizwäsche und wollte im Erdboden versinken. Seine lebhafte Fantasie, schoss es ihm durch den Kopf, war eine Eigenschaft, die für den Beruf des Ermittlers nicht ohne Nutzen war, aber in diesem Fall hatte er völlig danebengelegen. Er musste sie sehr getroffen haben, denn sie hatte die Anrede »Kommissar« weggelassen und ihn brüskiert nur mit »Herr Pfennig« angesprochen. Da half jetzt nur die Flucht nach vorne.

»Sie haben vermutlich Rezepte ausgetauscht, nehme ich an«, er versuchte es mit seinem treuherzigsten Dackelblick, der bei Frau Rahtjen bisher immer gewirkt hatte. Schelmisch sah er seine Sekretärin an, doch sie ließ zunächst kein Zeichen von Gnade erkennen. »Dann könnten Sie mir doch berichten, was Ihr ›Neuer‹ zu seinem Angestellten Rainer Finke zu sagen hatte«, versuchte er es mit Humor.

»Herr Plate hat das Alibi bestätigt«, antwortete sie mit ihrer Dienststimme. »Der Großmarkt schließt zwar morgens um neun Uhr, aber die Arbeitszeit von Herrn Finke geht wirklich bis halb elf. Auch am letzten Donnerstag, da ist sich der Herr Plate ganz sicher, war Finke bis zum Feierabend am Obststand und hat mit aufgeräumt.«

»Danke, ich weiß Bescheid. Da haben sich unsere Ermittlungen überschnitten. Inzwischen weiß ich, dass der Gärtner Brinkhus sich an dem Donnerstagmorgen mit Borgmann gestritten hatte.«

»Herr Plate hat mir außerdem erzählt«, sie zögerte, schien innerlich mit sich zu kämpfen und sagte dann mit trotzigem Stolz in der Stimme, »von Hobbybäcker zu Hobbybäckerin, dass er mit Rainer Finke bisher immer sehr zufrieden gewesen sei. Er ist wohl einer der wenigen, die jeden Morgen pünktlich zur Arbeit erscheinen, und packt immer gut mit an. Der Seniorchef hat zwar das Gefühl, dass sein Angestellter in letzter Zeit häufiger zur Flasche greift, aber solange das in seiner Freizeit passiere, sei es schließlich Finkes Privatangelegenheit.« Sie sah auf die Gesprächsnotizen, die sie sich während des Telefonates gemacht hatte. »Plate meinte auch noch, dass er Verständnis für den Frust seines Mitarbeiters habe, dass das bei allem Ärger um das verlorene Geld auch kein Wunder sei. Er ist sogar der Meinung, dass Rainer Finke seitens der Kirchengemeinde wirklich übel mitgespielt wurde.«

»Irgendwie habe ich das Gefühl, dass wir Finke endgültig von der Liste der Verdächtigen streichen können.« Der Kommissar war so enttäuscht, dass er die peinliche Szene mit seiner Sekretärin zuvor fast vergaß. Doch dieser Moment währte nur kurz.
»Dann könnten Sie doch jetzt«, sagte Frau Rahtjen und sah ihn belustigt an, »wieder zu Ihrer natürlichen Gesichtsfarbe zurückkehren.« Nach einer kleinen Pause fügte sie betont langsam hinzu: »Herr Kommissar«, und fuhr dann in normaler Sprechgeschwindigkeit fort, »und Ihren anderen Verdächtigen, den Klaus Steinebrunner verhören. Der sitzt nämlich schon seit einer halben Stunde im leeren Assistentenzimmer und wartet.«
Pfennig atmete auf. Frau Rahtjen hatte ihm verziehen.
»Danke, Frau Rahtjen«, sagte er und hoffte, dass sie schon verstehen würde, wofür er sich bedankte. »Den Steinebrunner lassen wir noch ein wenig schmoren.«
Im Grunde genommen, und er goss sich bei diesem Gedanken einen Kaffee ein, war seine Unterstellung, Frau Rahtjen habe mehrere Liebhaber, eigentlich ein Kompliment. Froh über diese neue Sichtweise sagte er im Hinausgehen: »Ihr Rhabarberkuchen duftet aber wirklich sehr lecker.« Um abzuwarten, ob sie ihm ein Stück anbieten würde, fehlte ihm allerdings doch noch der Mut und er schloss schnell die Tür zu seinem Büro.

Das Telefon klingelte. Eilig balancierte er die volle Tasse an seinen Schreibtisch, schlug mit der Hüfte einen eleganten Bogen um die Tischecke und nahm ab. »Mordkommission, Pfennig. Guten Tag.«
»Ewald, hallo, ich bin es.« Jens de Vries, sein Kollege aus Husum. »Ich bin die gesamte Akte von Philipp Steinebrunner noch einmal durchgegangen. Alles hatte bei der Untersuchung seine Richtigkeit. Es war ganz klar Tod durch Ertrinken, ein Unfall ohne Fremdeinwirkung. Die Jugendlichen haben sich nach eigenen Angaben heimlich von der Gruppe am Lagerfeuer entfernt.«

»Weil sie Alkohol dabeihatten?«
»Ja genau. Und Zigaretten.«
Pfennig nickte. Das hatte er im Grunde ja schon gewusst. Er wunderte sich zwar, dass niemandem das Verschwinden der Jungen aufgefallen war, aber Borgmann trug daran sicherlich nicht die alleinige Schuld. Trotzdem: Irgendetwas stimmte mit dem Pastor nicht. Aber was? Das bekam er in seinem wirren Gedankenfluss nicht richtig zu fassen.
»Das Einzige, was mir aufgefallen ist«, berichtete de Vries seinem Bremer Kollegen weiter, »ist ein Hinweis seiner Freunde, der damals nicht weiter hinterfragt wurde. Aber wahrscheinlich ist es sowieso unbedeutend.«
»Was meinst du damit, welcher Hinweis?«
»Sie sagten, ich zitiere wörtlich: ›Der Pastor war vielleicht zu abgelenkt, um zu merken, dass einer fehlt.‹ Ich habe keine Ahnung, was die beiden Jungs damit gemeint haben könnten. Sie heißen Torsten Schröder und Leif Busse. Vielleicht hilft es dir ja weiter.«
»Vielen Dank, Jens. Mal sehen, ob sich damit etwas anfangen lässt. Kannst du mir eine Kopie des Berichts und die Personaldaten der Jungs faxen?«
»Klar! Was macht eigentlich das Boot?«
»Es liegt immer noch kaputt im Trockendock.« Pfennig ließ sich in die Rückenlehne seines Bürosessels fallen. »Heute Mittag soll angeblich endlich ein Gutachter zur Werft kommen.«
Sie unterhielten sich noch kurz und am Ende des Telefonats versprach Pfennig, spätestens im nächsten Frühjahr in Husum vorbeizuschauen. Er mochte Jens wirklich. Weil auch Marlene sich mit dem Ehepaar de Vries sehr gut verstand, bedauerte Pfennig, dass sie sich nicht häufiger sahen. Es wäre schön, solche Freunde in der Nähe zu haben. Er drückte auf die Sprechanlage und gab Frau Rahtjen Bescheid, dass sie nun Klaus Steinebrunner zu ihm hereinschicken könne.

Pfennig erschrak, als der erfolgreiche Geschäftsmann sein Büro betrat. Was war denn mit dem passiert? Er sah vollkommen ausgemergelt und übernächtigt aus. Unter den rötlich verquollen Augen hatten sich tiefe dunkle Ränder eingegraben. Steinebrunner war nicht rasiert und fettige Haarsträhnen klebten an seiner Stirn. Nichts erinnerte mehr an die vordergründig sichere Gewandtheit des Mannes mit den roboterhaften Bewegungen, den er vor zwei Tagen zu Hause besucht hatte. Der Oberkörper war nach vorne gebeugt, er ließ die Schultern hängen und seine Arme baumelten schlaff am Körper herunter. Schlurfend bewegte sich Steinebrunner auf den Schreibtisch zu und ließ sich unbeholfen vor ihm auf dem Besucherstuhl nieder. Seine Anzughose war zerknittert und er roch nach Schweiß.

»Sie wollten mich sprechen, Herr Kommissar?«, lallte Steinebrunner wie ein Betrunkener.

»Das ist richtig. Leider musste ich feststellen, dass Sie mich bei unserem letzten Gespräch belogen haben, und ich würde gerne wissen, warum.«

Steinebrunner sah ihn verständnislos an. Pfennig öffnete die oberste Schublade seines Schreibtisches und holte das Aufnahmegerät heraus. Er stellte es zwischen sich und seinen Verdächtigen und drückte die Aufzeichnungstaste. Nachdem er Ort und Zeit sowie ihre Namen genannt hatte, begann er die Befragung.

»Sie sagten aus, dass Sie seit dem Tod ihres Sohnes – also seit Ostern – die St. Johannes Kirche nicht mehr betreten hätten. Das stimmt nicht. Und dafür gibt es Zeugen. Einer dieser Zeugen hat Sie sogar direkt an dem Abend vor dem Mord in der Kirche gesehen. Sie saßen in einer der vorderen Bänke und haben sogar versucht, sich zu verstecken.« Unwillkürlich war Pfennig lauter geworden. »Können Sie mir bitte erklären, was Sie abends allein in der Kirche zu suchen hatten? In der Kirche, in die Sie nach Ihren eigenen Angaben nie wieder einen Schritt setzen wollten.«

Steinebrunner schwieg, knetete verkrampft seine Hände, so als habe er starke Schmerzen, und starrte auf den Boden.
»Was wollten Sie da? Haben Sie vielleicht eine präparierte Holzkiste mit einem tödlichen Wespenschwarm in die Dekoration geschoben? Das wäre ein guter Grund, sich zu verstecken, finden Sie nicht?« Pfennig atmete tief durch. Sein Gegenüber schwieg beharrlich weiter. »Sie geben Pastor Borgmann die Schuld am Tod von Philipp. Ganz ohne Frage tragisch, aber es war ein Unfall.« Pfennig beugte sich ein Stück weiter nach vorn und tippte ein paar Mal mit einem Finger auf seine Tischplatte. »Für mich, Herr Steinebrunner, haben Sie ein sehr starkes Motiv. Und wie wir beide jetzt wissen, hatten Sie auch die Gelegenheit dazu, Pastor Borgmann umzubringen.«
Steinebrunner war inzwischen vollkommen in sich zusammengesackt und hing wie ein Häufchen Elend auf dem Stuhl. Als er leise zu sprechen begann, konnte Pfennig ihn nicht verstehen.
»Herr Steinebrunner, bitte etwas deutlicher. Und nuscheln Sie nicht den Teppich an, sondern sprechen Sie hier hinein.« Er deutete auf das Mikrofon.
»Ich habe gebetet«, sagte er noch immer sehr undeutlich.
»Wann haben Sie gebetet?«
»Als ich alleine in der Kirche war.« Er hob den Kopf und sah den Kommissar zum ersten Mal direkt an. Seine Augen wurden feucht. »Ja, es stimmt, ich war an dem Abend in der Kirche. Ich bin fast jeden Abend in der Kirche. Zum Beten. Ich wollte Borgmann nicht begegnen, deshalb bin ich immer erst so spät gekommen.« Er schluckte schwer. »Gott ist mein Zeuge, ich habe ihn nicht umgebracht.«
»Da müssen Sie mir schon einen besseren Zeugen nennen, der Sie entlasten könnte.«
»Ich habe keinen anderen Zeugen.« Tränen liefen ihm über das Gesicht. »Ich war in der Kirche, um mir Kraft, Mut oder irgend-

etwas zu holen, um weitermachen zu können. Irgendetwas!« Er wischte sich mit seinem Handrücken über die Augen. »Seit dem Tod von Philipp ist alles vollkommen aus der Bahn geraten. Bettina, meine Frau, steht seit Monaten unter starken Psychopharmaka und ist quasi nicht mehr ansprechbar. Unsere kleine Tochter ist mir fremd geworden, deshalb ist sie die meiste Zeit bei meinen Eltern. Ich bekomme keinen Zugang mehr zu ihr und zu mir selbst auch nicht.« Steinebrunner holte einen ziemlich feucht wirkenden Stoffknubbel hervor, der einmal ein Taschentuch gewesen war, faltete ihn, so gut es ging, auseinander und schnäuzte sich. Doch er weinte weiter. »Ja, ich habe gehofft, Gott würde mir einen Weg zeigen, mir sagen, wie ich weitermachen soll, wie wir alle weitermachen können. Und dann gestern Nachmittag«, er wischte sich hilflos durchs Gesicht, »gestern Nachmittag hat meine Frau versucht, sich mit Schlaftabletten das Leben zu nehmen.« Klaus Steinebrunner sah den Kommissar mit einem wilden Blick an und riss die verweinten Augen auf. Sein Ausdruck hatte etwas Wahnsinniges und unwillkürlich wich der Kommissar etwas vor ihm zurück. Plötzlich schlug der Mann mit der Faust auf den Tisch. »Und wissen Sie was, Herr Kommissar, das war das Beste, was uns passieren konnte. Ich bin endlich aufgewacht«, rief er. In diesem Moment konnte er seinen Tränen keinen Einhalt mehr gebieten und begann hemmungslos zu schluchzen. Sein ganzer Körper schien zu zittern.

Pfennig wartete schweigend ab, bis Steinebrunner sich etwas beruhigt hatte.

»Nachdem sie Bettina in der Klinik den Magen ausgepumpt hatten, konnten wir zum ersten Mal seit sechs Monaten miteinander reden. Wir haben die halbe Nacht lang geredet, geweint und uns gehalten. Ich komme direkt aus dem Krankenhaus.«

Pfennig war erschüttert. Er drückte die Stopptaste des Aufnahmegerätes. Er stand auf, ging um seinen Schreibtisch herum und tätschelte hilflos die Schulter des aufgelösten Mannes. Mit so viel Offenheit konnte er fast nicht umgehen.

»Ich kann nach Philipps Tod zum ersten Mal richtig trauern, gemeinsam mit meiner Frau. Ich war wie in einem Kokon, die letzten Monate. Habe nichts mehr gespürt, nur noch funktioniert. Bettina ging es ähnlich, aber jetzt können wir es vielleicht schaffen. Ich habe nicht länger das Gefühl, dass ich mit meinem Schmerz und meiner Hilflosigkeit alleine dastehe.«

»Ich bin mir sicher, dass Ihnen gemeinsam mit Ihrer Frau und Ihrer kleinen Tochter ein Neuanfang gelingen wird.« Diesem Mann und seiner Familie hatte das Schicksal übel mitgespielt und Pfennig hätte nicht zu sagen gewusst, wie er in solch einer Situation reagieren würde. Vielleicht war es falsch, ihn von der Liste zu streichen, aber Pfennig konnte nicht länger glauben, dass dieser verzweifelte Vater ein Mörder war. »Ich hole Ihnen jetzt eine Tasse Kaffee und Sie beruhigen sich erst einmal wieder.« Er holte sein eigenes Taschentuch aus der Hosentasche und gab es Steinebrunner, der es mit einem dankbaren Blick annahm. »Bestimmt hat Frau Rahtjen noch etwas Rhabarberkuchen für uns übrig.«

Der Vormittag mit dem aufgelösten Steinebrunner war ziemlich emotional verlaufen und Pfennig war froh, dass er nun endlich unterwegs zu seinem Boot war. Er fuhr die A27 in Richtung Bremerhaven und kam gut durch. Die Rushhour begann auf der Autobahn erst wieder am frühen Abend, wenn die Pendler stadtauswärts in den Feierabend strebten. Morgens war es dasselbe Spiel in umgekehrter Richtung. Er genoss die Fahrt und nutzte sie, um durchzuatmen. Als er in der Nähe des Hafens an einem Supermarkt vorbeifuhr, fiel ihm ein, dass er noch die Getränke für den Geburtstag seiner Schwester besorgen musste. Er wendete den Wagen, rollte auf den Parkplatz und ging einkaufen. An der Kasse nahm er noch eine Tüte Lakritzschnecken mit. Nervennahrung.

Die würde er brauchen. Er hegte ein grundsätzliches Misstrauen gegen Gutachter. Da dieser Gutachter nun auch noch von der Versicherung geschickt wurde, die ihm bislang nicht gerade entgegengekommen war, musste er sich wappnen. Lakritze war in diesem Fall sein Mittel der Wahl.
Nachdem er die Getränkekisten und die Tüten mit den Flaschen in den Kofferraum gewuchtet hatte, deckte er sie mit der blauen Plastikplane zu, stieg ein und fuhr in den Hafen.

Dunkle Wolken brauten sich gerade am Himmel über der offenen Weite der Wesermündung zusammen und schienen ihm kein gutes Omen zu sein. Die Werft lag dicht am Wasser und die Wellen schlugen schäumend an die Kaimauer. Ein kalter Wind pfiff Pfennig um die Ohren, als er ausstieg, und er schlug den Kragen seiner Jacke hoch, um sich zu schützen. Ohne Erfolg. Schon bald spannte sein Gesicht und seine Glatze brannte vor Kälte. Suchend sah er sich auf dem Gelände nach seinem Boot um. Vorne am Wasser zwischen einer weißen Yacht und einer eleganten schmalen Rennjolle lag sie, seine »Marlene 1«.
Er mochte dieses Boot, das Gefühl der Freiheit, wenn er damit durch die Wellen pflügte, und die angenehme Erschöpfung nach einem Tag an der Seeluft, egal bei welchem Wetter. Er wusste gar nicht, wie er es einen ganzen Sommer ohne seinen alten Kahn ausgehalten hatte. Wehmütig ging er zum Boot und streckte seine Hand aus. Zärtlich streichelte er den weißen Lack, als wären es die betörenden Hüften seiner Frau.
Ihm fiel auf, dass der Rumpf wegen des Muschel- und Algenbesatzes dringend der Pflege bedurfte, und er nahm sich vor, dem Werftmeister diesen Auftrag zusätzlich zur Reparatur zu geben. Wenn sie denn überhaupt repariert werden konnte. Alles würde jetzt von diesem Kerl abhängen, der sie gefühllos begutachten würde wie das Gebiss eines Pferdes auf einer Auktion. Entschlos-

sen, das Beste für sie herauszuholen, griff er sich an das Revers seiner Jacke und zog es straff. Er wollte sich gerade auf die Suche nach dem Werftmeister machen, als ihn jemand energisch ansprach.

»Was machen Sie da?«

Der Mann war klein und drahtig und trug einen grauen Arbeitsoverall, der ihn als Angehörigen der Werkstatt auswies.

»Ich wollte mein Boot besuchen«, antwortete er und ärgerte sich sofort über seine Ausdrucksweise. »Ich wurde benachrichtigt«, versuchte er den Eindruck eines überdrehten Hundebesitzers zurechtzurücken, »dass heute ein Gutachter kommt, und ich möchte gerne dabei sein, um zu hören, was er sagt.«

»Ach so«, sagte der Mann gedehnt, »von der S.A.D. Versicherung?«

Pfennig nickte.

»Da kommen Sie leider zu spät. Der Gutachter war schon da und ist wieder weg.«

Pfennig spürte, wie alles in ihm zusammensackte: die Sorge um sein Boot, die ganze Anspannung über den merkwürdigen Fall – auf einmal fühlte er sich total erschöpft, alleingelassen und unfähig, gleich wieder zurück nach Bremen zu fahren.

Wie eine Bestätigung des Himmels für seinen Zustand fielen in diesem Moment Regentropfen auf seinen kahlen Schädel.

»Sagen Sie«, fragte er deshalb den Mann, »haben Sie vielleicht eine Leiter für mich? Ich würde gerne mal kurz nach dem Rechten sehen.« Er wies mit der Hand hoch zum Boot.

Der Mann nickte und brachte ihm die erbetene Leiter, sodass Pfennig hinaufklettern konnte.

Seine Delanta 76 AK war sieben Meter sechzig lang und ihre Holzteile waren aus wunderschönem rötlichen Kirschholz gearbeitet, wie etwa der Eingang zur Kajüte. Im Gegensatz zu dem heute üblichen Baustil erstreckte sich der Kajütaufbau bei diesem

Schiffsmodell über die gesamte Breite des Decks. Man musste sich daher nicht über ein schmales Seitendeck nach vorne bewegen, sondern konnte bequem über das Kajütdach laufen. Seine »Marlene 1« war schon ein echter Klassiker, mit allem ausgerüstet, was ein seegehendes Schiff wirklich brauchte. Pfennig prüfte den einen oder anderen Knoten der Takelage und ob die Schutzhülle für das Segel noch ihren Zweck erfüllte. Er konnte nicht anders, als sich kurz ans Steuerrad zu stellen und es festzuhalten wie auf hoher See. Sein Blick schweifte hinaus auf das Wasser und für einen Moment hörte er nur die kreischenden Möwen, die Wellen und den Wind. Er war glücklich. Das toppgetakelte Rigg der Delanta hatte einen relativ kurzen Mast und eine kleine Hauptsegelfläche. In Verbindung mit der Rollgenua allerdings erreichte sie schon bei wenig Wind ihre Höchstgeschwindigkeit. Verträumt dachte er daran, wie schnittig das Boot sich in die harten Winde vor Helgoland gelegt hatte. Seine »Marlene« war ihm nicht einmal aus dem Ruder gelaufen. Trotz Höchstgeschwindigkeit ließ sie sich sogar auf der Backe liegend mit zwei Fingern spielend leicht steuern.
Als er sich umdrehte, wäre er beinahe ausgerutscht und konnte sich gerade noch halten. Er war mit seinen Straßenschuhen völlig falsch angezogen. Vielleicht würde er unter Deck wenigstens eine Mütze finden, die er sich überziehen könnte.
In der Kajüte roch es nach Motorenöl und muffig. Die ewige Feuchtigkeit war auch das Einzige, was Marlene am Segeln über mehrere Tage nicht mochte. Irgendwann begann sie darüber zu jammern, dass sie kein trockenes Kleidungsstück mehr habe, und dann wusste Pfennig, dass sie sich bald auf den Rückweg machen mussten, damit sich die Laune seiner Frau wieder besserte.
Er setzte sich auf den Schaumstoff der Sitzecke, die man mit ein paar Handgriffen zu einem komfortablen Schlaflager ausbauen konnte. Für ein Schiff dieser Größe waren die Kabinen ungewöhnlich geräumig. In einer Ecke des kleinen Salons befand sich

die voll ausgestattete Pantryküche und gegenüber, in einem separaten Räumchen, lag die Toilette. Der Griff zu der rot karierten Wolldecke war wie ein Automatismus und schon lag Pfennig lang gestreckt auf seiner weichen Unterlage. Eigentlich müsste er nach Arsten zurückfahren und seinen Fall lösen, dachte er noch, aber da war er schon eingeschlafen.

Mit einem Ruck wachte er auf. Ein Blick auf seine Uhr sagte ihm, dass er zwei Stunden geschlafen hatte. Er rieb sich die Augen und fühlte sogar Stoppeln auf seinem Kinn, so als ob der Bart im Schlaf ein Wachstumssignal erhalten hätte. Ächzend stand er auf und entschied, dass es jetzt sowieso egal war, denn bis er in Bremen sein würde, wäre es vermutlich zu spät, um noch großartig Verhöre zu führen. Mit wem denn auch, dachte er müde, seine Verdächtigen hatten sich bisher alle als unschuldig erwiesen. Na ja, ein paar Zeugenaussagen fehlten ihm noch. Die Kunsttherapeutin Frauke Bulthaupt zum Beispiel hatte er bislang noch nicht befragt.
Sein plötzlicher Hunger trieb ihn dazu, die Schränke nach etwas Essbarem zu durchsuchen, und er fand eine Dose Erbsensuppe. Als diese auf dem kleinen Gasherd köchelte, machte er das Radio an. Ein Shanty-Chor sang, von einem Akkordeon begleitet, dass die See seine Heimat sei, und danach verkündete der Moderator auch für den Rest des Tages weiterhin trübes Wetter. Tatsächlich fand Pfennig seine Mütze und setzte sie auf, denn auch im Bootsbauch war es kühl, außerdem gehörte diese Kopfbedeckung zu seinem Ritual. Zum einen auf der »Marlene 1« zu sein und zum anderen, um sein Hirn zusammenzuhalten, wenn er viel zu bedenken hatte.
Die Erbsensuppe war angenehm im Magen und wärmte ihn gut durch und ein Becher Instantkaffee mit einem Löffel Milchpulver stand noch daneben.

Da kamen die Lebensgeister doch wieder zurück, dachte er zuversichtlicher und fand seine Situation nur noch halb so schlimm. Es war alles eine Frage der Kombination und des Instinktes, sagte er sich.

Pastor Borgmann war das Opfer eines Wespenschwarms geworden, der sich mitten im Gottesdienst aus einer präparierten Kiste befreit hatte. Es war deshalb ein geplanter Anschlag, weil Borgmann allergisch auf Wespenstiche reagierte, und um diese Tatsache wusste jeder aus der Gemeinde und sicherlich auch Freunde oder Bekannte. Die tödliche Gefahr war für niemanden ein Geheimnis.

»Sagen wir also, er ist das Mordopfer«, sagte Pfennig laut. Er griff in seine Jackentasche und fand, was er suchte. Die Tüte Lakritzschnecken. Das Ende der Schnecke nahm er wie eine Spaghetti zwischen seine Zähne und rollte nach und nach den doppelten Lakritzfaden ab. Als Kind hatte er diesen Faden noch in zwei Hälften gerissen, wenn er seinem unsichtbaren Freund Huckleberry etwas abgeben wollte, aber heute musste er mit niemandem mehr teilen.

Borgmann war ein angesehener Pastor gewesen, soweit er bisher sagen konnte. Ein Mann, vielleicht mit einem Hang zum Despotischen im Umgang mit seinen Angestellten. Aber das wusste er nur von Udo Brinkhus. Er hatte keine Freundin gehabt, sondern hatte bis zu ihrem Tod vor etwa einem Jahr mit seiner Mutter zusammengewohnt, die eine rüstige Frau gewesen sein musste. Pfennig dachte an die US-amerikanischen Profiler-Geschichten, bei denen eine derart enge Beziehung zur Mutter ein Indiz für eine psychische Störung sein konnte, die oftmals mit dem Quälen von Tieren seinen Anfang nahm und in ein Leben als Serienmörder mündete. Aber dabei war es um die Täter gegangen, nicht um die Opfer, verwarf er diesen Gedanken wieder. Zumindest mochte der Pastor seinen Job, besonders die Arbeit mit Alten, Jugendlichen und Kindern. Die Beziehung zu alten Leuten hatte wegen der Finke-Geschichte ein »Gschmäckle« bekommen, wie Marlene es ausdrücken würde, deren Tante im Schwabenland aufgewachsen war. Aber dahingehend nachweisen konnte Pfennig dem Pastor nichts. Wozu auch, als Motiv war diese Erbschleicherei gut gewesen, aber Finke war als Verdächtiger definitiv draußen. Am Tag der Bastel-und-Kisten-hinstell-Aktion war er vermutlich wirklich betrunken zu Hause gewesen. In jedem Fall wäre er den Kindergärtnerinnen aufgefallen, vor allem nach seinem unrühmlichen Auftritt während des Gottesdienstes am vorangegangenen Sonntag. Zudem war Pfennig davon überzeugt, dass das Präparieren einer Kiste mit Wespen nicht zu der bevorzugten Mordmethode dieses Hünen gehören würde.

Pfennig schmatzte, weil die Lakritze ihm zwischen den Zähnen hängen geblieben war und seine Zunge schwer arbeiten musste, um den zähen Klumpen zu lösen.

Die Mordwaffe war tatsächlich eine sehr ausgeklügelte Lösung für das Herbeiführen des Todes genau dieses Mannes vor dem Altar. Sie hatte zudem den Vorteil, dass der Mörder bereits kilometerweit weg sein konnte, bevor sein Werk vollbracht war – ein nahezu perfekter Mord, stellte Pfennig fest. Doch er hoffte, dass er diesem »nahezu« den Schrecken nehmen und den Fall trotz allem noch lösen konnte. Der Mord war längere Zeit vorbereitet worden und dies zeugte von Entschlossenheit, vielleicht sogar von Intelligenz. Einen Schwarm Wespen, dem Pfennig ohne Schutz selbst nicht hätte zu nahe kommen wollen, als Waffe zu verwenden, bewies sogar Mut. Eine Mutprobe? Wollte jemand der Gemeinde einen Streich spielen und lediglich den Gottesdienst stören? War es vielleicht nur ein harmlos gemeinter Unsinn, der tödlich endete. Pfennig stutze. Möglicherweise wollte sich die Jugendband wegen der nicht erhaltenen Musikinstrumente in Pastor Borgmanns Gedächtnis piksen. Sie wären nicht die Ersten, die aus Versehen jemanden umbrachten. Darüber müssten Torsten Schröder und Leif Busse Bescheid wissen, denn sie gehörten zur Band. Eigentlich wollte er die beiden Jungs nur nach den Ungereimtheiten im Protokoll zum Tod von Philipp befragen. Aber er würde ihnen morgen nach der Beisetzung auch in dieser Hinsicht auf den Zahn fühlen.

Er stand auf, faltete die Wolldecke zusammen, spülte seinen Becher und den Topf ab, machte das Radio aus, drehte den Gashahn zu und trat hinaus an Deck. Es regnete noch immer. Sorgfältig verschloss er die Kajüte und kletterte vorsichtig die Leiter hinunter. Als er den Motor seines Wagens anließ, schenkte er seinem Boot einen letzten sehnsüchtigen Blick mit dem stillen Versprechen, es nie wieder so lange allein zu lassen. Diesem Versicherungsheini würde er Feuer unterm Hintern machen.

Zurück auf der Autobahn nach Bremen rief er zunächst Marlene an und sagte ihr, dass er heute früher zu Hause sein würde. Sie freute sich darüber, dass sie den Abend vor ihrer Abreise nach Spiekeroog zusammen verbringen würden. Pfennig sah auf die Uhr. Wenn er etwas aufs Gas trat, dann konnte er vorher vielleicht sogar noch die Kunsttherapeutin im Kindergarten erwischen, bevor die letzten Kinder abgeholt wurden.

Während er fuhr, wählte er die Nummer von Mertens bei der S.A.D.

»Was fällt Ihnen ein, mich nicht rechtzeitig von dem Besuch des Gutachters an meinem Boot zu informieren?«, tadelte Pfennig im barschen Ton in seine Freisprechanlage. Er genoss es, diesen unzuverlässigen Kerl mit seiner dröhnenden Baritonstimme einzuschüchtern. »Was machen Sie den ganzen Tag, arbeiten Sie eigentlich auch mal?«

»Natürlich arbeite ich hier, was denken Sie denn! Unsere Versicherung ist schließlich ein globales dynamisches Unternehmen und keine staubige Beamtenhöhle, in der man sich von morgens bis abends die Eier schaukelt.«

»Vorsicht, mein Lieber, und passen Sie auf, was Sie sagen«, presste Pfennig hervor. Innerlich raffte er die letzten Reste seiner schwindenden Beherrschung zusammen und setzte dem Sachbearbeiter ein Ultimatum für die endgültige Klärung seines Versicherungsfalls.

»Ich erwarte, dass Sie den Schaden vollständig bezahlen. Ich bin bisher immer unfallfrei gesegelt und habe dabei viel Geld in Ihre Saftladenversicherung eingezahlt. Und wenn Sie nicht innerhalb der nächsten drei Tage den Fall geklärt haben, dann werde ich meinen eingestaubten Kollegen vorschlagen, sich bei Ihnen mal genauer umzusehen. Die sitzen nämlich in der Beamtenhöhle nebenan und schaukeln sich die Eier in der Abteilung für Wirtschaftskriminalität und Betrug.«

Er hörte noch, wie am anderen Ende Luft eingezogen wurde, um etwas zu erwidern, aber da hatte Pfennig das Gespräch bereits weggedrückt, zufrieden mit sich und der Welt.

»Guten Tag, Frau Bulthaupt«, begrüßte der Kommissar die Kunsttherapeutin. Er war noch pünktlich beim Kindergarten angekommen. Der Vollständigkeit halber wollte er auch sie nach dem Ablauf des Bastelnachmittags am Vortag zum Erntedankfest befragen. Vielleicht konnte sie die Beobachtungen der anderen noch ergänzen. Melanie Keller, die Kindergärtnerin, mit der er bereits am Montag gesprochen hatte, hatte ihn freundlich willkommen geheißen und in den Arbeitsraum der Therapeutin geführt. Es war ein kleiner Raum im hinteren Bereich des Bungalows am Ende des Flurs. Die zwei Terrassenfenster, die von der Decke bis fast zum Boden reichten, schwächten den Eindruck von Enge ab. Obwohl dicke Wolken den Himmel bedeckten, war es hell und freundlich in dem Zimmer. Papierstapel lagen auf dem Regal und

Wachsmalkreiden und Filzstifte in kleinen Plastikeimern standen auf dem Fußboden. Mitten in einer ganzen Batterie aus Fingerfarben war eine Staffelei aufgebaut und davor stand ein kleines Mädchen, das konzentriert mit ihren eingeschmierten Händen über ein Blatt wischte. Pfennig erkannte sie als das Mädchen wieder, das ihm am Ende seines letzten Besuchs im Kindergarten das Kastanienblatt geschenkt hatte. Amelie, wenn er sich richtig erinnerte.

»Schön, dass ich Sie antreffe«, sagte er zur Therapeutin, »ich würde Sie gerne zu Ihren Beobachtungen am Vortag des Erntedankfestes befragen. Hätten Sie kurz Zeit für mich?«

»Aber sicher.« Ihr Lächeln war verbindlich und ihre blauen Augen musterten den Kommissar. »Doch ich kann hier im Moment nicht weg.« Mit einem Blick auf die kleine Amelie ergänzte sie: »Wir sind gerade in einer wichtigen Phase und ich möchte sie nicht unterbrechen.«

»Kein Problem. Ich habe ja nur ein paar Fragen.« Er setzte sich mit an den Tisch. Dieser war etwas niedriger als normal und er musste seine Beine danebenstellen. Auch der Stuhl war kleiner, als er es gewohnt war, und er hob mit beiden Händen den Gürtel über seinen Bauchnabel, damit das Leder nicht schmerzhaft in seinen Unterbauch schnitt.

»Waren Sie neulich Abend bei mir zu Hause?«, fragte Bulthaupt. »Frau Schnakenberg hat es mir erzählt. Ihre Fragen müssen also wichtig sein.«

Pfennig stutzte kurz, dann fiel ihm die ältere Dame mit der violetten Frisur wieder ein und er lächelte bestätigend. »Ihre Nachbarin hat vermutet, dass Sie mit einem Verehrer den Abend verbracht haben und deshalb nicht zu Hause waren.«

Bulthaupt lächelte. »Frau Schnakenberg ist wirklich wunderbar, eine hanseatische Dame, noch so richtig vom alten Schlag.«

»Wie Sie vielleicht gehört haben, war es kein Zufall …«, er un-

terbrach sich und sah auf das Mädchen an der Staffelei, das sich durch seine Anwesenheit aber offensichtlich nicht stören ließ. Dennoch senkte er seine Stimme bevor er fortfuhr. »Es war kein Zufall, dass Pastor Borgmann starb. Ihre Beobachtungen zur Vorbereitung des Gottesdienstes würden mir vielleicht weiterhelfen.«
»Ja, gern«, begann sie und strich sich mit zwei Fingern eine Strähne hinter das Ohr. »Udo Brinkhus, unser Hausmeister, hat den Aufbau der Dekorationen in der Kirche geleitet. Aber das wissen Sie ja wahrscheinlich schon.«
Pfennig nickte und erinnerte sich an seine Begegnung mit Brinkhus im Laubengang, dessen Beobachtungen ihm zunächst nicht viel genutzt hatten, auch wenn dieser auf den Konflikt zwischen dem Pastor und Rainer Finke wegen des Erbes der reichen Tante hingewiesen hatte.
»Udo, also Herr Brinkhus«, fuhr Bulthaupt fort, »wusste ja, wie es sein sollte. Wir haben dafür gesorgt, dass die Vasen mit den Weizen- und Roggenähren neben dem Altar standen, und er ist auf die hohe Leiter geklettert, um den Kranz aufzuhängen, den die älteren Damen geflochten hatten. Nach und nach haben wir die Kisten mit dem Obst und die Blumen so angeordnet, dass es hübsch aussah. So wie jedes Jahr eigentlich.« Ihr Blick wanderte zu Amelie an der Staffelei, die konzentriert vor sich hin murmelte. »Die ganze Zeit über kamen Leute aus der Gemeinde vorbei und haben noch mehr Schmuck gebracht, sodass uns die Arbeit eigentlich nicht ausging und wir oft das eine oder andere von A nach B hin- und hergestellt haben.«
»Hat sich außer Ihnen jemand länger in der Kirche aufgehalten?«
»Daran kann ich mich nicht erinnern. Wenn man beschäftigt ist, vergeht die Zeit wie im Flug. Das sehen Sie auch an den Kindern beim Malen.« Bulthaupts Blick ruhte noch immer auf dem Mädchen, das gerade den Zeigefinger seines Patschehändchens vorsichtig in einen Topf Rot tauchte. Mit der bereits auf ihrem gro-

ßen Malblatt aufgetragenen blauen Farbe mischte sie eine neue, dritte Farbe: Lila. Pfennig konnte sehen, dass Amelie von diesem Effekt überrascht war.

»Ist Ihnen denn jemand in Erinnerung geblieben, der sich vorsichtig oder besonders umständlich mit einer der Kisten angestellt hat?«

»Nein.« Erstmals sah Frauke Bulthaupt dem Kommissar wieder in die Augen. Sie öffnete den Mund, so als wollte sie noch etwas sagen, schloss ihn dann aber wieder und schwieg. Sie lehnte sich zurück und sah Pfennig ruhig an.

»Wissen Sie, ob nach Ihnen und Brinkhus noch jemand die Kirche betreten hat?«

»Das kann ich nicht sagen. Nachdem wir mit der Dekoration endlich fertig waren, haben wir mit den Kindern in der Kirche noch ein Lied gesungen. Eines, das sie schon aus dem Kindergarten kennen und das sie immer zum Abschied singen. Kurz darauf kamen die Eltern und haben sie abgeholt. Wir haben uns voneinander verabschiedet und sind dann nach Hause gefahren. Die Vikarin hat alles abgeschlossen, glaube ich.« Sie sah flüchtig in Amelies Richtung, verschränkte die Arme vor ihrer Brust und lächelte den Kommissar zufrieden an.

Die rechte Hand des Kommissars wanderte unwillkürlich hinauf zu seinem Schnurrbart und er strich ihn mit Daumen und Zeigefinger nach rechts und links aus. Soweit er bisher wusste, hatten also Brinkhus und die Kunsttherapeutin die meiste Zeit in der Kirche verbracht und waren bis zuletzt dort gewesen. Mit dem Gärtner hatte Borgmann zwar kurz vor seinem Tod Streit gehabt, aber irgendwie glaubte Pfennig ihm, dass er das Geld nicht gestohlen und damit auch keinerlei Motiv hatte. Dass Brinkhus seinen Chef nicht besonders mochte, war in seinen Augen nicht ausschlaggebend. Andernfalls müsste er bei jedem Verbrechen ganze Belegschaften von Angestellten unter Generalverdacht stellen.

Pfennigs Schnurrbart zog sich bei diesem Gedanken in die Breite und seinem Mund entfuhr ein Geräusch, das ein Lachen hätte werden sollen, aber zu einem Grunzen verkam. Was hätte zudem die junge Kunsttherapeutin für ein Motiv haben sollen? Sich am Vortag des Mordes in der Kirche aufgehalten zu haben, bot keinen ausreichenden Anfangsverdacht. Die präparierte Wespen-Kiste hätte den beiden untergeschoben worden sein können, sodass sie die Mordwaffe auf diese Weise unwissentlich in der Erntedank-Dekoration untergebracht hätten. Im Gemeindehaus hielten sich neben der Vikarin Katharina Lange die beiden Kindergärtnerinnen und vier ältere Damen auf. Außerdem brachten eine unbestimmte Anzahl von Eltern und vielleicht noch zwei oder drei weitere Gemeindemitglieder, deren Namen der Kommissar bisher nicht kannte, Geschenke und Dekoration ins Gemeindehaus oder direkt in die Kirche. Pfennig ließ die Hand auf seinen Schoß fallen und beendete damit seine Überlegungen. Möglicherweise würde er es doch nicht vermeiden können, sämtliche Eltern und die älteren Damen noch zu befragen. Pfennig ärgerte sich mal wieder über die Personalsituation seiner Abteilung und fand, dass es Zeit war, dass er wenigstens endlich einen Assistenten bekam. Der Kommissar sah die Kunsttherapeutin an. Er schätzte sie auf Ende zwanzig oder Anfang dreißig. Ihre langen dunklen Haare trug sie offen, sodass sie ihr immer wieder ins Gesicht fielen. Die schwarze Jeans und der schwarze Pullover mit V-Ausschnitt ließen Pfennig eher an das Erscheinungsbild einer Galeristin denken, einer Künstlerin oder Journalistin. Mit der Abwesenheit von Farben in ihrem Äußeren schienen diese Menschen eine Aura von Intellektualität um sich herum zu verbreiten. Ob sie wohl der Meinung waren, auf diese Weise ihre Individualität ganz besonders zu betonen? Immerhin folgten sie doch auch nur einer Uniformität in der Kleiderwahl, genau wie andere Berufsgruppen. Das Einzige, was dem Outfit einer Kindergärtnerin oder Lehrerin ähnelte, war Bulthaupts graue Strickjacke aus grober Wolle. Aber das mochte ein Vorurteil von Pfennig sein, geboren aus seinen eigenen Klischees. Ganz ohne Schubladen ging es in seinem Beruf eben doch nicht, entschuldigte er sich selbst und überlegte, ob ihm noch eine Frage an sie einfiel.

»Hatten Sie häufiger Kontakt zu Pastor Borgmann?«

Diesmal strich sie mit beiden Händen ihre Haare nach hinten und massierte kurz ihren Nacken, bevor sie antwortete.

»Also häufig nicht«, kam es locker, »aber Arsten ist klein. Ein paar Mal sind wir uns begegnet.« Pfennig schien es, als würde sie nach einer Erklärung suchen. »Na ja, schließlich arbeite ich seit knapp zwei Jahren hier in diesem Kindergarten.«

»Was machen Sie eigentlich genau, so als Kunsttherapeutin?«

»Malen ist für Kinder eine wichtige Sache«, sagte sie und stellte ihre Beine neben den Tisch, sodass sich ihre Körperhaltung entspannte. »Ich kann anhand ihrer Bilder erkennen, ob sie sich altersgemäß auf einer normalen Entwicklungsstufe befinden. Zum Beispiel ist es in einem bestimmten Stadium normal, dass sie Menschen als Kopffüßler darstellen, also einen Kreis malen mit Armen und Beinen dran.« Ihre Hände gestikulierten in der Luft, um ihre Ausführungen zu unterstützen. »Die Bilder von Kindergartenkindern sind keine realistische Abbildung der Wirklichkeit, sondern wie ein inneres Modell, das sie von der Realität haben. Das eine Kind malt eine Kuh mit einem besonders großen und farbigen Schwanz, weil es gesehen hat, wie die Kuh Fliegen damit vertreibt. Das andere legt besonders viel Wert auf das Euter, weil es weiß, dass daraus die Milch kommt, die es zum Frühstück trinkt.« Frauke Bulthaupt lächelte den Kommissar an.

»Ich verstehe«, sagte er. »Ihre Kolleginnen haben mir erzählt, dass Sie ihnen eine große Hilfe sind bei Kindern mit Problemen, die zum Beispiel einen Schicksalsschlag erlitten haben, wie etwa die kleine Steinebrunner.«

»Ja, das hoffe ich. Susi ist momentan in einer sehr schwierigen Situation. Ihre Eltern sind offenbar sehr mit der Trauer um den älteren Bruder beschäftigt und lassen die Tochter mit ihren Ängsten und ihrer Schuld allein.«
»Schuld? Sie hat doch keine Schuld an dem Tod ihres Bruders.«
»Das ist es aber, was sie fühlt, weil sie von den Eltern in ihren Augen bestraft wird, dafür dass der Bruder nicht mehr da ist.«
»Und«, fragte der Kommissar und schüttelte betroffen den Kopf, »was können Sie denn da machen?«
»Malen hat eine besondere Magie für Kinder.« Pfennig folgte ihrem Blick wieder zu dem Mädchen an der Staffelei, das er fast vergessen hatte. »Das Malen von Bildern ist ein schöpferischer Akt für sie. Sie sehen, ich kann etwas erschaffen in dieser Welt, und sie erkennen, ich kann mich dieser Welt mit meinen Bildern mitteilen.«
»Wie meinen Sie das?«, fragte er und war nun wirklich interessiert.
»Die Bilder sind ein Selbstausdruck für die Kinder, voller Symbole und Zeichen. Sie zeigen damit, wer sie sind. Gleichzeitig werden während des Malens innere Spannungen abgebaut und ein Erkenntnisprozess in Gang gesetzt.« Sie suchte nach einer Erklärung. »Es ist wie ein Brief.«
In diesem Moment kam Amelie. Mit einem alten Handtuch, das offensichtlich extra für diesen Zweck da war, versuchte sie, sich ihre Finger zu säubern. Sie blieb vor dem kleinen Tisch stehen und es schien, als könnte sie sich zwischen den beiden Erwachsenen nicht entscheiden. Pfennig hatte das Gefühl, dass sie ihn besonders intensiv musterte. Es war ihm unangenehm, wie sie ihn ansah. Ihre Augen wurden größer und der Kommissar glaubte, dass das Mädchen Angst vor ihm hatte und befürchtete, dass es gleich heulen würde, als sie die kleinen Ärmchen hob wie bei ihrer ersten Begegnung im Garten vor dem Kindergarten. Sie wollte auf seinen Schoß.

»Amelie!« Bulthaupt schien vor der plötzlichen Lautstärke ihrer eigenen Stimme zu erschrecken, »Komm her, ich mache dir die Hände richtig sauber.« Sie öffnete ihre Handtasche, aus der leichter Lavendelduft entströmte, und zog ein sauberes Stofftaschentuch hervor. Sie stand auf, nahm das Mädchen auf den Arm und rieb mit dem Tuch energisch an ihren farbverschmierten Fingerchen. Amelie ließ den Kommissar nicht aus den Augen

»Warum hast du Haare im Gesicht?«, fragte sie ihn unvermittelt.

»Dann werde ich mich mal verabschieden«, sagte er und ignorierte das Mädchen, weil er nicht wusste, was er ihr antworten sollte. Er stand auf, was ihm ziemliche Mühe bereitete, denn seine Knie waren auf dem niedrigen Stuhl taub geworden. »Vielen Dank, Frau Bulthaupt. Es war sehr interessant, etwas über Ihre Arbeit zu erfahren.«

Mit dem Mädchen auf dem Arm sah sie ihn an. »Da nich' für, wie der Bremer sagt.«

Beim Hinausgehen warf der Kommissar noch einen Blick auf die Staffelei. Er sah eine kreisähnliche Fläche in dunkelblau und lila, fast schwarz, und daneben eine lange, ebenso dunkle stielähnliche Figur, die sich nach oben hin verjüngte und die ihn irgendwie an einen Kirchturm erinnerte.

Freitag

Die Glocken läuteten bereits, als der Kommissar endlich eine Parklücke in einer der Seitenstraßen fand. Er stieg aus, knallte die Autotür zu und eilte mit schnellen Schritten an einer beträchtlichen Zahl geparkter Wagen vorbei.
Wenigstens war Hannes pünktlich, dachte er, als er den auffälligen Sportwagen seines Kollegen, einen silberfarbenen Porsche Boxster, vor dem Gemeindehaus erkannte. Weil er nicht überall seine Augen und Ohren gleichzeitig haben konnte, hatte er Herberg gebeten, ebenfalls zur Beisetzung zu kommen.
Pfennig betrat den Innenraum der St. Johannes Kirche; sie war bis auf den letzten Platz besetzt. Er stellte sich so hin, dass er das kleine Kirchenschiff gut überblicken konnte. Vorne im Altarbereich unter dem Kreuz stand der eichene Sarg, eingerahmt von Kränzen und edlen Blumengestecken. Das warme Licht der unzähligen Kerzen unterstrich den würdevollen Charakter des Augenblicks. Pfennig überkam eine leichte Gänsehaut, als ihm klar wurde, dass Pastor Borgmann genau an der Stelle seinen Abschiedssegen empfangen würde, an der man ihn am Sonntag für tot erklärt hatte. Wo er so grotesk in rotem Traubensaft am Boden gelegen hatte, war er heute unter einem dreieckigen Blumenschmuck gebettet. Bunte Sonnentupfer, die wie damals durch die Kirchenfenster fielen, spielten mit den weißen Nelken auf dem Sarg.
Links in der ersten Bank sah der Kommissar den Gemeindevorsteher Jürgen von Asendorf, der sich gerade zurückbeugte, um eine blonde Frau, die hinter ihm saß, anzusprechen. Pfennig erkannte sie als die Kindergärtnerin Melanie Keller. Daneben saß die Kunsttherapeutin Frauke Bulthaupt. Direkt am Mittelgang vorne konnte er die Vikarin Katharina Lange ausmachen. Vielleicht würden sich heute noch interessante Einblicke in die Arstener Gemeinde

ergeben und damit, so hoffte er, neue Ermittlungsansätze für seinen mysteriösen Mordfall. Er ließ seinen Blick weiter über die Hinterköpfe der Trauergäste schweifen. Außen auf der rechten Seite entdeckte er Herberg und winkte ihm unauffällig zu.
Die Glocken hatten inzwischen aufgehört zu läuten und das einsetzende Orgelspiel markierte den Beginn der feierlichen Zeremonie. Die versammelte Gemeinde würde im nun folgenden Aussegnungsgottesdienst Abschied von dem Toten nehmen. Die junge Vikarin trat vor und sprach ein Gebet. Dann kündigte sie an, dass die Jugendband nun ein modernes Stück spielen würde. Pfennig reckte den Hals ein bisschen, um die vier Jungs der Band besser sehen zu können. Der langhaarige Gitarrist musste nach de Vries' Beschreibung Torsten sein und der schmale Blonde am Kontrabass Leif, die Freunde von Philipp. Er wollte sie nachher kurz beiseitenehmen. Zum einen musste er überprüfen, ob sie als »versehentliche Mörder« infrage kamen, die Borgmann nur einen Streich hatten spielen wollen, der leider aus dem Ruder gelaufen war. Zum anderen hatten sie damals nach dem Unfall in St. Peter-Ording zu Protokoll gegeben, dass der Pastor »zu sehr abgelenkt« gewesen sei, um Philipps Verschwinden zu bemerken. Auch wenn dieser Ansatz vor allem wegen der schleichenden Verzweiflung über den Mangel einer konkreten Spur interessant war. Eine winzige Brotkrume der Hoffnung, dachte er selbstironisch.
Nach der musikalischen Einlage der Band trat Pastor Markus Dierks an das Pult rechts neben dem Sarg und schlug die Bibel auf. Seiner Lesung ließ er eine verhältnismäßig kurze Predigt folgen und erörterte, dass es wichtiger sei, für das Vergangene dankbar zu sein, als um das Verlorene zu trauern. Er schlug damit den Bogen zu dem verstorbenen Pastor, sprach über dessen Leben, das er der Gemeindearbeit gewidmet habe. Borgmanns Haushälterin saß mit frisch ondulierter Frisur in der zweiten Reihe und schnäuzte sich. Hermine Onnen war nicht die Einzige, die sich

mit einem Friseurbesuch auf die Beerdigung des Pastors vorbereitet hatte. Pfennig fiel auf, dass mehrere Köpfe in einem zarten Blauton schimmerten. Und die Tränen flossen besonders bei diesen älteren Damen. Vermutlich trauerte hier die Seniorenkaffeerunde, um die sich Borgmann so intensiv gekümmert hatte.

Der Kommissar staunte über die Sicherheit von Pastor Dierks. Seine Arroganz war hier nicht eine Charakterschwäche, sondern sie passte zu seiner Rolle als Prediger und wirkte eher wie ein Ausdruck innerer Stärke. Pfennig stellte verwundert fest, dass sogar er selbst an diesem Ort und in dieser Situation von dem eigentlich doch so unsympathischen Mann beeindruckt war. Am Schluss bat Dierks die Gemeinde mit einer Geste aufzustehen und das Vaterunser zu beten. Er sprach den Segen und als das Glockengeläut wieder einsetzte, schickte er sich an, hinter den Sargträgern aus der Kirche zu gehen. Unter den vier Männern mit den breitkrempigen Hüten und schwarzen Umhängen, die den Sarg auf den schmalen Schiebewagen wuchteten, erkannte Pfennig den Gärtner Brinkhus. Er hatte den Blick gesenkt, als er an Pfennigs Stehplatz vorbeikam. In bedächtigem Schweigen folgten die Trauergäste dem Sarg langsam hinaus zum Friedhof.

Herberg löste sich aus der Menge und strebte auf ihn zu. Pfennig gab ihm jedoch mit einem Handzeichen zu verstehen, dass sie sich am Eingangsportal treffen würden. In diesem Moment tippte ihm jemand von hinten auf die Schulter. Er drehte sich um.

»Sie?«, fragte Pfennig verblüfft, als der den Mann erkannte »Sie hätte ich hier am allerwenigsten erwartet.«

»Es ist die letzte Möglichkeit, meinen Frieden mit Pastor Borgmann zu schließen«, begrüßte ihn Steinebrunner. »Sie wissen schon, Herr Kommissar: ›Und vergib uns unsere Schuld, wie auch wir vergeben unseren Schuldigern‹.« Der Aufsichtsratsvorsitzende lächelte fast schüchtern.

»Wie geht es Ihrer Frau?«

»Sie ist auf dem Wege der Besserung.« Er strahlte. »Sie wird nächste Woche aus dem Krankenhaus entlassen und fährt anschließend für vier Wochen in die Kur. An die Ostsee. Susi und ich fahren mit. Die Ärzte haben nichts dagegen, wenn Bettina ihre therapiefreien Stunden mit uns verbringt. Ich habe auch schon eine Ferienwohnung in der Nähe der Kurklinik gefunden. Ein bisschen Ferien können uns allen nicht schaden.« Pfennig konnte sehen, wie glücklich dieser Mann über die zweite Chance war, die er für sein Leben bekommen hatte. Er wünschte Klaus Steinebrunner und seiner Familie alles Gute und war überrascht über den herzlichen, warmen Händedruck, den er zum Abschied bekam. Dieser Mann hatte nichts Lebloses oder Kaltes mehr an sich.

Vor der Kirchentür traf er Hannes. »Ist dir irgendjemand oder irgendetwas aufgefallen?«, fragte Pfennig ihn und beobachtete, wie Steinebrunner in seinen Mercedes stieg, den Motor anließ und langsam vom Parkplatz rollte.
»Ich weiß nicht genau, ob das von Bedeutung ist«, sagte Herberg und überlegte. »Ich war schon sehr frühzeitig hier und habe mich mit dem Gemeindevorsteher von Asendorf unterhalten. Wir standen vor der Kirche und haben über die Trauerfeier gesprochen, als das Ehepaar Dierks ankam. Von Asendorf stellte uns vor, doch der Pastor ist gleich wieder gegangen, um noch mit dem Organisten zu sprechen, und hat seine Frau bei uns stehen lassen. Sie ist ganz nervös gewesen, als ob sie in einer mündlichen Prüfung stecken würde. Schließlich hat sie den Gemeindevorsteher gefragt, ob die Pastorenstelle bald wieder ausgeschrieben wird. Von Asendorf meinte, selbstverständlich wolle man zunächst aus Pietätsgründen eine gewisse Zeit abwarten, aber dann würde sich die Gemeinde auf die Suche nach einem passenden Kandidaten machen.« Herberg knuffte Pfennigs Oberarm. »Stell dir vor, die Dierks war so dreist zu fragen, ob ihr Mann eine Chance hätte.«

»Du meinst, der alte Pastor ist noch nicht unter der Erde und der neue steht schon in den Startlöchern, das frei gewordene Erbe anzutreten?«
»Es kommt noch dicker, Ewald. Frau Dierks war sogar der Meinung, es sei doch wirklich an der Zeit, dass sich das Pfarrhaus endlich mit Leben füllt. Ich glaube, sie kann es gar nicht erwarten, hier einzuziehen.« Herberg zog bedeutungsschwer die Augenbrauen hoch, sodass sich seine Sommersprossen zu einem braunen Klümpchen auf der Stirn zusammenschoben. »Das ist doch ein Motiv, findest du nicht?«
»Da hast du recht«, nickte der Kommissar nachdenklich. »Neid und Missgunst sind sogar sehr starke Motive.«
»Und sehr alt«, ergänzte Herberg. »Im Alten Testament ist immerhin das erste Ereignis, das beschrieben wird, nachdem die Menschen aus dem Paradies vertrieben worden sind, ein Mord aus Neid. Kain, der älteste Sohn von Adam und Eva, erschlägt seinen jüngeren Bruder Abel aus Neid auf die Zuneigung, die dieser von Gott bekommt.«
»Ich wusste gar nicht, dass du so bibelfest bist.«
Die Prozession, die ihren ehemaligen Seelsorger auf seinem Weg zur letzten Ruhestätte begleitete, hatte inzwischen die Grabstelle links hinter der Kirche erreicht. Um sie nicht aus den Augen zu verlieren und womöglich etwas Wichtiges zu verpassen, folgten die beiden Polizisten der Gemeinde ein Stück.
»Danke, dass du gekommen bist.« Pfennig klopfte ihm auf die Schulter. »Gehst du mit zur Beisetzung? Ich werde noch die Jungs von der Band befragen«, er wies unauffällig zu den Jugendlichen hinüber. Die vier standen unter einer großen Kastanie und beobachteten die Beerdigung aus einiger Entfernung.
»Okay, alles klar.«
Pfennig nickte. »Bis gleich.«

Pfennig sah, wie sich bereits zwei der Bandmitglieder verabschiedeten und wegradelten. Auch Leif und Torsten schienen im Aufbruch begriffen. Wenn er sie noch erwischen wollte, dann musste er sich beeilen. Er winkte und hielt ihnen im Laufen seinen Dienstausweis entgegen.

»Ein echter Bulle«, begrüßte ihn Leif und grinste. Der Hosenbund hing ihm tief unter seinem Hintern, sodass die Nierengegend unter dem kurzen schwarzen Blouson der herbstlichen Kühle ungeschützt ausgesetzt war. »Wurde ja auch Zeit, dass Sie zu uns kommen.«

»Ach ja?« Pfennig steckte seinen Dienstausweis wieder ein und beschloss, sich nicht provozieren zu lassen.

»Ja klar. Wir waren doch dabei, als in der Kirche die Hölle los war.« Der junge Mann schob cool seine Daumen in die Hosentaschen und sah seinen Freund um Zustimmung heischend an. »Wir sind doch wichtige Zeugen.«

Er brauchte klare Informationen und keine coolen Jungs. Denen würde er schon Benehmen beibringen, dachte der Kommissar und stellte sich breitbeinig hin. Zwar absolvierte der Kommissar ein regelmäßiges Schießtraining, aber seine Waffe trug er nicht täglich. Doch das musste er ihnen ja nicht gleich auf die Nase binden. Wie ein Sheriff um zwölf Uhr mittags öffnete er betont langsam seine Jacke und griff hinein. Er hatte richtig vermutet: Torsten ließ sich leicht beeindrucken, denn er konnte seinen schreckgeweiteten Blick nicht mehr von Pfennigs Hand wenden. Solche Rotzlöffel, die noch grün hinter den Ohren waren, glaubten bei einem Polizisten immer an die Waffe im Schultergurt. Mit einem Ruck zog der Kommissar seine Hand hervor und genoss die Wirkung. Der Schreck in Torstens Augen legte sich erst, als er das schwarze Notizbuch erkannte.

»Ganz wunderbare Zeugen seid ihr, so wie damals in St. Peter-Ording, nicht wahr.« Das war hart, das wusste er. Möglicherweise war das Geschehen um den Tod ihres Freundes ein Trauma für sie. Sie daran zu erinnern, war aber vielleicht trotzdem der richtige Weg, um die beiden für seine Fragen zugänglicher zu machen. Jetzt war auch Leif verunsichert.

»Was wisst ihr über Borgmanns Tod?« Der Kommissar fixierte ihn mit seinem Blick wie in einem Schraubstock.

»Nichts eigentlich.« Leif kämpfte mit einer aufsteigenden Röte an seinen Ohren.

»Nichts? Wo seid ihr am Vortag des Mordes gewesen?«, fragte Pfennig.

»Zu Hause«, ergriff nun der Gitarrist zum ersten Mal das Wort. Die strähnigen langen Haare hingen ihm in die Augen, sodass er sie immerfort mit der Hand zur Seite schieben musste. Eine Bewegung, deren Frequenz zugenommen hatte und die verriet, wie nervös er war. »Ich hatte Geburtstag und wir haben mit der Band ein bisschen bei mir gefeiert.«

»Den ganzen Tag?«

»Ja.« Er sah auf den Boden und trat von einem Bein auf das andere. »Meine Mutter hat darauf bestanden, mit Kaffee und Kuchen anzufangen.« Seine Stimme war nur noch ein leises Geflüster, so peinlich schien ihm die Begründung zu sein. »Weil Mädchen dabei waren.«

Der Kommissar entspannte sich. So ein Alibi würde sich kein Jugendlicher freiwillig ausdenken.

»Und abends?«, hakte er trotzdem nach.

»Kino.« Das Gesicht des Gitarristen hellte sich ein wenig auf. »Mit den Mädchen.«

Harmlos also, dachte Pfennig. Ein Dummejungenstreich der Jugendband schied damit aus. Sie hätten keine Gelegenheit gehabt, die Obstkiste zu deponieren.

»In St. Peter-Ording damals«, wechselte Pfennig abrupt das Thema. »Ihr habt ausgesagt, dass Pastor Borgmann seine Aufsichtspflicht deshalb verletzt haben könnte, weil er zu abgelenkt gewesen sei. Was habt ihr damit gemeint?«

»Das war«, antwortete Leif und fand zu seinem verpickelten Grinsen zurück, »weil er sich so komisch benommen hat.«

»Inwiefern?« Pfennig atmete hörbar aus. Er war nicht gewillt, ihnen jeden Popel einzeln aus der Nase zu ziehen.

»Die Vikarin«, begann Torsten deshalb schnell. »Wir dachten, sie wollte was von ihm.« Wieder schob er sich die Haargardine aus dem Gesicht. »Dass sie in ihn verliebt ist, oder so. Die war doch ständig um ihn rum. Das hat ihn abgelenkt.« Er wandte sich seinem Kumpel zu. »Alter, so wars doch, oder?!«

»Ja, die waren voll scharf aufeinander, so was sieht man doch«, bestätigte Leif, »wieso sollte die Lange sich sonst nachts in das Zimmer des Pastors schleichen.«

Das war eine schwerwiegende Anschuldigung, dachte der Kommissar, ließ sich aber vor den beiden nicht anmerken, dass ihn diese Wendung überraschte. Wenn es stimmte, dass Katharina Lange und Ralph Borgmann heimlich ein Verhältnis gehabt hatten, dann hätte Lange möglicherweise einen Grund gehabt, ihn umzubringen. Schnell entwarf er in Gedanken das Szenario: Borgmann könnte ihre Annäherungsversuche konstant abgewiesen haben, sodass sie irgendwann die Geduld verloren hatte und ihm ihre Liebe eingestand. Er hatte sie aber brüskiert und sie wollte sich für diese Schmach rächen. Hier im kleinen dörflichen Bremen-Arsten lauerten offenbar Verhältnisse, die mit denen aus der klassischen Oper durchaus mithalten konnten.

Verschmähte Liebe, dachte Pfennig aufgeregt. War das der Schlüssel zur Lösung?

»Sagt mal«, er steckte sein Notizbuch wieder in die Innentasche seiner Jacke. »Habt ihr damals eigentlich nicht bemerkt, dass sich Philipp Steinebrunner von euch entfernt hat?«

»Er wollte nur mal kurz pinkeln gehen.« Torsten war völlig über-

rumpelt von Pfennigs Frage. »Leif und ich sind schon mal zu den anderen zurückgegangen. Wir dachten, Philipp wäre direkt hinter uns. Er muss dann aber irgendwie die Orientierung verloren haben. Ist ja auch kein Wunder, der Strand ist wirklich riesig da!«
»Aber Philipp war doch euer Freund, dass er plötzlich weg war, müsste euch doch aufgefallen sein.«
»Wir waren total betrunken«, gab Torsten kleinlaut zu und wurde auf einmal sehr blass.
Pfennig sah, dass er seine Anspielung verstanden hatte.
Wer unter euch ohne Sünde ist, der werfe den ersten Stein, rezitierte Pfennig in Gedanken. So viel Bibelwissen hatte sogar er. Sie sollten das nächste Mal nachdenken, bevor sie jemanden beschuldigten. Nicht nur der Pastor oder die Vikarin, sondern auch sie selbst hätten früher bemerken können, dass ihr Freund nicht zurückkam.
»Sehr wahrscheinlich hätte niemand verhindern können, was passiert ist. Es war ein Unfall«, sagte der Kommissar abschließend. Er wollte im Grunde nicht, dass sich in den Jugendlichen womöglich ein Schuldgefühl festsetzte. Er entließ sie mit einem Nicken.
Mit gesenkten Köpfen gingen sie über den Kirchplatz zu ihren Fahrrädern. Als sie die Mädchen bemerkten, die dort auf sie warteten, lachten sie schon wieder entspannt.
Selig sind die Unschuldigen, dachte Pfennig.

Die Beisetzung war zu Ende und einige Trauergäste gingen ins Gemeindehaus, wo ehrenamtliche Helferinnen noch Tee und Butterkuchen anboten. Pfennig war jetzt eher nach einem Schnaps zumute. Beerdigungen schlugen ihm immer auf den Magen. Er beobachtete die Leute, die in kleinen Grüppchen auf dem Parkplatz oder beim Gemeindehaus standen, andere verweilten plaudernd auf dem Kirchplatz. Unter einer kleinen Rotbuche, die zwischen Friedhof und Gemeindegarten wuchs, konnte der Kommissar die Vikarin ausmachen. Sie stand zusammen mit Udo Brinkhus und einer hübschen Frau. Pfennig erkannte sie wieder. Versteckt unter dem Rosenstock an der Wand des Gemeindehauses vor ein paar Tagen hatte er ein geheimnisvolles Gespräch von Katharina Lange und ihr belauscht. Er musste mit der Vikarin sprechen, vielleicht ergab sich jetzt eine gute Gelegenheit.

Pfennig ging auf die kleine Runde zu und winkte wie ein Tourist, der zum zweiten Mal in dasselbe Café kam. Lange hob zögernd ihre Hand zur Antwort; sie schien von seinem Kommen nicht begeistert zu sein.

Brinkhus folgte ihrem Blick. Als er Pfennig bemerkte, trat er seine Zigarette aus und drehte sich um. Beinahe hätte er Herberg angerempelt, der auf dem Weg zu seinem Chef war. »'tschuldigung«, sagte Brinkhus, »muss los.« Er tippte zum Abschied auf seine Hutkrempe und ging.

Pfennig stellte Herberg den beiden Frauen vor und sie begrüßten sich höflich.

»Und wer sind Sie?«, fragte der Kommissar neugierig und gab der Unbekannten ebenfalls die Hand.

»Greta Vogelsang«, sie sah ihm offen in die Augen. »Ich habe schon viel von Ihnen gehört, Herr Kommissar.«

»Hoffentlich nur Gutes«, scherzte Pfennig und musste zugeben, dass sie noch attraktiver war, als er sie in Erinnerung hatte. Sie trug ein dunkelblaues Kleid, das gut zu ihren blauen Augen passte. Eine Kette aus türkisfarbenen Holzkugeln, die mit dem Teint ihrer Haut harmonierte, schmückte ihr Dekolleté.

»Ich muss mit Ihnen sprechen, Frau Lange«, wandte er sich der Vikarin zu. »Hätten Sie ein paar Minuten Zeit für mich?«

»Mir geht es heute nicht so gut«, sagte sie zögerlich. »Ich wollte eigentlich gleich nach Hause. Worum geht es denn?«

»Es geht um Ihre Beziehung zu Borgmann.« Pfennig fasste sie am Ellenbogen, um sie beiseitezunehmen. Doch sie blieb einfach stehen und seine Hand glitt von ihrem Arm ab.

»Hören Sie, Herr Kommissar, ich kann durchaus verstehen, dass es Ihr Beruf erfordert, jederzeit jeden mit Fragen zu belästigen. Ich bin auch bereit, Ihnen auf alles, was Sie wissen wollen, zu antworten. Aber ich habe Ihnen inzwischen wirklich alles gesagt, was ich weiß.«

Pfennig war erstaunt über ihre abweisende Haltung und bemerkte, dass die Stimmung auch bei Greta Vogelsang umschlug.

Hier half nur die Flucht nach vorn, dachte er.

»Gut, wie Sie wollen. Ich muss Sie das fragen. Und zwar jetzt.« Er setzte sein autoritäres Berufsgesicht auf. »Hatten Sie mehr als ein berufliches Interesse an Borgmann?«

»Wie meinen Sie das?« Empörung schwang in Langes Stimme mit.

»Zeugen behaupten, dass Sie auf der Osterfreizeit in St. Peter-Ording nachts in das Zimmer des Pastors gegangen wären.«

»So ist das also. Und Sie müssen diesem Hinweis Ihrer sogenannten Zeugen natürlich nachgehen.« Sie schüttelte verständnislos den Kopf. »Sie glauben wohl alles, was man Ihnen erzählt.«

»Erklären Sie mir bitte, was passiert ist«, forderte Pfennig sie unmissverständlich auf.

»Das ist Rufschädigung.« Sie verschränkte ihre Arme vor der Brust. »Dazu sage ich gar nichts.«

»Ich kann Sie auch ins Präsidium mitnehmen, wenn Ihnen das lieber ist.« Er sah sie scharf an und damit sie begriff, dass er es ernst meinte, zog er sein Handy aus der Tasche.

»Katharina!« Vogelsang sah Lange beschwörend an und Pfennig hörte den ängstlichen Unterton in ihrer Stimme. »Jetzt sag ihm doch, wie es war.«

Die Vikarin sah stur zur Seite und blieb stumm.

»Sie hat mir damals davon erzählt«, begann Vogelsang zögernd und sah dabei auf Lange, die sie wütend anblitzte. »Das Lagerfeuer am Strand sollte eine Überraschung für die Jugendlichen sein. Deshalb haben sie es heimlich geplant. Auf Borgmanns Zimmer.«

»Das erklärt vielleicht, warum Sie damals im Schlafzimmer des Pastors waren«, sagte Pfennig, wieder der Vikarin zugewandt, »aber entkräftet noch nicht den Verdacht, Sie wären in Borgmann verliebt gewesen.«

»Wer sagt denn so was?« Jetzt war es vollends vorbei mit ihrer Beherrschung. »Haben Ihnen etwa diese testosterongesteuerten, pubertierenden Kleinhirne diesen Quatsch erzählt?« Lange war wütend. Wäre es physikalisch möglich gewesen, hätten ihre grünen Augen ihre Brillengläser zum Schmelzen gebracht. »Die wissen doch noch nicht mal, wo sie hingucken sollen, wenn ich mit ihnen einen Bibeltext bespreche, geschweige denn, dass die beurteilen können, wen ich liebe.«

»Manche Jugendliche können ziemlich ätzend sein«, stimmte Herberg zu und lächelte. »Oft ist ihre Wahrnehmung ziemlich verschoben und hat mit der Realität nicht viel zu tun.«

Pfennig war verunsichert und fragte sich, ob er ihr glauben sollte. Ihre Aggressivität war in seinen Augen eher ein Indiz dafür, dass er sich mit seinen Fragen nah an einem empfindlichen Punkt bewegte. Er entschloss sich, sie weiter unter Druck zu setzen, und holte schon Luft für die nächste Frage, als Herberg ihm die Hand auf den Arm legte.

»Auf ein Wort, Ewald.«

Pfennig ärgerte sich zwar, aber er ahnte, dass Hannes einen triftigen Grund hatte, wenn er ihn so unterbrach. Er folgte ihm außer Hörweite der beiden Frauen.

»Ich glaube, du hast dich da in etwas verrannt«, sagte Herberg. »Es ist doch klar, dass die Ladys ein Liebespaar sind.«

Pfennig stutzte. Mit neuem Blick musterte er Lange und Vogelsang. Herberg schien die offensichtliche Vertrautheit zwischen ihnen sofort gesehen zu haben. Jetzt sah er sie auch. Vogelsang versuchte mit leisen Gesten, ihre Freundin zu beruhigen. Das Gespräch, das er unter der Rose belauscht hatte, würde damit auch einen Sinn ergeben. Vogelsangs Frage, wann Lange »es« ihnen sagen wolle, hatte sich nicht darauf bezogen, ihre vermeintliche Tat zu gestehen, sondern darauf, dass sie mit einer Frau liiert war. Und mit »ihnen« war nicht die Polizei gemeint gewesen, sondern die Gemeinde. Dankbar lächelte er seinen Kollegen an und fragte sich, warum er nicht selbst darauf gekommen war.

Sie kehrten zurück.

»Sie sind ein Paar?«, fragte Pfennig gerade heraus.

Greta Vogelsang nickte bestätigend und schien erleichtert zu sein. Liebevoll stupste sie Lange in die Seite.

»Weil diese Gemeinde relativ konservativ ist, hatte ich Skrupel, mich zu outen«, sagte sie »Ich habe mich nicht getraut.«

»Noch nicht«, warf ihre Freundin ein, »irgendwann schon.«

»Aber eben erst, wenn es gepasst hätte.«

»Und es hat sicherlich bislang nie gepasst«, bedauerte Herberg die Situation der Liebenden ehrlich.

»Ganz genau. Was hätten Sie getan, wenn Ihre Zukunft davon abhängt?« Sie sah Herberg direkt an und ihre Stimme war jetzt fest und ruhig. »Ich liebe meinen Beruf, ich will mein Vikariat zu Ende bringen und ich möchte für meine Leistungen beurteilt werden. Nicht dafür, mit wem ich mein Bett teile.«

»Ich glaube, dass Katharina das nicht richtig einschätzt«, unterbrach Vogelsang. »Die evangelische Kirche ist nicht so homophob, wie sie befürchtet. Aber Katharina wollte es hier in dieser Gemeinde und vor allem bei Pastor Borgmann nicht darauf ankommen lassen. Ich habe ihren Wunsch respektiert.«

»Es gibt in Bremen Gemeinden, die eine lesbische Pastorin oder einen schwulen Pastor akzeptieren, das ist mir schon klar.« Ein Sonnenstrahl verirrte sich unter das Blätterdach der Rotbuche und ließ sich auf Langes Stirn nieder wie ein Drittes Auge. Sie seufzte und legte entschuldigend eine Hand auf Gretas Arm. »Aber ich war zu hasenfüßig und habe bisher einfach nicht den

Mut aufgebracht, unsere Beziehung öffentlich zu machen. Und jetzt gerade …«
»Ich weiß«, sagte Greta und lächelte ihre Freundin an. Pfennig konnte sehen, dass sie Katharinas Bitte um Verzeihung angenommen hatte.
»Hat Borgmann Sie mit Ihrer Homosexualität erpresst?«, fragte der Kommissar, der sofort weiter in alle Richtungen dachte.
»Nein. Ich bin mir sicher, dass er nichts ahnte.«
»Woher nehmen Sie diese Überzeugung?«
»Kann sein, dass ich falsch liege, aber ich glaube, es hat ihn nicht interessiert. Er hat mir auch nie etwas von seinem Privatleben erzählt. Wieso hätte dann ausgerechnet ich damit anfangen sollen?«, antwortete sie.
Pfennig nickte. Sie hatte diesen Teil ihres Lebens lieber für sich behalten, um sich vor vermeintlichen Repressalien zu schützen. Er konnte die persönliche Entscheidung der Vikarin durchaus verstehen. Freundlich verabschiedete er sich und wünschte ihnen schlicht ein schönes Wochenende.

»Das hätte ich fast vergessen«, sagte Herberg, als sie zusammen auf dem Weg zu ihren Autos waren. »Ich habe Borgmanns Laptop im Kofferraum. Unser Computer-Spezialist in der KTU konnte endlich die zahlreichen Verschlüsselungen aufheben und die Passwörter knacken.«
»Habt ihr etwas gefunden, das uns weiterhelfen könnte?«
Herberg zögerte mit seiner Antwort. »Na ja, darüber gehen die Meinungen bei uns im Labor auseinander.«
»Warum so rätselhaft?«
»Schau es dir am besten selbst an und wir schnacken dann am Montag. Der Log-in ist eine ziemlich komplizierte Abfolge von Buchstaben und Zahlenreihen. Ich habe dir den Zettel außen auf den Laptop geklebt.«

Pfennig begleitete Herberg zu seinem Wagen und nahm die gepolsterte Tasche entgegen.
Log-in-Daten, dachte er missmutig. Wenn er ehrlich war, hatte er keine Ahnung, was sein Freund damit meinen könnte. Er hoffte nur, dass er zum gegebenen Zeitpunkt den besagten Zettel irgendwie verstehen und schlau aus dem werden würde, was Herberg ihm da aufgeschrieben hatte. Trotz verschiedener Fortbildungen war er nicht der Geschickteste im Umgang mit den Dingern.
Der schnittige Porsche rollte langsam aus der Parklücke und Hannes hupte ihm zum Abschied kurz zu. Pfennig klemmte sich den tragbaren Computer unter den Arm und ging zu seinem Auto. Wenn er noch pünktlich auf Lisas Geburtstagsfeier erscheinen wollte, dann müsste er jetzt ebenfalls aufbrechen. Bei seiner Schwester könnte er sich sicher zwischendrin zurückziehen, sonst würde er sich spätestens am Sonntag die Zeit nehmen, einen kurzen Blick in die Dateien zu werfen.

Fast hätte er die Abzweigung von der Landstraße verpasst. In Grübeleien versunken, war die dreiviertelstündige Autofahrt für Pfennig wie im Flug vergangen. Lauenbrück hatte sich seinen ländlichen Charme trotz mancher baulicher Neuerungen bewahrt. Pfennig fühlte sich in diesem dünn besiedelten Landstrich immer fernab von allem, dabei lag sein Heimatdorf zwischen den beiden Hansestädten Bremen und Hamburg. Er kurbelte das Seitenfenster zu, das er während der Fahrt einen Spaltbreit geöffnet hatte, und überquerte die schmale Brücke, die über die Wümme führte. Von hier aus hatten Lisa und er einmal ein Kanu zu Wasser gelassen und waren zusammen das Flüsschen hinunter bis nach Bremen-Lilienthal gepaddelt. Mit seiner Schwester konnte man eben nicht nur die sprichwörtlichen Pferde stehlen, sondern auch echte Abenteuer erleben. Er hätte es nicht besser treffen können. Lisa war schon fast erwachsen gewesen, als er geboren wurde, und

sie ging bald ihre eigenen Wege, sodass Pfennig seine Schwester nur selten sah und eher wie ein Einzelkind aufwuchs. Nach dem Unfalltod der Eltern waren Lisa und ihr Mann Bert sein Zuhause geworden. Viel später hatte sie ihm gestanden, dass sie sich Sorgen um ihn gemacht hatte, weil er lange keine Freundschaften schloss, sondern lieber für sich blieb. Pfennig konnte sich vage an seine Anfangszeit in Lauenbrück erinnern und musste zugeben, dass er sich in seiner selbst gewählten Einsamkeit wohlgefühlt hatte. Jedenfalls so wohl, wie sich ein trauriger Junge eben fühlen konnte. Er hatte Angst, er würde die Toten verraten, wenn er spielte und lachte. Lisa hatte ihm diese Furcht mit unendlicher Geduld und mit ihrer Freundschaft genommen. Irgendwann hatte er sich trotz seiner Schuldgefühle auf die Kinder aus der Nachbarschaft einlassen können. Heute war er froh darüber, dass es so gekommen war.
Er bog von der geteerten Dorfstraße ab und folgte dem Weg auf dem holprigen Kopfsteinpflaster bis zu dem Haus, in dem er einen Teil seiner Kindheit und seine Jugend verbracht hatte.
Das alte Bauernhaus lag damals am Dorfrand und grenzte direkt an die Weizenfelder, die sich bis zu dem Wäldchen hinter den alten Torfteichen zogen. Für ihn war diese Idylle ein aufregender und mitunter gefährlicher Abenteuerspielplatz gewesen. An den Teichen baute er zusammen mit seinen Freunden Staudämme aus den herumliegenden Ästen. Mehr als einmal blieb dabei ein Schuh im schlammigen Morast der Uferböschung stecken und sie humpelten auf Socken wieder nach Hause. Im Gegensatz zu seinen Kumpels musste er sich keine Notlüge ausdenken, um den Verbleib eines verlorenen Stiefels zu erklären. »Ist doch egal«, pflegte seine Schwester dann nur zu sagen, »Hauptsache, du hattest deinen Spaß. Und Schwund ist schließlich immer.«
Das Wäldchen mit den Teichen gab es heute noch; inzwischen hatte die Dorfgemeinde mit Spenden genug Geld gesammelt und kleine Holzstege über die Wasserläufe gezogen. Es war für

Spaziergänger und Hundebesitzer zu einem beliebten Naherholungsgebiet geworden. Das Kornfeld neben dem Haus war allerdings in den letzten Jahren fast zur Hälfte mit modernen Einfamilienhäusern bebaut worden und das Neubaugebiet begann direkt an Lisas Gartenzaun.

Die hölzerne Pforte der Hofeinfahrt stand weit offen. Pfennig ließ den Wagen langsam vor das grüne Garagentor rollen. Er knallte die Autotür zu und atmete tief ein. Er liebte diese klare Luft auf dem Lande. Die Holzbalken des einstöckigen Fachwerkhauses waren in dunklem Grün gestrichen worden, der Putz dazwischen in strahlendem Weiß. Über der Eingangstür hatten sich die Blätter des tief hängenden Weins bereits herbstlich gefärbt und ließen das kleine Bauernhaus noch romantischer erscheinen. An der Hausecke zur Wetterseite hin zeigte sich zwar inzwischen ein schmutziges Grau, trotzdem war es immer noch ein beliebtes Hintergrundmotiv bei den Hochzeitspaaren, die Lisa fotografierte. Durch das große Wohnzimmerfenster, das nach vorne hinausging, konnte er sehen, dass sich bereits einige Gäste eingefunden hatten. Lisa hatte ihn entdeckt und klopfte aufgeregt winkend an die Scheibe. Er grüßte zurück und öffnete den Kofferraum, schob die blaue Plane beiseite und stellte die Getränkekisten auf die Stufe vor der Eingangstür. Mit drei Prosecco-Flaschen auf dem Arm warf er schließlich den Kofferraum zu. Noch bevor er die Klinke in die Hand nehmen konnte, wurde die Haustür von innen aufgerissen.
»Waldi, wie schön, dass du da bist!«
»Alles Liebe zum Geburtstag, Lisa-Herz.« Mit dem freien Arm umarmte er sie und gab ihr einen dicken Kuss auf die vor Aufregung heiß glühende Wange. Sie sah gut aus. Das ursprüngliche Blond ihrer Haare war noch nicht vollständig dem Schlohweiß gewichen. Zu ihren blaugrauen Augen, die sie dezent geschminkt

hatte, trug sie passend eine Kette aus großen dunkelblauen Glassteinen und der taubenblaue Hosenanzug stand der schlanken Frau so gut, dass sogar Marlene dagegen blass ausgesehen hätte. Auch wenn Lisa normalerweise die personifizierte Gelassenheit und unerschütterliche Coolness war, ihr Geburtstag war immer etwas ganz Besonderes für sie. Ein alljährlich wiederkehrender Ausnahmezustand. Seitdem er denken konnte, wurde dieser Tag gebührend gefeiert. Es ging ihr dabei gar nicht um Geschenke, sondern darum, alle Freunde um sich zu haben und mit ihnen »ein Tässchen Sekt zu schlürfen«.

»Du kommst gerade richtig, uns gehen langsam die Getränke aus.« Sie nahm ihm flink die Prosecco-Flaschen ab und hielt ihm mit einer Pobacke geschickt die Tür auf. »Du hättest dich aber meinetwegen nicht so in Schale werfen müssen«, bemerkte sie mit einem Blick auf seinen feinen Anzug.

»Na, hör mal, für das Event des Jahres hätte ich mich sogar in einen Smoking geworfen«, sagte er grinsend. Dass er den guten Zwirn für die Beerdigung angelegt hatte, verschwieg er geflissentlich. Pfennig wuchtete die Kisten hoch und zwängte sich an Lisa vorbei.

Sie hatte sich mit der diesjährigen Dekoration wieder sichtlich Mühe gegeben. Die beiden unteren Zimmer und der angrenzende Wintergarten waren jeweils in einer anderen Farbe geschmückt.

»Am besten direkt in die Küche, da können wir den Prosecco und das Bier gleich kalt stellen«, rief sie ihm nach.

Nachdem er die Getränke in den ausgeräumten Kühlschrank verfrachtet hatte, ging er ins heute in Gelb gehaltene Wohnzimmer. Gelbe Servietten, gelbe Kerzen, gelbe Deckchen auf den Fensterbänken, gelbe Schalen für die Knabbereien. Manche Gäste begrüßte er mit einem herzlichen Handschlag, denn er kannte sie von den Festen der vergangenen Jahre oder aus der Zeit, als er selbst noch hier gewohnt hatte.

Lisas Haus war immer ein offenes Haus gewesen und regelmäßig kamen Freunde aus aller Welt, um sie und Bert zu besuchen. Das Ehepaar war früher viel gereist und hatte versucht, von den Fotografien und den Reiseberichten zu leben. Pfennig hatte manchmal den Eindruck, dass sie nicht Fotomotive, sondern Menschen und ihre Geschichten gesammelt hatten – Künstler, Geschäftsleute, Professoren, Freidenker und Revolutionäre, aus denen inzwischen achtbare Stützen der Gesellschaft geworden waren.
Nach dem Tod ihres Mannes hatte Lisa – teils aus Langeweile und teils, weil sie die Stille nicht aushielt, – wieder begonnen, als Porträtfotografin zu arbeiten, wodurch sie viele junge Leute kennenlernte. Ihr Geburtstag war somit immer ein generationen- und konventionenübergreifendes Ereignis.
Stimmen, Gelächter und Blumensträuße füllten das kleine Haus. Über jeden Blumenstrauß freute sich Lisa so, als wäre er der einzige, den sie bekommen hatte, dabei waren es inzwischen fast zwanzig Sträuße, einer farbenfroher und üppiger als der andere.
Lisa stand bei einem Mann mittleren Alters. Sie lachte gerade herzlich über etwas, was dieser gesagt hatte, und Pfennig konnte sehen, dass der Mann von ihrer Reaktion geschmeichelt war. Sie schaffte es einfach, stellte er fest. Sie hatte diese ungewöhnliche Gabe, dass sich in ihrem Beisein jeder für die wichtigste Person dieses Erdballs, nein, des gesamten Universums hielt. In ihrer Nähe war alles nur noch halb so schlimm, sogar das Altern schien aufgehoben. Für sie war das Glas nie halb leer, sondern immer halb voll. Lisa umgab eine mit Feenstaub gefüllte Aura, sodass sich jeder entspannte. Ihr Freundeskreis wuchs stetig und obwohl einige Gäste sich noch nie gesehen hatten, gingen sie gut gelaunt und neugierig aufeinander zu.

Pfennig nahm sich ein Bier, warf sein Jackett über eine Stuhllehne und setzte sich in den Wintergarten zu Edda, einer Malerin aus

Worpswede, mit der auch seine Frau befreundet war. Sie erzählte ihm den neuesten Tratsch aus der Künstlerkolonie im Teufelsmoor und sie amüsierten sich köstlich. Nach dem dritten Bier entschied er sich, die Nacht auf dem Sofa seiner Schwester zu verbringen. Er hatte keine Lust mehr, nach Hause zu fahren. Marlene würde sowieso erst am Sonntagabend wiederkommen und heute Nacht würden sich sicherlich keine neuen Ermittlungsansätze ergeben. Außer Borgmanns Laptop zu sichten, konnte er bis Montag vermutlich nichts weiter in dem Fall unternehmen. Für den Laptop würde er an diesem Wochenende noch genügend Zeit haben.
Pfennig schob sich an den Gratulanten vorbei zur Gastgeberin, um sich das Sofa für die Nacht zu reservieren. Das war eine reine Vorsichtsmaßnahme, damit er nicht auf dem Boden schlafen musste, denn bei Lisas feuchtfröhlichen Partys kam es öfter vor, dass schnarchende Schnapsleichen übrig blieben.
»Was hältst du davon, wenn ich heute Nacht hier bleibe? Vorausgesetzt, deine Couch ist noch frei.«
»Dann haben wir vielleicht doch noch mehr Zeit miteinander«, freute sich Lisa über seine spontane Idee.
Den Laptop wollte er nicht im Auto lassen und brachte ihn deshalb ins Schlafzimmer seiner Schwester im ersten Stock. Dort war er nicht im Weg und niemand würde versehentlich seinen Sekt darüberkippen. Als das erledigt war, konnte Pfennig endlich abschalten. In diesem Moment wurde ihm erst bewusst, wie angespannt er in den letzten Tagen gewesen war. Der Fall nahm ihn mehr mit, als er gedacht hatte.

Er ging in die Küche, um sich ein neues Bier zu holen. Zwei Frauen drehten sich peinlich ertappt um. Sie waren gerade dabei, ihre Sektgläser unter dem laufenden Wasserhahn auszuspülen. Pfennig grinste sie verschwörerisch an und die beiden lächelten erleichtert zurück. Er wusste, dass sie die Gläser nicht spülten, nachdem

sie daraus getrunken hatten, sondern bevor. Bei Lisa musste jeder notgedrungen selbst für sauberes Geschirr sorgen. Eigentlich hätte sie dringend eine Lesebrille für die Dinge im Nahbereich benötigt und ohne Spülmaschine wurde der Abwasch immer mehr vom Zufallsprinzip gesteuert. Manche Tasse spülte sie dreimal aus, räumte dafür aber andere unabgewaschen in den Schrank zurück. Bei seinem letzten Besuch hatte sie ihm eine Tiefkühlpizza in den Ofen geschoben. Als Pfennig mit dem beißenden Gestank in der Nase, von einer Ahnung getrieben, die Ofenklappe aufriss, war es schon zu spät. Die Plastikfolie war bereits mit dem Käse verschmolzen. Lisa war die Folie, in der die Pizza eingeschweißt war, überhaupt nicht aufgefallen.
Empfindliche Gäste hatten sich inzwischen angewöhnt, heimlich ihre Gläser, Bestecke und Teller genau zu betrachten. In stillem Einvernehmen hatte keiner ihrer Freunde Lisa bislang auf diese Nachlässigkeit hingewiesen. Stattdessen war es zu einem regelrechten Sport geworden, sein Glas möglichst unauffällig zu säubern.
Pfennig spürte, dass sein Hirn langsam träger wurde und endlich aufhörte, ständig um Verdächtige, Mordmotive und Zeugenaussagen zu kreisen. Er genoss das fröhliche Miteinander, das herzliche Durcheinander und ließ sich einfach treiben. Er nahm sich noch ein Bier, plauderte mal hier und mal dort, lauschte interessanten Gesprächen und bediente sich von den leckeren Schnittchenplatten, die der Schlachter des Dorfes gebracht hatte. Seine Schwester wirbelte vom gelben Wohnzimmer in den blauen Wintergarten, verteilte Umarmungen, prostete im lachsfarbenen Kaminzimmer Doktor Haverkamp zu, der sich angesäuselt in einem Sessel fläzte, und schmiss sich schließlich neben Edda auf die Bank, um für ein Foto zu posieren. Lisa war in ihrem Element.

Die letzten Gäste gingen um drei. Pfennig hing müde und betrunken auf dem Sofa, als Lisa die Haustür abschloss.

»So, das war es für dieses Jahr, Waldi.« Immer noch hellwach, setzte sie sich neben ihren Bruder. »Weißt du was«, sie tätschelte ihm aufmunternd das Knie, »jetzt stellen wir noch schnell die Blumen in den Wintergarten. Dort stehen sie schön kühl und bleiben länger frisch.«

»Jetzt noch?« Er sehnte sich danach, die Beine hochzulegen.

»Ich will doch morgen schöne Fotos von den Sträußen machen.«

Widerspruch war wieder mal zwecklos, das wusste Pfennig. Er ließ sich von seiner Schwester eine Vase nach der anderen in den Arm drücken und taperte gehorsam zwischen Diele und Wintergarten hin und her. Zuletzt quetschte Pfennig einen Rosenstrauß auf den Beistelltisch und die fast zwanzig Blumensträuße hatten den Glasanbau in ein Gewächshaus verwandelt.

»Hier, der müsste dir passen.« Lisa gab ihm neben dem Gästebettzeug auch einen alten karierten Pyjama von Bert. Sie legte ihm die Sachen auf das Sofa. Schon halb im Schlaf schleppte sich Pfennig ins Bad.

»Wunderschön«, hörte er sie mit Blick auf das üppige Blumenmeer im Wintergarten seufzen.

Pfennig knipste nach seiner Katzenwäsche das Licht aus und kuschelte sich zufrieden in sein Kissen. Er wusste, dass Lisa sich jetzt noch eine Tasse Kaffee frisch aufbrühen und damit am Küchentisch den Abend noch einmal vor ihrem inneren Auge Revue passieren lassen würde. Das gehörte zu ihrem alljährlichen Geburtstagsritual. Das leise Klappern aus der Küche wiegte ihn in einen tiefen, entspannenden Schlaf. Als Lisa ihm anderthalb Stunden später einen Gute-Nacht-Kuss auf seine Glatze drückte, war er längst im Land der Träume.

Samstag

Sein Hinterkopf war ein einziges dumpfes Hämmern. Durch den übermäßigen Alkoholkonsum der letzten Nacht schien sein Hirn aufgeschwemmt zu sein wie ein vollgesogener Schwamm, als ob die Schädeldecke über Nacht zu eng geworden wäre. Pfennig war elend zumute und er fühlte sich total verkatert.

Je älter er wurde, desto weniger konnte er vertragen, stellte er missmutig fest.

Seine Schwester hingegen sah mit ihren nun 68 Jahren und nach mindestens anderthalb Flaschen Prosecco gestern Nacht aus wie das blühende Leben. Sie hatte bereits den Frühstückstisch gedeckt und frischen Tee aufgesetzt. In ihrem Morgenmantel saß sie, die Beine elegant übereinandergeschlagen, an ihrer Tasse nippend, vertieft in die Samstagausgabe der Rotenburger Kreiszeitung. Als Pfennig in die Küche kam, blickte sie auf.

»Wunderschönen guten Morgen!«, schmetterte sie ihm gut gelaunt entgegen.

»Nicht so laut!« Er setzte sich zu ihr an den Tisch. »Wie kannst du bloß schon so wach sein, Lisa?«

»Du weißt doch, ab und zu eine Nacht durchmachen – das hält jung.«

»Ich fühle mich furchtbar«, stöhnte Pfennig und griff sich an den Kopf.

»Du hättest beim Bier bleiben sollen.«

»Bin ich das nicht?«

»Nein«, Lisa schüttelte den Kopf und grinste, »du bist irgendwann auf Grappa umgestiegen.«

»Das erklärt so einiges.« Bei dem Gedanken daran ging es ihm gleich noch schlechter. »Hast du vielleicht eine Kopfschmerztablette für mich?«

»Habe ich dir schon geholt«, sie zeigte auf seine Serviette. Da lag tatsächlich eine Tablette neben seinem Frühstücksteller, der bei genauem Hinsehen am Rand einige undefinierbare senffarbene Reste aufwies. Er ignorierte die festgetrocknete bröckelige Masse auf dem kleinen Teller und schluckte die Pille mit Tee hinunter.
»War ein tolles Fest.« Pfennig strich die Butter auf das warme Toastbrot und streute etwas Salz darüber, bevor er herzhaft hineinbiss.
»Das war es wirklich.« Lisa faltete die Zeitung zusammen und legte sie auf einen freien Küchenstuhl. »Und die vielen schönen Blumen.« Sie sah durch die Glastür in den Wintergarten. »Einige Sträuße habe ich heute Morgen schon auf die Terrasse getragen und im Sonnenlicht fotografiert.«
Pfennig kaute seinen Toast und blickte aus dem Fenster. »Na, dann hast du aber Glück gehabt.« Draußen zogen dicke dunkle Wolken tief über das Kornfeld. Ein Gewitter braute sich zusammen, die Küche verdunkelte sich.
»Ich habe dir deine Aktentasche und den tragbaren Computer mit nach unten gebracht.«
»Danke. Gestern Nacht habe ich alles in deinem Schlafzimmer einfach stehen und liegen lassen. 'tschuldigung.«
Lisa schob sich langsam ein Lachsschnittchen vom Vorabend in den Mund.
»Dieser Laptop, Waldi – woher hast du den eigentlich? «
»Der ist ein Beweisstück in dem Fall, in dem ich gerade ermittle.«
»Aha.« Mit Bedacht wählte sie ihr nächstes Häppchen vom Teller.
»Und du ermittelst gerade gegen einen Pädophilen?« Sie schaute ihn neugierig an.
»Wie kommst du denn darauf?« Er war wie vom Donner gerührt und zuckte zusammen, als tatsächlich in diesem Moment ein greller Blitz den Vorgarten erhellte.
»Nun sieh mich nicht an wie ein kackendes Reh auf der Autobahn

im Scheinwerferlicht.« Sie tupfte sich den Mund mit der Serviette sauber. »Ich dachte ja nur. Wegen der Bilder auf dem Computer.« Er drehte sich um. Borgmanns Laptop lag unschuldig, eingerahmt von gelben Schalen und gelben Kerzen, auf dem kleinen Couchtisch neben dem Sofa. Langsam wandte er sich wieder seiner Schwester zu und sah ihr direkt in die Augen.

»Was weißt du denn über den Inhalt des Computers?« Der scharfe Unterton in seiner Frage war durchaus beabsichtigt.

»Na ja, also ich wollte nur mal gucken«, stammelte sie ertappt und fegte ein paar Krümel, die sie sowieso nicht sehen konnte, vom Tisch. »Ich habe mich so lange zurückgehalten, wie ich konnte. Den ganzen Morgen bin ich um das Ding drum herumgeschlichen und hab auf dich gewartet.« Sie sah auf und Ärger blitzte plötzlich in ihren Augen. »Du bist selbst schuld, Waldi. Warum schläfst du auch bis in die Puppen?«

»Du warst an dem Laptop?« Er war sprachlos, aber er hätte es ahnen müssen. Auch früher war die Neugierde in ihr ein Monster, das Weihnachtsgeschenke vorzeitig fand und auspackte. Sogar ihre Gemüsesamen konnte sie nicht in Ruhe lassen. Schon nach wenigen Tagen musste sie in der Erde buddeln und nachsehen, ob die Sämlinge gekeimt hatten. Sollte er nun verärgert über ihren Eingriff in berufliche Geheimnisse sein oder beeindruckt darüber, dass seine Schwester sich offensichtlich sehr gut mit dieser Technik auskannte?

»Ich wollte nur meine neu erworbenen Computerkenntnisse ausprobieren, ich habe doch keinen eigenen PC. Ewald, jetzt reg dich bitte nicht so künstlich auf«, versuchte sie ihm den schwarzen Peter zuzuschieben.

»Ich rege mich auf, wann ich will.« Er wusste, dass von Lisa keine weitere Entschuldigung zu erwarten war. »Kannst du mir bitte erklären, warum unsere Experten von der Spurensicherung Tage brauchen, um das Kennwort zu knacken, und du das mal eben schnell vor dem Frühstück erledigst?« In Gedanken fügte er hinzu: Und wieso konnte sie die Tastatur eines Laptops ohne Lesebrille überhaupt bedienen?

»Da klebte so ein Zettel auf dem Deckel vom Computer«, gab sie kleinlaut zu, »und ich dachte mir, dass das wohl die Log-in-Daten sein müssten.«

»So so, Log-in-Daten«, Pfennig strich sich über seinen Bart. Das hatte Hannes auch gesagt, als er ihm den Laptop übergeben hatte. Nun war er doch ziemlich beeindruckt. »Seit wann kennst du dich denn so gut in der digitalen Medienwelt aus?«

»Ein junger Kollege führt mich gerade in die verschiedenen Bildbearbeitungsprogramme ein. Ich überlege schon seit Längerem, ob ich meine alte Canon nicht gegen eine digitale Spiegelreflexkamera eintausche. Damit würde ich viel Filmmaterial und Ausschussfotos sparen«, redete sie sich langsam warm, »aber ich weiß noch nicht, ob ich wirklich die analoge Fotografie aufgeben will. Ich wäge gerade mithilfe dieses jungen Fotografen die Vor- und Nachteile ab.«

»Trotzdem ist es nicht in Ordnung, dass du ungefragt an meine Sachen gehst – in diesem Fall sogar an beschlagnahmten sensiblen Privatbesitz. Das darfst du nicht.«

»Wenn das so ist, Herr Kommissar, dann sollten Sie Ihre brisanten Utensilien nicht neben meinem Kopfkissen lagern, sondern besser im Auge behalten.«

Lisa hatte zu ihrer alten Form zurückgefunden. Der kurze Augenblick, in dem sie ob ihrer Dreistigkeit ein wenig Scham empfunden hatte, war vorüber. Pfennig gab es auf, ihr weiter Vorwürfe zu machen, und schenkte sich noch einen Tee ein. Trotz allem wurden seine Kopfschmerzen langsam besser.

Auf das Dach des Wintergartens prasselte inzwischen der Regen und große Pfützen setzten die Veranda unter Wasser. Die kleine Metallente auf dem Stab vor der Terrassentür, die normalerweise die Windrichtung anzeigte, schlug zappelnd mit den Flügelchen und rotierte unaufhörlich um die eigene Achse. Der Himmel verdunkelte sich stetig und das Unwetter kam immer näher. Während Pfennig den Honig in seine Tasse rührte, traf er eine Entscheidung.

»Du kannst mir vielleicht helfen, Lisa.« Er stand auf, knipste das Licht in der Küche an und holte den Laptop. »Wir sehen uns das jetzt zusammen an.«

»Du meinst, ich soll dir bei deinen Ermittlungen helfen?«, fragte sie begeistert. »Gegen diesen fiesen Kinderficker?« Eilig räumte Lisa das Frühstücksgeschirr ab und wischte mit dem Handtuch über die Tischplatte.

»Ermittlungen ja – Pädophiler nein«, stellte Pfennig klar. Er war erschrocken über Lisas drastische Bemerkung. »Bislang gibt es in diese Richtung keinerlei Hinweise. Das ist schließlich der Laptop eines toten Pastors.«

»Ein Pastor? Ist er ermordet worden?«

»Ja.« Er klappte das Notebook auf, fuhr den Rechner hoch und überließ es seiner Schwester, die Kennwörter ein zweites Mal einzugeben. Sie streckte die Arme weit aus, sodass sie gerade noch mit den Fingerspitzen die Tastatur erreichen konnte. Pfennig wusste nun, warum sie ohne eine Lesebrille einen Laptop bedienen konnte. Mit konzentriertem Blick tippte sie die lange Zahlenreihe ein. Es öffneten sich mehrere Fenster und Unterordner auf dem Bildschirm. Lisa nahm wie selbstverständlich die kleine Maus zur Hand und klickte zielsicher einen umfangreichen Bilderordner an.

»Hier, sieh doch«, erschüttert zeigte sie auf die vielen Kinderbilder, die auf dem Bildschirm erschienen waren.

»Und die findest du nun also höchst verdächtig?« Pfennig schmunzelte, als er auf den Fotos das flache Gebäude des Kindergartens am Hirtenweg erkannte.

»Ich bitte dich, was sind das denn für Fotos?«
»Das, liebe Lisa, kann ich dir genau sagen.« Er klopfte mit seinem Zeigefinger auf die Oberfläche des Bildschirms. »Das Haus hier ist ein Kindergarten in Bremen-Arsten, davor siehst du spielende Kinder in der Sandkiste und das hier«, er ging näher an den Laptop, um die Gesichter besser erkennen zu können, »das hier könnte die kleine Amelie sein, die ich vor ein paar Tagen dort kennengelernt habe.« Pfennig erinnerte sich an das kleine Mädchen, das während seines Gespräches mit der Kunsttherapeutin so versunken an der Staffelei gemalt hatte.
»Du willst mir also weismachen, dass du diese ganzen Fotos von spärlich bekleideten Kindern nicht ungewöhnlich findest. Im Übrigen sind es alles kleine Mädchen. Jungen sind, wenn überhaupt, nur am Bildrand oder im Hintergrund zu erkennen.« Lisa sah ihn ernst an.
»Na, du bist mir ja eine tolle Ermittlungshilfe«, sagte Pfennig. »Um deine Frage zu beantworten: Nein, ich finde es nicht ungewöhnlich, dass ein evangelischer Pastor im Kindergarten der Gemeinde Kinder fotografiert.«
Lisa schob die Maus etwas nach links und klickte abermals ein Fenster auf.
»Und das hier.« Sie sah ihn vorwurfsvoll an. »Das findest du auch normal?«
»Was willst du eigentlich, Lisa?« Er konzentrierte sich auf das Bild, aber langsam wurde er ungeduldig. »Ja gut, die kleinen Mädchen haben nur ein Höschen an. Aber wie du siehst, hüpfen sie in einem Planschbecken herum, das bedeutet, dass es ein heißer Tag gewesen sein muss. Im Hintergrund ist alles festlich geschmückt. Wahrscheinlich war es das Sommerfest im Kindergarten.« Zufrieden mit seiner brillanten Analyse lehnte er sich zurück.
Lisa klickte schweigend weitere Ordner auf und wieder zu. Minutenlang betrachtete sie einige Fotos genauer und schob Da-

teien über den Bildschirm. Pfennig sah sich ihr Getippe eine Weile lang an und bewunderte ihre Hartnäckigkeit.

»Nun lass es gut sein, Lisa. Der Laptop ist vermutlich ein Flop. Ich dachte, wir würden maßgebliche und für den Fall relevante Informationen bekommen, weil er seine Daten geschützt hat wie Fort Knox die Goldreserven. Aber bislang sieht es so aus, als ob der Pastor das Ding nur als besseres Fotoalbum …«

»Jetzt hörst du mir mal genau zu, Ewald«, unterbrach sie ihn mit dunkler Stimme. »Es kommt immer auf die Perspektive und Betrachtungsweise an. Was für das Leben im Allgemeinen gilt, gilt insbesondere auch für das Fotografieren. Das perfekte Zusammenspiel von Perspektive, Ausschnitt, Licht und Schatten, die den weiblichen Körper in seiner vollen Schönheit darstellen. Nimm zum Beispiel die Aktfotos von Helmut Newton. Für die einen sind seine Bilder eine hohe Kunst, für die anderen plumpe Pornografie, echte Wichsvorlagen. Was ist noch ästhetisch und ab wann wird es billig und geschmacklos?« Lisa atmete schwer, bevor sie weitersprach. »Der Laptop dieses Mannes umfasst Hunderte von handwerklich schlecht gemachten Kinderfotos. Alle Aufnahmen, die ich bisher auf diesem Computer gesehen habe, sind durchweg voyeuristisch.« Sie tippte auf den Monitor. »Viele Fotos sind mit Zoom gemacht, das zeigt die körnige Auflösung der etwas zu dunklen Bilder. Ein Zoom schluckt viel Licht. Außerdem sind die meisten von einer erhöhten Position aus geschossen, das erkennst du an dem Winkel der Schatten.« Abermals holte sie tief Atem und Pfennig spürte ihre Aufregung. »Waldi, es ist beruhigend zu wissen, dass du in diesen Fotos nur harmlos spielende Kinder siehst, aber aus meiner jahrzehntelangen Erfahrung als Fotografin weiß ich, dass der Besitzer dieser Fotos etwas anderes in den Bildern gesehen hat.«

»Aber«, warf Pfennig ein, doch er kam nicht weiter.

»Es gibt kein ›Aber‹ in diesen Bildern.« Lisa verschränkte die

Arme vor ihrer Brust und saß auf dem alten Küchenstuhl wie die zu Stein gewordene Erkenntnis.
Pfennig war schockiert. Hatte seine Schwester vielleicht recht? Sah sie wirklich etwas in diesen Bildern, was ihm verborgen blieb? Ihm fiel ein, dass auch Hannes eine ähnliche Andeutung gemacht hatte, als er sagte, dass die Meinungen unter den Kolleginnen und Kollegen im Labor weit auseinandergingen, was den Inhalt des Laptops betraf.
Pastor Borgmann als Pädophiler? Ein Pastor? Kinder? Es war schwer, das zu glauben. In diesem Moment fiel ihm das kleine Fernglas auf dem Balkon des Pastors wieder ein. Er erinnerte sich an den Moment der Scham, als er Marlene beobachtet hatte. Was oder wen hatte Borgmann wohl seinerseits mit diesem Fernglas beobachtet? Die Vikarin hatte ihm erzählt, dass Borgmann sich ganz besonders in der Kinder- und Jugendarbeit engagiert hatte. Was wäre, wenn sein Interesse nicht nur beruflicher Natur gewesen war. Lag darin das Tatmotiv? Die vielen Gesichter der Gemeindemitglieder, die er in der letzten Woche befragt hatte, tauchten blitzlichtartig vor seinem inneren Auge auf. Konnte das die Lösung sein?
»Berge von unten, Kirchen von außen und Kneipen von innen«, unterbrach Lisa seinen Gedankenfluss. »Du kennst doch meinen alten Wahlspruch.«
Pfennig betrachtete seine Schwester von der Seite. »Du bist dir ganz sicher?«
»Das bin ich! Pastor hin oder her. Das Auge hinter der Kamera hat die Kinder in missbräuchlicher Absicht fotografiert. Diese Fotos sind ganz eindeutig.«
In Lisas Augen lag eine Ernsthaftigkeit, die er bislang nur selten an ihr, die den Schalk liebte, bemerkt hatte.
»Die Frage ist, ob ihm das Betrachten der Fotos bis zum Schluss genügte. Oder ...«

Die letzten Worte ihres Satzes wurden vom plötzlich tobenden Donner des Gewitters überrollt.

Als Pfennig hinter Rotenburg auf die Bundesstraße fuhr, wurde der Regen wieder stärker. Obwohl er die Scheibenwischer auf die höchste Stufe eingestellt hatte, konnte er kaum den Mittelstreifen der Fahrbahn erkennen. Seine Gedanken kreisten um die schreckliche Andeutung seiner Schwester: »Du musst jetzt herausfinden, ob ihm die Fotos ausgereicht haben.« Er musste unbedingt noch einmal mit Markus Dierks sprechen, dem Freund und Kommilitonen aus längst vergangenen Studientagen. Hatte er nicht bei dem Gespräch am Dienstag im Café Engel etwas erwähnt?
Pfennig stieg ein unangenehmer Geruch von schalem Sekt und Brombeerschnaps in die Nase. Die blaue Plane war zwar eine gute Idee gewesen, hatte aber nicht viel genützt. Marlene würde nicht begeistert sein. Ein paar Reste waren doch auf die Polster getropft. Wie immer bevor er fuhr, hatte Lisa auch heute »eine kleine Bitte« an ihn gehabt: »Könntest du vielleicht noch eben das Altglas zum Container bringen? Du weißt ja, mit dem Fahrrad kann ich nicht so viel transportieren.«
Vergeblich hatte er gehofft, dass der Kelch dieses Mal an ihm vorübergehen würde. Als Lisa das Garagentor öffnete, war ihm klar, dass er sogar zweimal fahren musste. Die Container des Dorfes standen am Bahnhof und Lisa wäre mit ihrem Fahrradkörbchen bestimmt Wochen unterwegs gewesen, um sich von dem ganzen Altglas umweltgerecht zu trennen. Er hatte die hintere Sitzbank heruntergeklappt und die blaue Plane im Kofferraum ausgelegt, bevor er die unzähligen Sekt-, Wein- und Schnapsflaschen des letzten halben Jahres im Auto verstaute. Sie hatte stets viel Besuch. Pfennig seufzte resigniert bei dem Gedanken an die Zusammenkünfte ihrer Künstlerkollegen.
In diesem Moment fiel Pfennig ein, was ihn an Dierks Worten

stutzig gemacht hatte. Er tippte die Handynummer ein und kündigte seinen Besuch für die nächste Stunde an. Markus Dierks schien wenig begeistert darüber zu sein, dass er die Polizei samstagnachmittags bei sich zu Hause empfangen sollte.

Nachdem Pfennig im Imbiss am Hanse-Carré bei einem schnellen Kaffee noch seine Notizen geordnet hatte, fühlte er sich gewappnet für das Gespräch mit Borgmanns altem Kumpel. Er war überrascht, als er jetzt vor dem eher unansehnlichen Mehrfamilienhaus im Stadtteil Hastedt den Klingelknopf drückte. Bei dem arroganten Getue von Dierks hätte er ein erlesenes Domizil erwartet. In der Sprechanlage rauschte und knackte es, bevor jemand den Türsummer betätigte.
Das Treppenhaus war mit grau gesprenkeltem Linoleum ausgelegt, das einen beißenden Geruch verströmte. Pfennig war sicher, auf dem Weg in die dritte Etage eine Formaldehydvergiftung zu erleiden.
»Guten Tag, Herr Kommissar«, begrüßte ihn Heike Dierks vor der Wohnungstür. Sie trug eine weiße Hose und einen zitronengelben Pullover, auf dem eine lange Perlenkette ruhte.
»Es tut mir leid, dass ich Sie am Wochenende belästigen muss, aber es ist wirklich sehr wichtig.«
»Das macht nichts«, sie sah missgelaunt zu ihrem Mann, der ebenfalls an die Tür gekommen war. »Wir hatten heute sowieso nichts vor.«
Heike Dierks ging voraus ins Wohnzimmer und bat den Kommissar, Platz zu nehmen. Er sah sich umgeben von der unvermeidlichen Schrankwand in Eiche rustikal und dem verknautschten Sitzmöbel aus billigem Lederimitat. Pfennig nahm auf dem Sofa vor dem Fenster Platz und schaute direkt auf einen riesigen Flachbildschirm, der eindeutig der Lebensmittelpunkt in dem engen Raum war.

»Darf ich Ihnen etwas anbieten. Kaffee, Tee, Wasser?«
»Ein Wasser, gerne.« Sie verließ das Zimmer und Pfennig hörte, wie sie in der Küche hantierte und den Wasserhahn aufdrehte.
»Toll für die Werder-Spiele, oder?« Pfennig wandte sich an den Hausherrn und zeigte auf den monströsen Fernseher.
»Bestimmt – aber wir sehen uns eher Dokumentarfilme auf den Bildungssendern an.«
So großkotzig Markus Dierks im Café Engel aufgetreten war, hier zu Hause im Ohrensessel sitzend, kam er ihm eher vor wie ein verklemmter Spießbürger, der mit einer deutlich jüngeren Frau an seiner Seite die eigene Attraktivität zu steigern suchte. Pfennig ignorierte daher die in seinen Augen überhebliche Zwischenbemerkung und kam direkt zur Sache.
»Sie haben bei unserem letzten Treffen erwähnt, dass für Pastor Borgmann in der Anfangszeit als Vikar nicht immer alles so glatt lief. Was genau haben Sie damit gemeint?«
»Es gab damals Ärger in der Gemeinde.« Er überlegte kurz. »Er war als Vikar in Bremen-Nord, ich glaube, es war in Vegesack. Er hatte eine Missbrauchs-Anzeige am Hals.«
»Was für eine Art von Missbrauch?« Pfennig war bereit, ihm jede Kleinigkeit einzeln aus der Nase zu ziehen, wenn es sein musste.
»Angeblicher Missbrauch. Eine Sechsjährige hatte ihren Eltern eine wilde Geschichte erzählt. Dass Ralph sie angefasst hätte, sexuell und so. Im Endeffekt steckte wohl nicht viel dahinter. Die Eltern der Kleinen haben die Anzeige nach ein paar Tagen wieder zurückgenommen. Na ja, so richtig gefährlich wurde es für Ralph eigentlich nicht. Da habe ich wohl ein bisschen übertrieben.«
»Wissen Sie noch, wie die Familie hieß?«
»Nein, keine Ahnung. Sie sind kurze Zeit später, soweit ich mich erinnern kann, irgendwo außerhalb von Bremen aufs Land gezogen. Ich glaube Richtung Küste in die Wesermarsch. Ralph hat einmal so etwas erwähnt.«

»Und was ist aus den Anschuldigungen geworden? Sind die Vorwürfe innerhalb der Kirche weiterverfolgt worden?«
»Nein, kann ich mir nicht vorstellen. Mit der zurückgezogenen Anzeige hatte sich der Fall doch für alle Beteiligten erledigt.«
Nur für das kleine Mädchen vermutlich nicht, dachte Pfennig. »War es das einzige Mal, dass solche Beschuldigungen gegen Borgmann erhoben wurden?«
»Na ja«, Dierks ließ sich Zeit mit der Antwort und glättete eine Falte aus seiner Hose, »es gab da später noch einen Vorfall, aber der ist bestimmt schon fast zehn Jahre her.«
»Herr Dierks, ich ermittle im Mordfall Ihres Freundes. Für mich ist jede Information, die mir helfen kann, ein Motiv oder gar einen Tatverdächtigen zu finden, enorm wichtig. Also bitte, was wissen Sie noch?«
»Ralph hatte damals eine Freundin – was nicht sehr häufig vorgekommen ist.« Er strich sich selbstverliebt eine Haarsträhne aus der Stirn. »Nachdem er mit ihr Schluss gemacht hat, zeigte sie ihn an. Wegen Kinderpornografie. Sie wollte angeblich zufällig mitbekommen haben, dass sich Ralph aus dem Internet Hunderte von Kinderfotos heruntergeladen hat. In angeblich eindeutigen Situationen. Was für ein Quatsch!«
Pfennig stutzte. Das würde erklären, warum Borgmann seinen Rechner so massiv geschützt hatte. Die Erfahrung, dass jemand unbefugt an seinem Rechner war, schien dem Pastor eine Lehre gewesen zu sein.
»Sie sagen immer ANGEBLICH, könnte es nicht sein, dass es tatsächlich so gewesen ist?« Pfennig wurde lauter. Dieser Dummkopf! Schimpfte sich engster Freund und war blind dafür, wen er da vielleicht zwanzig Jahre direkt vor Augen gehabt hatte. Borgmann hätte sich, sollte sich der Pädophilen-Verdacht gegen ihn bestätigen, keinen besseren »besten Freund« aussuchen können als diesen Ignoranten.

»Ich sage ANGEBLICH, weil auch dieser Fall zu den Akten gelegt wurde. Er hat seinen Rechner sogar freiwillig der Polizei gegeben. Die haben nichts gefunden. Für uns war damit klar, dass sie die Anschuldigungen nach der Trennung erfunden hatte, um Ralph zu schaden. Was meinen Sie, was mir schon von so diversen Exfreundinnen alles vorgeworfen wurde.« Dierks schaute mit einem Seitenblick zu seiner Frau, die just mit einem Tablett das Zimmer betrat. Umständlich stellte sie es auf den Wohnzimmertisch und wollte sich gerade setzen, als ihr Mann sie wütend anfuhr: »Heike, lass mich bitte alleine mit dem Kommissar.«
»Nein, Frau Dierks«, mischte Pfennig sich jedoch ein, »bitte bleiben Sie, schließlich haben Sie Borgmann auch gekannt. Im Moment kann jeder Hinweis nützlich sein.«
Sie sah ihren Mann mit einem triumphierenden Blick an, bevor sie sich neben Pfennig auf dem Sofa niederließ.
»Aber selbstverständlich, Herr Kommissar.« Sie richtete ihre volle Aufmerksamkeit auf Pfennig, der ihr zunickte.
»Wie ging es mit der Anzeige wegen der Kinderpornos weiter?«, wandte sich Pfennig wieder an Markus Dierks.
»Die Exfreundin blieb bei ihrer Aussage. Aber es kam nie zu einem Prozess. Die Beweise waren so dürftig, dass die Anklage noch vor Prozessbeginn fallen gelassen wurde.«
»Wissen Sie noch den Namen dieser Exfreundin?« Pfennig sah zwischen den Eheleuten hin und her.
»Also«, begann Heike Dierks, »ich weiß nicht mehr, wie sie hieß, aber ich glaube, sie ist später nach Kanada ausgewandert.«
Pfennig strich sich über den Bart. Na toll, ausgewandert, aufs Land gezogen, keine Namen, schwammige Zeitangaben. So kam er nicht weiter.
»Haben Sie, ich meine, Sie beide, jemals zu irgendeinem Zeitpunkt Anzeichen einer pädophilen Neigung bei Ralph Borgmann bemerkt?«

»Nein«, antwortete Markus Dierks sofort. »Das mit dem Mädchen ist zwanzig Jahre her. Die Anzeige wurde sofort wieder zurückgezogen. Und diese Exfreundin, die wollte ihm nach der Trennung einfach eins auswischen, aber damit hatte sie keinen Erfolg. Ich hatte nie einen ernsthaften Grund, an dem, was Ralph mir erzählt hat, zu zweifeln.«

Seine Frau überlegte, bevor auch sie den Kopf schüttelte. »Ich mochte Ralph ehrlich gesagt nicht besonders. Das mit den Kindern kann ich mir trotzdem nicht vorstellen.« Mit einem trotzigen Blick auf ihren Mann fuhr sie fort: »Aber er war ein echter Gauner und Lügner in anderen Bereichen. Dabei tat er immer so selbstlos. Er hat Markus die feste Pfarrstelle in Arsten vor der Nase weggeschnappt.«

»Ach, wirklich?«, signalisierte der Kommissar Interesse und heuchelte Empörung. »Das ist ja allerhand.«

»Ursprünglich hatte sich mein Mann dort beworben, damals waren wir verlobt. Ralph hatte uns noch scheinheilig weisgemacht, wie toll das doch für uns wäre und wie sehr er sich für uns freuen würde. Dann hat er sich hintenrum selbst beworben und ist genommen worden, wie Sie ja wissen. Wenn er nicht gewesen wäre, dann hätten wir schon viele Jahre früher geheiratet. Und bestimmt hätten wir auch schon längst Kinder.« Sie sah ihren Mann vorwurfsvoll an. »Aber dir war es ja immer egal, dass dein Freund das größere Haus hat. Dein Ruf als Intellektueller war dir wichtiger, als vom hohen Ross herunterzusteigen, eine Familie zu gründen und dafür zu kämpfen. Statt deinen tollen Freund auf den Pott zu setzen, hast du ihn in Schutz genommen und dich in der Situation eingerichtet.« Sie wandte sich wieder an Pfennig. »Jetzt sind wir an der Reihe«, befand Heike Dierks mit schriller Stimme. »Vielleicht ziehen wir in das hübsche Pfarrhaus. Wenn endlich Kinder unterwegs sind, kommt uns das Pastorensalär außerdem gut zupass.«

»Musst du schon wieder darauf herumreiten, Heike? Ich habe nicht all die Jahre studiert, um auf unendlich langweiligen Seniorengeburtstagen meine Zeit zu verschwenden. Wenn du Kinder haben willst, ist das nicht mein Problem.« Dierks stand auf und hob beschwörend die Hände. »Wir haben doch alles. Wieso bist du nie zufrieden?«

Pfennig wusste, dass er keine weiteren brauchbaren Informationen bekommen würde. Zwar war Dierks noch nicht endgültig von seiner Liste der möglichen Verdächtigen gestrichen, doch das Motiv Neid traf offenbar eher auf seine Frau als auf ihn selbst zu. Dieser Pastor in der Warteschleife war viel zu sehr von sich selbst eingenommen, als dass er wirklich neidisch gewesen wäre auf seinen ehemaligen Studienkollegen. Die beiden Männer schienen allenfalls oberflächlich miteinander verbunden gewesen zu sein – eine Gewohnheit, die sie mit Freundschaft verwechselt hatten.

Pfennig stemmte sich aus dem unbequemen Sofa, ließ das Wasserglas und den Keksteller unberührt und verabschiedete sich.

Noch unten an der Treppe, drei Stockwerke tiefer, konnte er hören, wie die beiden sich lautstark anfeindeten. Die Zukunftspläne schienen im Hause Dierks doch ziemlich konträr zu sein. Für das Ehepaar, stellte Pfennig nicht ganz ohne Genugtuung fest, war das Wochenende offensichtlich gelaufen.

Montag

Als der Kommissar am Montagmorgen am Präsidium ankam, prasselte der Regen in dicken Tropfen auf die Windschutzscheibe seines Wagens. Pfennig parkte und stellte den Motor ab. Dann blieb er noch einen Moment sitzen und dachte an das vergangene Wochenende.

Samstagabend hatte er sich noch ganz spontan von Stubi zu einem Konzert im Meisenfrei überreden lassen und es war verdammt spät geworden. Er war erst nach zwei Uhr zu Hause gewesen und konnte schlecht einschlafen. Der Sonntag verlief trotz Rufbereitschaft sehr ruhig. Niemand wollte etwas von ihm. Daher hatte er lange im Bett gelegen, seine geliebten Seglerzeitschriften gelesen, das Essen für den Abend vorbereitet und sehnsüchtig auf seine Frau gewartet.

Marlene kehrte am späten Nachmittag von ihrem Spiekeroog-Wochenende zurück. Sie hatte sich gut erholt und neue Maltechniken gelernt, die sie intensiv ausprobieren konnte. Die Gruppe allerdings war ihr zu anstrengend gewesen.

»Ein Mann, der alles besser wusste, und zwanzig Mädels. Ständig drehte sich der ganze Kurs um diesen Hahn im Korb«, sagte sie, noch immer entnervt. »Ich bin froh, dass du so normal bist, mein Lieber.«

Pfennig lächelte sie liebevoll an. Bei Kerzenschein saßen sie in der Küche und Marlene aß mit Appetit, was er für sie gekocht hatte: scharfes Lammcurry mit Mandeln und frischem Salat, den er mit einem Hauch Zitrone abgeschmeckt hatte.

Er erzählte ihr ein wenig von seinem aktuellen Fall in Arsten. Marlene konnte gut zuhören und stellte an den passenden Stellen die richtigen Fragen.

»Jedenfalls haben sich sämtliche Verdächtigen als Gutmenschen entpuppt«, sagte er und säuberte sich mit der Serviette sorgfältig den Bart.

»Dann musst du eben unter den Gutmenschen in dem Fall nach deinen Verdächtigen suchen«, sagte sie.

Pfennig dachte darüber nach und war versucht, ihren Rat sofort in die Tat umzusetzen. Er wollte alle Personen, die er im Zusammenhang mit dem Fall inzwischen kennengelernt hatte, in Gedanken noch einmal Revue passieren lassen, da spürte er unter dem Tisch zärtlich Marlenes Fuß an seiner Wade. Sofort fokussierte sich jede Faser in seinem Körper auf diese Berührung – wie eine Anemone, die im Hin und Her der Wellenbewegung etwas Leckeres erspäht hatte. Marlene prostete ihm mit dem Weinglas zu und legte den Kopf kokett zur Seite. Von diesem Moment an hatte Pfennig kein bisschen mehr an den Fall gedacht.

Pfennig streichelte mit beiden Händen über sein Lenkrad und lächelte glücklich auf die Hupe. Über ein langweiliges Sexleben konnte er sich nicht beschweren. Er stieg aus dem Wagen und eilte im Slalom um die großen Pfützen, die der Regen auf dem Parkplatz des Präsidiums hinterlassen hatte.

Als Pfennig das Büro betrat, hantierte Frau Rahtjen leise fluchend an der Kaffeemaschine herum. Er setzte gerade zur Begrüßung an, als ihr der nasse Filter aus der Hand rutschte und ein breiigdunkler Matschhaufen wie ein Kuhfladen direkt vor seinen Füßen landete.

»Wie darf ich das verstehen, Frau Rahtjen?«, fragte er mit gespielter Empörung.

Ihr linker Augapfel wanderte weit nach außen und sie sah ihn mit einem verschleierten Blick an. »Entschuldigen Sie, aber ich bin hundemüde, Herr Kommissar. Wir hatten gestern Abend Besuch von unseren Nachbarn.«

»Sie sollen doch nicht immer am Sonntagabend die Sau rauslassen, wenn sie montags wieder arbeiten müssen.« Er riss ein Stück Papier von der Küchenrolle ab und hob vorsichtig den feuchten Kaffeeklumpen vom Boden auf.

»Wenn wenigstens mal eine Sau dabei gewesen wäre!« Sie ließ sich erschöpft auf ihren Schreibtischstuhl nieder. »Kühe. Unzählige Kühe.« Sie starrte wie ein hypnotisiertes Kaninchen an Pfennig vorbei. »Kühe.«

»Frau Rahtjen, ich verstehe nicht ganz.« Pfennig sah sie mit wachsender Besorgnis an.

»Mein Mann.« Sie verstummte, setzte langsam die Brille ab und massierte mit Daumen und Zeigefinger ihre Nasenwurzel zwischen den Augen.

»Geht es Ihnen nicht gut?« Er war erschüttert und alarmiert zugleich über den Zustand seiner Sekretärin.

»Mein Mann hat gestern Abend seine Dias vorgeführt.« Sie schob sich die Brille wieder auf die Nase. »Sie wissen schon, Herr Kommissar, die Fotos von der Pilgertour.«

»Feldwege und Kühe?« Er ahnte, was dieser Frau so zugesetzt hatte. Pfennig warf den Kaffeerest in den Mülleimer und verteilte die restlichen Krümel mit seinem Schuh im Teppichboden.

»Hauptsächlich Kühe. Und Gatter. Ich wusste ja gar nicht – so als Nichtpilgerin –, aus wie vielen unterschiedlichen Perspektiven man Kühe fotografieren kann. Und Gatter.« Sie riss den Mund weit auf und gähnte herzhaft. »Nach dem 63sten Kuhbild habe ich aufgehört zu zählen. Mein Mann hatte schon erwähnt, dass ihm die Tage auf dem alten Pilgerweg einen ganz neuen Horizont eröffnet hätten. Er würde jetzt viel schärfer auf die nur scheinbar unwichtigen Details am Wegesrand achten.«

»Und das hat er in seinen Dias zum Ausdruck gebracht«, Pfennig grinste, als Frau Rahtjen wiederholt gähnte, »die Liebe zu den kleinen Details.«

»Genau. Und zu jedem Foto gab es eine Geschichte. Nach 895

Dias habe ich unseren Nachbarn Käsewürfel serviert und ihnen einen starken Kaffee gekocht, damit sie überhaupt in der Lage waren aufzustehen. Um halb zwei hatte ich sie so weit wiederhergestellt, dass sie das Haus aufrecht gehend verlassen konnten.«
»Zugegeben, das hört sich etwas ermüdend an, aber ihr Mann wird ja wohl kaum 900 Dias gezeigt haben, auf denen nur Kühe, Gatter und Feldwege zu sehen waren.«
Frau Rahtjen schloss die Augen und nickte wie in Trance.
»Oder doch?« Pfennig konnte sich das nicht vorstellen. »War denn nie etwas anderes auf den Fotos?«
»Doch, einmal«, abermals nickte sie. »Ich glaube, es war ein Baum.«
Pfennig stöhnte voller Mitgefühl. Um sie auf andere Gedanken zu bringen, erzählte er ihr von den neuen Aspekten im Mordfall Borgmann und dem ungeheuerlichen Verdacht, den seine Schwester Lisa anhand der unzähligen Kinderfotos geäußert hatte.
»Ich brauche die alten Akten. Wir müssen herausfinden, wer ihn wann und weshalb genau angezeigt hat. Es ist unerhört wichtig für die weiteren Ermittlungen. Wenn überhaupt jemand die Unterlagen im Archiv wiederfinden kann, dann Sie.«
Frau Rahtjen lächelte geschmeichelt und ihre Lebensgeister kehrten offenbar zurück. Sie griff sich ihre Strickjacke vom Garderobenhaken und machte sich umgehend auf den Weg.
Pfennig hoffte, dass die zwanzig Jahre alten Unterlagen tatsächlich noch irgendwo im Untergeschoss des neuen Präsidiums ruhten. Im Moment war es der einzige Strohhalm, an den er sich klammern konnte.
In diesem Moment öffnete sich die Tür und Frau Rahtjen steckte noch einmal ihren Kopf herein. »Ihre Versicherung hat übrigens angerufen, Herr Kommissar«, sie machte eine Pause.
»Und?«, brummte Pfennig.
»Die Bootsreparatur«, Frau Rahtjen machte ein ernstes Gesicht,

sodass ihm Schreckliches schwante, »kann losgehen!«, rief sie plötzlich aus, als habe sie eine Oscar-Nominierung verkündet, und war sichtlich begeistert davon, dass sie den Kommissar für einen kleinen Moment an der Nase herumgeführt hatte. Lachend über Pfennigs verdattertes Gesicht, schloss sie die Bürotür hinter sich.

Unschlüssig ging der Kommissar in seinem Büro auf und ab. Ohne einen konkreten Namen aus den Akten der Anzeigen waren ihm die Hände gebunden. Er blieb stehen und sah aus dem Fenster. Dicke Tropfen perlten über die Scheibe. Typisches Bremer Wetter, dachte Pfennig. Es sah aus, als ob es sich für die nächsten Tage weiter einregnen würde. Er könnte noch einmal mit Katharina Lange sprechen. Sie war diejenige, die in letzter Zeit am engsten mit Borgmann zu tun hatte. Vielleicht war ihr irgendwann etwas am Verhalten des Geistlichen aufgefallen. Irgendetwas, was den Verdacht der Pädophilie bestätigen könnte.
Pfennig wählte die Nummer der Vikarin. Bereits nach dem zweiten Klingeln nahm sie ab.
»Herr Kommissar, ich wollte Sie auch gerade anrufen.« Ihrer Stimme nach zu urteilen, trug sie ihm nicht nach, dass er ihr am Freitag nach der Beerdigung so zugesetzt hatte. »Unsere Gemeindesekretärin ist aus dem Urlaub zurück. Raten Sie, was sie in ihrer Ablage gefunden hat?« Lange schien erleichtert zu sein. »Den Umschlag mit den 4.500 Euro für die Musikinstrumente, er lag die ganze Zeit auf ihrem Schreibtisch.«
Damit war klar, dass Brinkhus die Wahrheit gesagt hatte. Er hatte sich zwar vor dessen Tod mit dem Pastor gestritten, war aber tatsächlich von Borgmann irrtümlich des Diebstahls beschuldigt worden.
»Das ist doch eine erfreuliche Nachricht, dann kommt die Band doch noch zu neuen Instrumenten.« Pfennig strich mit den Fin-

gern über seinen Bart. »Der Grund meines Anrufs ist allerdings ein anderer, Frau Lange. Meine Frage wird Ihnen eventuell etwas merkwürdig erscheinen, aber«, er überlegte kurz, wie er sie am besten formulieren sollte, »aber ist Ihnen an Borgmanns Verhalten gegenüber Kindern jemals etwas – wie soll ich sagen – falsch vorgekommen?«

»Falsch? Was meinen Sie damit?«

»Hatten sie irgendwann einmal den Verdacht, dass er nicht nur als Seelsorger an Kindern interessiert war, sondern auch sexuell?«

Auf der anderen Seite der Leitung war es für einen Moment still.

»Sie meinen, ob ich glaube, dass Pastor Borgmann pädophil war?«

»Glauben Sie es?«

»Ehrlich gesagt, nein. Klar war Pastor Borgmann ganz besonders in der Kinder- und Jugendarbeit engagiert, das hatte ich Ihnen ja bereits erzählt.« Sie räusperte sich. »Persönlich denke ich schon, dass man es grundsätzlich nicht ausschließen kann. Bei niemandem, denn bei den wenigsten Menschen sieht man hinter die Fassade. Aber ich kann Ihren Verdacht in Bezug auf den Pastor nicht bestätigen.«

Fast wäre dem Kommissar ein »Schade« herausgerutscht, aber er konnte sich gerade noch beherrschen.

»Vielleicht sollten Sie mit Frauke Bulthaupt sprechen. Als Kunsttherapeutin gehört die Arbeit mit traumatisierten und missbrauchten Kindern ja zu ihren Aufgaben.«

Pfennig bedankte sich für das Gespräch und legte auf. Das flaue Gefühl in seiner Magengegend irritierte ihn. Als er seine Jacke anzog und das Büro verließ, war er nicht sicher, ob er nur Hunger hatte oder ihn eine böse Vorahnung plagte.

Als der Kommissar die Tür vom Atelier im Kindergarten am Hirtenweg öffnete, sah er Amelie an dem niedrigen Tisch stehend über ein Blatt gebeugt. Eine Wachsmalkreide in der Hand, kreuzte sie in hektischem Zickzack über das Bild und machte das Gemalte mit dicken Strichen zunichte. Frauke Bulthaupt hielt dem Kind ein neues Papier hin, doch das Mädchen sah diese Geste gar nicht, sondern griff nach ihrer Zeichnung auf dem Tisch und riss sie durch. In diesem Moment bemerkte die Kunsttherapeutin den Kommissar in der Tür und runzelte die Stirn, um ihm zu bedeuten, dass er draußen warten sollte, doch es war zu spät. Amelie folgte ihrem Blick und erstarrte, als sie Pfennig entdeckte. Sie warf zornig ihre Kreide zu Boden und lief zum Terrassenfenster, das offen stand. Sie kletterte in Windeseile auf das niedrige Fensterbrett, sprang mit einem Satz auf die Terrasse und rannte hinaus in den Garten.

»Entschuldigung«, begrüßte Pfennig die Pädagogin, »aber Sie haben auf mein Klopfen nicht reagiert. Ich wollte nicht stören.«

»Das lässt sich nun nicht mehr ändern«, sie stand auf und in ihrer Stimme schwang deutlich Verärgerung mit. »Amelie war gerade dabei, aus sich herauszukommen. Ein seltener emotionaler Moment in letzter Zeit. Dank Ihnen ist er leider abrupt abgebrochen.« Sie hob die zerrissenen Teile des Bildes vom Tisch auf und legte sie sorgfältig aufeinander. Aus der Schublade zog sie eine Klarsichtfolie, notierte auf einem Zettel das aktuelle Datum, darunter Amelies Namen und schob alles zusammen vorsichtig in die Hülle. »Sie haben Glück, dass Sie mich antreffen, montags bin ich normalerweise im Kindergarten in Gröpelingen. Wir haben aber die Tage getauscht.« Sie drehte Pfennig den Rücken zu, holte eine Aktenmappe aus dem Regal hinter sich und legte diese geöffnet auf den Tisch. »Was wollen Sie, Herr Kommissar?«

Pfennig stutzte über die leise Aggressivität in ihrer Stimme. »Ich brauche Ihren Rat.«

»Bitte, setzen Sie sich.« Sie zeigte, ohne den Kommissar anzusehen, auf den Stuhl vor dem niedrigen Tisch. »Stört es Sie, wenn ich noch ein wenig aufräume? Jetzt, wo Sie hier sind, kommt eh kein Kind mehr rein.« Mit der ganzen Hand blätterte Bulthaupt die dicken Stapel in dem Aktenordner um, bis sie die Stelle gefunden hatte, wo sie die neue Klarsichthülle mit Amelies Bild einsortieren wollte.

»Danke, ich stehe lieber«, sagte er mit Blick auf den Kinderstuhl. Als er das letzte Mal darauf gesessen hatte, waren seine Knie taub geworden. »Sie haben doch mit Pastor Borgmann zusammengearbeitet, ist Ihnen da …«

»Falsch«, unterbrach sie ihn.

»Wie bitte?« fragte der Kommissar irritiert.

»Ich habe nicht mit Pastor Borgmann zusammengearbeitet. Ich arbeite kunsttherapeutisch stundenweise mit den Kindern. Meist in einer kleinen Gruppe oder einzeln. Unsere Arbeitsfelder haben sich nicht überschnitten.«

»Wie meinen Sie das?«

»Kerstin Behrens und Melanie Keller haben mit dem Pastor zusammengearbeitet. Sie haben mit ihm Kindergottesdienste vorbereitet, Bibelgeschichten erzählt, Gartenfeste, Weihnachtsbasteln. Alles Mögliche. Aber da war ich meistens nicht dabei.« Als sie seinen überraschten Gesichtsausdruck sah, fügte sie hinzu: »Das ist nicht ungewöhnlich. Ich bin keine Kindergärtnerin, Herr Kommissar. Ich arbeite auch mit den Kindergärtnerinnen nicht im eigentlichen Sinne zusammen.« Sie zeigte mit der Hand in den Raum. »Dies hier ist mein Bereich. Die Kinder kommen zu mir. Nicht umgekehrt.«

»Sie kannten den Pastor also gar nicht näher?«

»Wie man sich eben so kennt.« Sie bückte sich, um die schwarze Wachsmalkreide aufzuheben. »Die Eltern bezahlen mein Honorar, nicht der Träger des Kindergartens, also nicht die Gemeinde. Ich war Borgmann über meine Arbeit keine Rechenschaft schuldig. Soweit ich von Melanie und Kerstin gehört habe, war das auch nie ein Problem. Wieso auch, wer sollte schon etwas dagegen haben, die Kinder innerhalb ihrer Entwicklung durch die kreativen Möglichkeiten der Kunsttherapie zu unterstützen und zu fördern.«

»Weshalb ich hier bin, Frau Bulthaupt«, besann sich der Kommissar zögernd, »Sie sind mir von Vikarin Lange sozusagen als Expertin für Kindesmissbrauch empfohlen worden.«

»Ich arbeite mit Opfern von häuslicher Gewalt, Kriegstraumatisierungen und Kindesmissbrauch, das ist richtig.« Sie sah ihn ruhig an. »In einer Einrichtung, die dem Frauenhaus angeschlossen ist.«

»Wir haben eine große Menge Fotos von Kindern aus diesem Kindergarten bei Pastor Borgmann gefunden. Es besteht eventuell der Verdacht, dass er pädophil war. Ist Ihnen etwas in dieser Richtung aufgefallen?«

»Sie meinen, ob ich anhand der gemalten Kinderbilder erkennen kann, ob sie sexuell missbraucht worden sind?«

»Zum Beispiel«, der Kommissar nickte.

»Nein.« Sie drehte sich zur Seite und sah aus dem Fenster, wo gerade zwei kleine Rabauken laut schreiend vorbeirannten. Offenbar versuchten sie, sich vor einem anderen zu verstecken. Sie trugen beide Gummistiefel und eine Regenhose, deren Latz bis unter die Achseln ging.

Schlechtes Wetter war bei so einer Kleidung kein Problem, dachte Pfennig kurz, genau wie beim Segeln.

»Wann würden Sie denn Alarm schlagen, Frau Bulthaupt?«

»Das ist nicht so einfach«, sie drehte sich wieder zu Pfennig um und lachte kurz auf, doch ihre Augen blieben ernst. »Kinderzeichnungen zu interpretieren, ist eine sehr vage Wissenschaft, Kommissar. Da kommt es darauf an, in welcher Reihenfolge die Gegenstände oder Personen von den Kindern gemalt werden, welche Farben sie für etwas verwenden oder sogar an welchem Ort im Verhältnis zur Bildmitte etwas gemalt wird. Das können zwar Hinweise auf Bedrohliches oder Angstmachendes sein, aber nichts ist eindeutig.« Ihre Finger spielten mit dem Wachsmalstift in ihrer Hand. »Nehmen wir beispielsweise die Größe: Wenn das Kind sich normal entwickelt, dann malt es sich meist in die Mitte und etwa genauso groß wie die Eltern. Da kann es ein Alarmzeichen sein, wenn es sich selbst klein in einem Kasten an den Bildrand quetscht. Dasselbe kann aber auch heißen, dass gerade ein Geschwisterchen geboren wurde, das momentan einen Großteil der Aufmerksamkeit der Eltern bekommt. Eine vorübergehende Angelegenheit und ganz normal. Nur weil ein Kind mal viel Schwarz verwendet, kann ich nicht gleich ›Alarm schlagen‹, wie Sie es nennen. Ich würde in Teufels Küche kommen, wenn ich falsch läge.«

»Okay«, sagte der Kommissar bedächtig, aber seine Neugier war noch nicht gestillt. Er musste wissen, ob er sich Borgmanns Charakter auf diese Weise nähern könnte. »Aber wenn doch, was würde dann passieren?«

»Die Polizei kann nicht viel machen. Die meisten Missbrauchsfälle geschehen im familiären oder nahen Umfeld des Kindes. Es ist schwierig, ein Kind da rauszuholen. Selbst wenn etwas vorgefallen sein sollte, reichen Kinderzeichnungen als Verdachtsmoment nicht aus, die Polizei darf meist nicht einmal die Wohnung des mutmaßlichen Täters betreten Aber das kennen Sie wahrscheinlich selbst aus Ihrer täglichen Arbeit.«

Pfennig kannte diese Situationen nur zu gut, in denen die Polizei durch bestehende Gesetze gezwungen war, untätig abzuwarten. Gerade bei Szenen im Umfeld von häuslicher Gewalt waren die Grenzen zwischen legalem Handeln und der Überschreitung eigener Befugnisse für den einzelnen Beamten sehr streng.

»In der Regel muss erst das Jugendamt eingeschaltet und von der Dringlichkeit der jeweiligen Umstände überzeugt werden. Die führen dann häufig erst einmal Gespräche mit den Eltern. Wenn es einen klaren Verdacht gibt, muss die Staatsanwaltschaft informiert werden.« Bulthaupt strich sich ihre langen Haare hinters Ohr. »Es ist wirklich ein riesiger Apparat, der da im Hintergrund anläuft. Die einzelnen Stellen – also angefangen zum Beispiel bei mir, weiter über das Jugendamt, die Polizei und die Staatsanwaltschaft – müssen wie in einem Schweizer Uhrwerk ineinandergreifen. Erst dann kann Anklage erhoben werden. Im Verhältnis zu den tatsächlichen Zahlen missbrauchter Kinder landen leider immer noch die wenigsten Fälle überhaupt vor Gericht. Und selbst dann werden die Kinderzeichnungen nicht unbedingt als Beweismittel zugelassen. Meistens sind sie völlig wertlos.«

Pfennig nahm den bitteren Zug um ihre Mundwinkel herum wahr. Es war keine leichte Arbeit, die diese junge Frau sich ausgesucht hatte. Ein Beruf, der einen neben den schönen Augenblicken bestimmt auch oft an die eigene Frustrationsgrenze brachte.

»Da kann man schon froh sein«, fuhr Bulthaupt fort, »wenn das Kind wenigstens aus dem Verantwortungsbereich herauskommt. Vielleicht mit der Mutter wegzieht oder in einem Heim untergebracht wird. Vielleicht auch in eine Pflegefamilie kommt, was aber häufig eine weitere Traumatisierung bedeutet. Das Kind fühlt sich erneut bestraft oder sogar schuldig daran, dass es in seinen Augen die Familie zerstört hat. Das Opfer muss vor Gericht aussagen, alles noch einmal durchmachen und wird dadurch in gewisser Form erneut ›benutzt‹. Der Täter bekommt nicht mehr als drei Monate bis fünf Jahre – und das womöglich auf Bewährung.« Ihre Stimme wurde rauer vor Empörung. »Aufgrund von gemalten Bildern ist bislang jedenfalls noch kein Kinderschänder verurteilt worden. Es ist ein elendiges Thema.«

»Das ist sicherlich schrecklich frustrierend«, sagte Pfennig, dem der Gedanke keine Ruhe mehr ließ, dass Borgmann als angesehener Pastor bestimmt ebenfalls unbehelligt geblieben wäre – wenn er nicht ohnehin schon zweimal Glück gehabt hatte. Die symbolhafte Zeichnung eines kleinen Kindes, die dies oder jenes bedeuten konnte, hätte ihn ganz sicher nicht sein heiliges Amt gekostet. Da wären handfeste Beweise erforderlich gewesen.

»Manchmal schon, aber ich bin nicht hilflos.« Sie warf die Kreide in einen kleinen Eimer. »Kunsttherapie wirkt heilend. Meine Arbeit ist wichtig und ich mache sie gern.« Ihre Stimme war ruhig und sachlich. »Wissen Sie, es ist etwas anderes, ob ich die jeweilige Art der Traumatisierung, der ein Kind in dem Moment ausgesetzt ist, zufällig entdecke oder ob ich es im Nachhinein bei der Aufarbeitung des Erlebten unterstützen kann. Egal wie und wodurch ein Mensch traumatisiert wurde, in der kunsttherapeutischen Anleitung bekommt er neue Wege aufgezeigt.«

»Ich verstehe.« Pfennig überlegte, ob ihm diese Informationen weiterhalfen. Bulthaupt hatte in den Malstunden mit den Kindern anscheinend nichts Ungewöhnliches entdeckt. Vielleicht war Borgmann dabei geblieben, die Kinder lediglich zu beobachten und zu fotografieren. Pfennig strich sich mit Daumen und Zeigefinger über seinen Bart, schließlich seufzte er resigniert. Womöglich war die angebliche Pädophilie wieder eine Sackgasse in seinen Ermittlungen. Er bedankte sich bei der Therapeutin und verabschiedete sich.

Draußen am Gartentor wartete Amelie auf ihn. Scheinbar hatte sich die Kleine wieder beruhigt.

»Bist du wegen mir gekommen?«, fragte sie den Kommissar. Sie trug heute ihre Haare auf dem Kopf zu einer kleinen Palme zusammengebunden. Pfennig ging in die Hocke, sodass er mit ihr auf Augenhöhe war. Ihr Blick erschien ihm ängstlich, aber vielleicht blendete sie auch nur etwas.

»Du bist eine nette kleine Person, Amelie, aber ich bin nicht wegen dir hier. Ist das schlimm?«

Sie sah ihn an und starrte auf etwas in seiner Gesichtsmitte. Pfennig fiel ein, dass es sein Bart war, der sie schon einmal so fasziniert hatte. Ihre Palme wackelte ein wenig, als sie den Kopf schüttelte. Dann rannte sie weg.

Immer wieder wanderte sein Blick zur Seite, nur um sich gleich darauf wieder gequält auf die regennasse Straße zu richten. Vor der breiten Fensterfront eilten die Passanten unter schützenden Schirmen vorbei. Ein helles Schweinchenrosa zog sich vom großen Fenster neben der Eisverkaufstheke bis hin zu dem grellroten Vorhang, der vor dem Gang zu den Toiletten hing.

»Ist sie nicht prodigioso? Diese wunderbare Farbe. So modern«, schwärmte Paolo Maretto von seiner frisch renovierten Wand.

Doch statt dem Besitzer seiner Lieblingseisdiele zuzustimmen, lächelte Pfennig nur unverbindlich und sehnte sich nach seiner Sonnenbrille, die leider im Wagen lag.

»Finde ich auch, Paolo«, sagte Herberg dagegen. »Rot frisst Rosa. Der Vorhang vor den Toiletten ist das i-Tüpfelchen. Ganz neue Aufmachung hier. Toll.«

Hannes war bei der kreischenden Farbkombination offensichtlich schmerzfrei, dachte Pfennig und musste schmunzeln, während Paolo mit einem zufriedenen Lächeln ihre Bestellung aufnahm. Alle paar Wochen nahmen sie sich die Zeit, hier den ausgezeichneten Cappuccino zu genießen, und meistens konnte Pfennig nicht widerstehen, sich dazu einen Schokobecher mit extra Nüssen zu gönnen. Dann würde das Mittagessen eben ausfallen. Trotzig schob er seinen Gürtel in die bequemere Bauchnabelhöhe. Dass die Bestuhlung in Eisdielen auch immer so kapriziös sein musste; die dünnen Stühlchen waren für seine Körpergröße eindeutig ungeeignet.

»Mareke lässt dich übrigens schön grüßen«, sagte Herberg unvermittelt und strahlte über das ganze Gesicht.

»Ach. Das ist nett, danke. Trefft ihr euch denn wieder?«

Hannes nickte freudig.

Pfennig verbarg seine Überraschung. Mareke war nach wie vor Herbergs große Liebe, die er aufgrund seiner Sucht verloren hatte. Persönlich hatte er Mareke bislang noch nicht kennengelernt, aber von Hannes Erzählungen her hatte er den Eindruck, dass die beiden eigentlich gut zueinander gepasst hatten.

»Wir waren am Samstag im Improvisations-Theater. Das Publikum hat den Schauspielern Stichworte zur Bühne zugerufen, woraus sie spontan eine Geschichte gebastelt haben. Ich habe laut ›Polizeiflur‹ vorgeschlagen, woraufhin der eine Darsteller sich sofort einen Schnurrbart anklebte.« Herberg lachte spitzbübisch.

Pfennig nahm sich vor, von nun an doppelt scharf darauf zu achten, dass ihm kein Tropfen Eis im Bart hängen blieb. Er liebte seinen Schnauzer und wollte Hannes, der stets bartlos, täglich glatt rasiert und duftend wie eine Douglas-Drogerie zum Dienst erschien, keinen weiteren Grund für Bemerkungen über seine Gesichtsbehaarung liefern.

»Wie geht es Mareke?«

»Ich glaube, ganz gut«, sein fröhlicher Gesichtsausdruck verschwand. »Wir sind noch vorsichtig miteinander. Ich glaube, ihre Verletzungen sind allenfalls vernarbt, noch nicht wirklich geheilt. Ich muss viel wiedergutmachen, denke ich.«

Herberg war nun seit mehr als drei Jahren trocken und Pfennig wusste, dass es sein innigster Herzenswunsch war, wieder mit Mareke zusammenzukommen. Doch so einfach schien es nicht zu sein.

»Es genügt zunächst, die Bereitschaft dazu zu entwickeln«, mahnte Pfennig zurückhaltend.

»Ja, das stimmt, der siebte Schritt.« Er seufzte. Offenbar hatte er Pfennigs Anspielung auf das Zwölf-Schritte-Programm der Anonymen Alkoholiker sehr wohl verstanden. »Ich bitte jeden Tag um Geduld.«

»Hm, gute Idee.«

Schweigend löffelten sie aus ihren Eisbechern. Aus den Augenwinkeln musterte Pfennig seinen Freund ein wenig besorgt. Was, wenn diese vorsichtige Annäherung nicht klappte? Bestünde für Hannes möglicherweise die Gefahr, rückfällig zu werden oder zumindest in eine depressive Krise zu rutschen? Eigentlich erschien ihm Herberg sehr gefestigt in seinem neuen Leben.
Abwarten, dachte er und schob sich einen besonders großen Löffel Vanilleeis in den Mund, man muss nicht gleich den Teufel an die Wand malen. Positiv denken, erinnerte er sich selbst.
»Wie wäre es mit einer Segelpartie zu viert nächstes Jahr? Ich habe endlich das Okay von der Versicherung bekommen. Die ›Marlene 1‹ wird wieder flottgemacht.«
»Danke für die Einladung, mein Lieber. Ich weiß, du meinst es gut.« Er leckte sich den Schaum seines Cappuccinos von der Lippe. »Wie geht es der echten Marlene?«
»Sie ist wieder zurück von ihrem Malwochenende auf Spiekeroog«, Pfennig rollte amüsiert die Augen. »Sie sagt, als Menschenstudie wäre der Kurs besonders aufschlussreich gewesen. Zwischen den weiblichen Teilnehmerinnen war ein einzelner Mann, der alle Aufmerksamkeit auf sich zog. Dessen Frau war vor ein paar Monaten gestorben und er wollte nun endlich die Dinge tun, die er sich so lange verkneifen musste. Malen zum Beispiel.«
»Hört sich an, als wäre der Tod seiner Frau ein Auslöser gewesen, wieder einer alten Leidenschaft zu frönen.«
Pfennigs langstieliger Löffel verharrte in der Luft wie eine Libelle vor der Landung. Auslöser. Irgendein Glöckchen klingelte in seinem Inneren. Doch er konnte den Gedanken nicht fassen; er waberte durch sein Hirn und mischte sich mit den Bildern der Leiche vor dem Altar neben den vollen Apfelkisten.
»Ich weiß, du hast Angst, dass ich rückfällig werden könnte, falls es nicht funktioniert mit Mareke«, sprach Herberg die Sorgen des Kommissars einfach aus und bewies mit seiner Offenheit, dass er

die Sache gesünder sah, als Pfennig angenommen hatte. »Ich bin zwar trocken, aber noch immer süchtig. Ein Auslöser könnte genügen.«

»Das stimmt.« Pfennigs schemenhafte Bilder aus Arsten verflüchtigten sich und er lächelte Herberg an. »Aber du weißt auch, dass ich nicht nur ein Kollege, sondern auch dein Freund bin.«

In diesem Moment erschien Paolo mit einem Espresso für den Kommissar.

»Ein dunkler bitterer Geschmack als Kontrast zur neuen bonbonsüßen Wandfarbe«, scherzte er und zeigte damit, dass er Pfennigs höfliche Zurückhaltung durchaus richtig gedeutet hatte.

»Ich wollte dich noch etwas Dienstliches fragen«, unterbrach Herberg das zufriedene Klappern des winzigen Löffelchens in dem kleinen Tässchen. »Was ist eigentlich mit den Bildern auf Borgmanns Laptop? Hast du sie dir schon angesehen?«

»Vor allem meine Schwester Lisa.« Pfennig sah, dass Hannes missbilligend die Augenbrauen runzelte. »Ja, ich weiß. Sie ist einfach an den Rechner gegangen, ohne zu fragen. Ich war ziemlich sauer.« Er dachte an den herben Rüffel, den er ihr erteilt hatte. »Aber ich habe ihr leider auch die Gelegenheit dazu gegeben. Jedenfalls war sie über die Fotos entsetzt.« Er legte den Löffel beiseite und versuchte, das Henkelchen mit seinen großen Fingern zu fassen zu kriegen. »Ich weiß nicht, was ich von dem halten soll, was sie in den Fotos zu erkennen glaubt. Aber ich war über ihre Heftigkeit irritiert.«

»So erging es uns im Labor auch«, stimmte Herberg ihm zu. »Die einen meinten, es sind einfach nur harmlose Kinderbilder, ungewöhnlich viele zwar, aber nichts weiter. Die anderen, vor allem die Frauen im Labor, waren empört, als sie die Bilder sahen. Spontan angewidert, würde ihre Reaktionen vielleicht besser beschreiben.«

»Hm«, machte Pfennig nachdenklich. »Und was meinst du?«

»Sie zeigen zwar keine eindeutig sexuellen Handlungen, dennoch sind die Bilder merkwürdig klebrig. Es könnte also etwas an dem Pädophilen-Verdacht dran sein.«
Pfennig stellte die Tasse ab und schob den Eisbecher von sich. Ihm war der Appetit vergangen.

Frau Rahtjen war der Tag im Kellergeschoss des Präsidiums offensichtlich gut bekommen. Sie sah erholter und frischer aus als am Morgen.
»Haben Sie Ihr Kuh-Trauma überwunden?«
»Allerdings. Beruflicher Erfolg wirkt eben Wunder«, sie lächelte. »Ich bin im Archiv fündig geworden.« Nicht ohne Stolz überreichte sie dem Kommissar eine verblichene Pappmappe, auf deren Deckel die geschwungene Handschrift in blauer Tinte kaum noch zu lesen war. »Das ist die Anzeige von vor zwanzig Jahren. Und das«, sie zeigte ihm den dicken Ordner auf ihrem Schreibtisch und nahm dann ihre Arme hinter den Rücken, wie ein Mädchen, das gelobt werden wollte, »das ist die Akte zu der Anzeige von vor zehn Jahren.«
»Sie haben sogar beide gefunden? Sie haben ja richtige Unter-Tage-Qualitäten, Frau Rahtjen, damit hätte ich ehrlich gesagt nicht gerechnet.«
»Ich musste auch tief graben, denn unter dem Namen ›Ralph Borgmann‹ habe ich zunächst rein gar nichts gefunden. Dann erinnerte ich mich daran, dass ich während meiner Ausbildung oft massive Probleme mit der Handschrift mancher Kollegen hatte. Beim Abtippen der Protokolle, damals noch auf der Schreibmaschine, musste ich häufig nachfragen, bevor ich die Namen oder Anschriften korrekt übertragen konnte.«
Der Kommissar hörte seiner Sekretärin fasziniert zu. Wieder einmal hatte sie des Rätsels Lösung mit ihrem Um-die-Ecke-Blick auf das Problem gefunden.

»Ich habe mir daraufhin überlegt, in welchen Variationen man diesen Namen falsch schreiben könnte. Die Anzeige von vor zwanzig Jahren war im Archiv statt unter ›Ralph Borgmann‹ unter ›Ralf Bargmann‹ abgelegt.«
»Ich bin wirklich beeindruckt.« Pfennig bedachte sie mit einem anerkennenden Blick. »Darauf wäre ich im Leben nicht gekommen. Ein paar kleine unleserliche Buchstaben und die Akte verschwindet bei der alphabetischen Sortierung für immer im Nirwana.«
»Vor zehn Jahren ist das Missgeschick gleich noch einmal passiert. Die zweite Anzeige lief auf ›Ralph Bergmann‹. Damals war es eigentlich nur ein einziger vertauschter Buchstabe, aber ich denke, dass deshalb niemand einen Zusammenhang herstellen konnte zwischen der ersten und der zweiten Anzeige.«
Der Kommissar brauchte Zeit und Ruhe zum Nachdenken. Und er musste sich sofort die Akten ansehen.
»Wissen Sie was, Sie lüften jetzt erst mal Ihre Staublunge aus. Machen Sie für heute Feierabend. Das haben Sie sich redlich verdient.« Pfennig nahm ihren Mantel von der Garderobe und half ihr galant hinein. »Und noch etwas, Frau Rahtjen. Wenn Ihr Mann wieder einmal seine Dialeinwand aufstellt, rufen Sie mich an. Irgendein Vorwand wird mir bestimmt einfallen und dann hole ich Sie mit Blaulicht und Tatütata zu Hause ab.«
»Sie sind mir so ein Held, Herr Kommissar. Mach ich.« Sie lachte geziert wie eine junge Frau, der ein Rendezvous versprochen wurde. »Sie sind sicher, dass Sie mich nicht mehr brauchen?« Das war nur eine rhetorische Frage, denn sie war schon auf dem Weg in ihr Vorzimmer. »Nehmen Sie noch den Rest Kuchen, steht hier auf der Ablage.« Sie warf mit einem Schwung, der beinahe den Garderobenständer mitgerissen hätte, ihre Handtasche über die Schulter und ging. »Tschüsschen!«

Obwohl es erst kurz nach drei am Nachmittag war, lag sein Büro im Dämmerlicht. Es ging unerbittlich auf November zu, die Tage wurden merklich kürzer und das triste Wetter tat sein Übriges. Pfennig verzichtete auf die grelle Deckenbeleuchtung und knipste stattdessen die kleine Messinglampe auf seinem Schreibtisch an. Er legte die Pappmappe beiseite und entschied sich, mit der Anzeige der Ex-Freundin anzufangen. Sie war die aktuellere von beiden.

Er klappte den festen Ringordner auf. Einige der Seiten waren bereits auf dem Computer geschrieben worden. Internetkriminalität und Tauschportale für pädophile Bilder gehörten heute in die Zuständigkeit des BKA, damals wurde erst die Sprache für dieses neue ungeahnte Wirkungsfeld krimineller Energien geboren, Datenbanken dafür waren noch Zukunftsmusik. Der Kommissar begann zu lesen.

Vor zwölf Jahren hatte eine Petra Poppinga Anzeige gegen einen Herrn Ralph Bergmann gestellt. Unter den weiteren Personaldaten der Frau stand: »Beruf: Tischlerin, Familienstand: ledig, 28 Jahre alt, Geburtsort: Norden/Ostfriesland«. Da war Borgmann Ende dreißig und musste bereits Pastor in Arsten gewesen sein. Merkwürdig, dass die Anzeige seinerzeit nicht höhere Wellen geschlagen hatte. Niemand aus der Gemeinde hatte offensichtlich davon gewusst. Oder alle, die davon Wind bekommen hatten, hielten es für belanglos. Genau wie Markus Dierks, für den die Anschuldigung auch nichts weiter als ein hinterhältiger Racheakt der abgeschobenen Ex-Freundin gewesen war.

Der Name Petra Poppinga sagte ihm nichts. Genauso wenig wie der des Beamten, der die Anzeige entgegengenommen hatte. Aber sein Kollege schien sehr akribisch gewesen zu sein. Seitenweise hatte er die Aussage Poppingas festgehalten. Sie gab an, auf Borgmanns Rechner zufällig pornografische Fotos von Kindern entdeckt zu haben. Eine Anschuldigung, stellte Pfennig fest, die ungeheuerlich gewesen sein musste zu einer Zeit, als noch niemand von einem Missbrauchsskandal innerhalb der Kirchen sprach. In den internen Vernehmungsprotokollen der Polizei leugnete Borgmann konsequent jede Verbindung zu irgendwelchen Bildern. Auf seinem Rechner, den er der Polizei freiwillig ausgehändigt hatte, fand sich nichts. Es gab zwar ein Gutachten, das nahelegte, die Festplatte sei ziemlich wenig gebraucht, aber das Ergebnis war nicht eindeutig, las Pfennig weiter. Der Kollege hatte handschriftlich vermerkt, dass der Rechner vermutlich nicht mit dem identisch war, den Frau Poppinga kannte. Doch beweisen ließ sich nichts. Seit der Trennung der beiden hätte Borgmann verfängliche Daten löschen oder eben eine neue Festplatte besorgen können. Dass er in diesen technischen Dingen möglicherweise versiert gewesen war, hatte sich anhand der ausgeklügelten Sicherheitsvorkehrungen gegen unbefugten Zugriff auf seinem Laptop gezeigt. Die Ermittlungen damals hatten sich allein auf Poppingas Beschuldigung gestützt. Auf die Frage, warum sie nicht schon früher zur Polizei gekommen war, konnte sie keine glaubwürdige Erklärung abgeben – sie hätte es nicht wahrhaben wollen, stand im Protokoll. Pfennig vermutete, dass man aus Angst, den Pastor ungerechtfertigt einem solchen Verdacht auszusetzen, kurze Zeit später die Akte geschlossen hatte. Es kam nie zu einem Prozess.

Frau Rahtjen hatte mitgedacht und ihm sogar einen aktuellen Auszug aus dem Melderegister beigelegt. Petra Poppinga hatte demnach ihren Wohnsitz am 19.03.2001 in Bremen abgemeldet. Als neue Adresse war vermerkt worden: »Toronto/Kanada«. Der Kommissar klappte den Ordner ernüchtert zu. Das half ihm alles nicht wirklich weiter.

Er nahm sich die verblichene graue Mappe. Feine Staubpartikel wirbelten im Lichtkegel der Schreibtischlampe auf. Pfennig musste niesen.

Er kniff die Augen zusammen und konzentrierte sich auf die ordentliche Handschrift, die Tinte war inzwischen verblasst. Die Anzeige hatte ein Ehepaar Schräger aus Bremen-Nord vor dreiundzwanzig Jahren im Oktober gegen Herrn »Ralf Bargmann« gestellt. Sie beschuldigten darin den damaligen Vikar der Vegesacker Kirchengemeinde, ihre sechsjährige Tochter zu sexuellen Handlungen gezwungen zu haben. Die Eltern des Mädchens hatten zu Protokoll geben, dass sich »Herr Bargmann« im Anschluss an den Erntedankgottesdienst in einem Hinterzimmer des Gemeindehauses an der Kleinen vergangen habe.

Nach dem Erntedankgottesdienst. Pfennig strich sich über den Bart, lehnte sich langsam in seinem Stuhl zurück und überlegte. Ein sechsjähriges Mädchen wurde von einem jungen Vikar missbraucht. Mehr als zwanzig Jahre später, aus dem ehrgeizigen Vikar war inzwischen ein angesehener Pastor geworden, wird dieser während des Erntedankgottesdienstes ermordet.

Das konnte unmöglich ein Zufall sein. Er las weiter.

Drei Tage später zogen die Eltern aus unerklärlichen und nicht vermerkten Gründen die Anzeige wieder zurück. Damit endete die dünne Akte. Keine weiteren Verhöre, keine weiteren Eintragungen.

Pfennig musste unwillkürlich an die Kunsttherapeutin denken. Viele Missbrauchsfälle wurden entweder erst gar nicht zur Anzeige gebracht oder später häufig wieder zurückgezogen. Manchmal geschah dies vor allem, um das eigene Kind vor weiteren Belastungen zu schützen. Um ihnen die, aus der Sicht mancher Eltern unnötigen, Prozeduren einer Aussage oder gar die anstrengende Verhandlung zu ersparen. Oftmals aber geschah es auch aus dem Bedürfnis heraus, alles möglichst schnell vergessen zu wollen. Auf die Zeit zu hoffen, die die Wunden des Kindes schon heilen würde.

Der Kommissar ging in Gedanken seine Möglichkeiten durch.

Die Eltern? Warum sollten sie nach über zwanzig Jahren plötzlich handeln, wenn sie es vermutlich damals schon nicht getan hatten. Das kleine Mädchen? Sie musste heute Ende zwanzig sein. Aber war dies nicht ein sehr langer Zeitraum, selbst für eine späte Rache? Warum erst jetzt und warum während des Gottesdienstes? Pfennig musste irgendetwas übersehen haben. Er strich sich mit der offenen Hand über die Glatze, glitt mit zwei Fingern über seinen Schnauzer, kaute kurz auf dem dünnen Hautlappen zwischen Daumen und Zeigefinger herum, aber kein Einfall wollte ihn erlösen.
Im verwaisten Vorzimmer seiner Sekretärin setzte Pfennig frischen Kaffee auf. Den würde er in den nächsten Stunden sicher brauchen. Das fehlende Puzzleteil lag vor ihm, das spürte er. Er musste es nur noch finden und an der richtigen Stelle einsetzen.

Das orangefarbene Licht der Laternen auf dem Parkplatz vor dem Präsidium schien schon seit Stunden in sein Büro. Pfennigs Notizblock lag zerfleddert zwischen den alten Aktenblättern auf dem Schreibtisch und den Inhalt des Ordners hatte er über den gesamten Fußboden seines Büros ausgebreitet. Er hatte die Lösung des Falles jetzt klar vor Augen. Noch lange saß er einfach da, starrte ins Nichts. Irgendwann stand er auf, löschte das Licht und fuhr nach Hause. Kurz vor seiner Haustür fiel ihm Frau Rahtjen ein, die beim Anblick seines Büros morgen früh bestimmt der Schlag treffen würde. Aber das war ihm jetzt egal, erschöpft sehnte er sich nach einer Mütze voll Schlaf. Morgen würde ein harter Tag für ihn werden.

Dienstag

Neben der runden Zuckerdose aus blauer Keramik stand ein Honigglas mit dem Etikett der »Imkerei Udo Brinkhus«. Frauke Bulthaupt schien ebenfalls eine Liebhaberin des Honigs zu sein, den der Gemeindegärtner anbot, stellte der Kommissar fest. Er saß an ihrem Küchentisch und wartete. Sie war im Morgenmantel gewesen, als sie ihm die Tür geöffnet hatte. Ihre Nase war vom dauernden Schnäuzen schon ganz wund, ihre Frisur zerdrückt und sie sah insgesamt wirklich schlecht aus. Die junge Frau wollte sich etwas anderes überziehen und hatte ihn gebeten, solange in ihrer Küche Platz zu nehmen.

Zunächst hatte er versucht, die Kunsttherapeutin am Hirtenweg zu erreichen. Aber die Kindergärtnerin Melanie Keller hatte ihm erklärt, dass sich ihre Kollegin für heute krankgemeldet hatte: »Fieber, Schnupfen, eben das Übliche zu dieser Jahreszeit.«

Anschließend hatte er Frau Rahtjen telefonisch Bescheid gegeben, dass er heute nicht ins Büro kommen würde, sondern außerhalb zu tun hätte, und nannte ihr Bulthaupts Adresse.

»Kein Wunder«, hatte seine Sekretärin seine Abmeldung trocken kommentiert, »in dem Chaos, das Sie hier gestern hinterlassen haben, hätte ich auch keine Lust zu arbeiten.«

Die ganze Nacht waren ihm die Seiten der alten Akten und das Bild des Toten in dem See aus Traubensaft vor den Augen geflimmert. Ganz im Gegensatz zu seiner sonstigen Euphorie, wenn er einen Fall gelöst zu haben glaubte, fühlte er sich jetzt erschöpft und unausgeschlafen. Er seufzte. Aber dieser Fall war von Anfang an anders gewesen.

Er blickte zum Küchenfenster hinaus. Drei Tage hatte es nahezu durchgeregnet. Heute schien endlich wieder einmal die Sonne. Die Kunsttherapeutin hatte offenbar einen grünen Daumen,

denn ein kleiner Kräutergarten wuchs in den Blumentöpfen auf der Fensterbank. Die Wohnung war geräumig, helle Farben an den Wänden, gemütliche Möbel aus Holz und Rattan ergänzten sich gut mit dem Laminatboden in warmem Beige. Am Ende des Flurs, von dem Schlafzimmer und Bad abgingen, lag offenbar das Wohnzimmer und er konnte durch die offenen hohen Flügeltüren bis nach draußen auf den Balkon sehen. In dieser Richtung musste ungefähr der Bürgerpark liegen. Die Aussicht über Schwachhausen aus dem vierten Stock war sicher beeindruckend. Die Küche war bestimmt von offenen Regalen in fröhlichem Gelbgrün und einem einfachen Gasherd. Am Kühlschrank war von dem weißen Lack nur noch wenig zu erkennen, er war bedeckt von bunten Magneten, einer kleinen Schultafel mit Einkaufsnotizen und an einem Saugnapfhaken daneben baumelte ein kleines Lavendelsäckchen, sorgfältig mit einem fliederfarbenen Seidenband verschlossen. Dieses Zuhause hatte wenig gemeinsam mit der kühlen, vorwiegend schwarz gekleideten Frau, die er in ihrem kleinen Atelier im Kindergarten kennengelernt hatte. An diesem Ort hätte er sich unter normalen Umständen wohlgefühlt. Aber dies waren keine normalen Umstände. Mit grimmiger Entschlossenheit holte er das Tonbandgerät aus seiner Tasche und stellte es auf den Tisch.
»Ich hatte mir gerade Teewasser aufgesetzt, bevor Sie geklingelt haben.« Bulthaupt hatte sich Jeans und Pulli angezogen, die Haare gekämmt und sich etwas frisch gemacht. »Sie machen es aber offiziell, Herr Kommissar«, sagte sie mit Blick auf das Tonband.
»Reine Routine. Weil ich allein bin«, sagte der Kommissar, ohne sie anzusehen.
»Möchten Sie auch eine Tasse?«
»Eine Tasse Tee wäre schön, danke.«
Sie hängte ein Netz mit losen Teeblättern in eine Metallkanne, nahm den dampfenden Kessel vom Herd und goss das sprudelnde

Wasser hinein. Die Kanne stellte sie auf das Stövchen und holte zwei bauchige handgetöpferte Tassen aus dem Schrank über der Spüle. Dann setzte sie sich dem Kommissar gegenüber.

»Sie müssen entschuldigen, aber ich fühle mich heute wie an die Wand geworfen.« Sie griff sich an den Kopf. »Möchten Sie Milch dazu?«

»Nein danke. Aber von dem Honig nehme ich gerne einen Löffel.«

»Der beste Honig von ganz Bremen«, sagte Bulthaupt und reichte ihm einen Löffel über den Tisch, damit er sich bedienen konnte. »Sommerblüte. Er stammt aus dem Naturschutzgebiet in der Wesermarsch. Kalt geschleudert.«

»Aus der Wesermarsch!« Endlich wusste Pfennig, wie er das Verhör beginnen konnte. »Sind Sie nicht dort aufgewachsen?«, fragte er betont beiläufig und drückte auf die Record-Taste.

»Das ist richtig.« Sie sah ihn ernst an.

»Und Ihre Eltern, leben sie noch immer dort?«

»Nein, mein Vater ist vor einigen Jahren gestorben. Meine Mutter ist kurze Zeit später zu ihrer Schwester nach Freiburg gezogen. Im Schwarzwald.«

»Dann sehen Sie Ihre Mutter wohl nicht mehr sehr häufig.«

»Herr Kommissar, wie ich bereits sagte, geht es mir heute nicht besonders gut. Ich wäre Ihnen daher dankbar, wenn Sie einfach Ihre Fragen stellen würden und wir meine Familiengeschichte außen vor lassen könnten.«

»Hatten Sie ein gutes Verhältnis zu Ihren Eltern?«

»Ich weiß zwar nicht, was das jetzt soll. Aber um Ihre Frage zu beantworten: Nein, ich hatte nie ein besonders gutes Verhältnis zu meinen Eltern.«

»Wirklich nie? Oder ist es vielmehr so, dass es sich erst verschlechterte, nachdem Ihre Eltern damals die Anzeige zurückgezogen haben?« Er rührte seelenruhig den Honig in seinen Tee und beobachtete ihre Reaktion. Ihre Augen waren geweitet und sie schien auf der Hut zu sein. »Fühlten Sie sich vielleicht von Ihren Eltern im Stich gelassen?«

»Sie haben also die alte Anzeige gefunden.« Sie lehnte sich zurück und nickte wie zur eigenen Bestätigung. »Ich hätte nicht gedacht, dass die Akten so lange aufbewahrt werden.«

»Manche Dinge überdauern eben die Zeit, Frau Bulthaupt.«

Sie musterte ihn zunächst schweigend und stand plötzlich ruckartig auf. Pfennigs Muskeln zuckten alarmiert und beinahe hätte er sie am Arm festgehalten, um sie an einer eventuellen Flucht zu hindern. Aber sie ging lediglich zum Kühlschrank und holte eine Milchtüte heraus. Sie ließ die Tür langsam zuklappen und setzte sich wieder an den Tisch. Mit Bedacht, so als wolle sie Zeit gewinnen, schenkte sie sich ein.

»Was genau wollen Sie von mir?«

»Wieso haben Sie mir nicht gesagt, dass Sie Pastor Borgmann schon seit über zwanzig Jahren kennen?«

»Sie haben mich nie danach gefragt.«

Verdammt, dachte er verärgert. Das hatte er tatsächlich versäumt.

»Also gut, fangen wir noch einmal ganz von vorn an.« Pfennig holte sein Notizbuch aus der Tasche. Frau Rahtjen war so gewissenhaft gewesen, dass sie vorgestern sämtliche Verdächtige beim Einwohnermeldeamt geprüft hatte. Dabei hatte sich herausgestellt, dass Frauke Bulthaupt bereits einmal verheiratet gewesen war. Ihr Mädchenname war »Schräger« und fand sich in Borgmanns Akten wieder. So hatte der Kommissar endlich eine Verbindung herstellen können.

Pfennig las die Daten vor, die er sich aus der Akte abgeschrieben hatte: »Zwei Tage nach dem Erntedankgottesdienst erstattete das Ehepaar Oskar und Elfriede Schräger Anzeige gegen den damaligen Vikar Ralph Borgmann. Sie beschuldigten ihn, ihre sechsjährige Tochter, Frauke Schräger, sexuell missbraucht zu haben.«

Pfennig sah ihr direkt in die Augen. »Dieses kleine Mädchen waren Sie.«
Er bemerkte, dass Bulthaupt zwar in Zeitlupentempo ihre Augenbrauen hob, konnte aber sonst keinerlei Anzeichen für Unruhe oder gar Panik bei ihr feststellen.
»Drei Tage später zogen Ihre Eltern die Anzeige wieder zurück. Die Familie verließ nach ein paar Monaten Bremen-Nord und zog in Richtung Bremerhaven aufs Land. Stimmt das so weit?«
»Alles korrekt, ja.« Sie sah ihn abwartend an.
»Warum haben Ihre Eltern die Anzeige gegen Borgmann damals wieder zurückgezogen?«
»Ich weiß es nicht.« Sie atmete tief ein. »Bei uns wurde nie über die Vergewaltigung gesprochen. Der ›Vorfall‹, wie es meine Eltern nannten, war mit dem Umzug in die Wesermarsch für sie erledigt.«
»Aber für Sie hatte sich nichts erledigt, oder?«
»Was soll ich sagen?« Sie nahm ihre Tasse. »Ich war damals noch ein kleines Kind. Natürlich ist das alles auch bei mir irgendwann in Vergessenheit geraten.«
»Und wann tauchten die Erinnerungen an Borgmann wieder auf? Während Ihres Studiums, als Sie sich täglich mit Missbrauchsfällen auseinandersetzen mussten? Oder womöglich viel früher. War es vielleicht sogar der eigentliche Beweggrund für Ihre Berufswahl?« Pfennig wusste, dass er nur ins Blaue schoss.
»Ich habe nie wieder an Borgmann gedacht.« Sie trank einen Schluck und stellte ihre Tasse ab. Ohne zu zittern, wie Pfennig registrierte. »Erst als ich vor zwei Jahren die Stelle im Arstener Kindergarten angetreten habe. Da stand er plötzlich vor mir.« Sie schien sich ihre Worte gut zu überlegen. »Ich war überrascht. Anfangs habe ich tatsächlich daran gedacht, sofort zu kündigen.«
»Aber dann haben Sie es sich anders überlegt und sind geblieben.«
»Ja.«

»Warum?«
»Hören Sie, Herr Kommissar«, sie strich sich eine Haarsträhne hinter das Ohr. »Das Ganze liegt über zwanzig Jahre zurück. Er hatte sich verändert. Und ich mich auch. Der Pastor war bereits seit Langem in der St. Johannes Gemeinde tätig und er schien beliebt zu sein. Sein Einsatz und seine Hingabe kamen bei den Leuten gut an. Ich finde auch, dass man ihn damals zur Verantwortung hätte ziehen müssen. Das ist aber nicht passiert.« Bulthaupt trank noch einen Schluck Tee. »Und außerdem wollte ich meine berufliche Zukunft nicht wegen dieser längst vergangenen Geschichte gefährden. Juristisch war das alles doch sowieso schon verjährt, wieso hätte ich es also wieder aufwühlen sollen?« Sie lächelte den Kommissar mit einem unergründlichen Blick an. »Auch Kunsttherapeuten haben schließlich einen gewissen Ehrgeiz. Gut bezahlte Arbeit in diesem Bereich oder gar feste Stellen sind äußerst rar. Ich bin geblieben, um die Chance, die sich mir bot, zu nutzen.«
Was sie sagte, klang glaubwürdig und erklärte, weshalb sie jahrelang freiwillig neben ihrem ehemaligen Peiniger gearbeitet hatte. Aber die Indizien rechtfertigten seinen Verdacht gegen sie.
»Wieso waren Sie zur Vorbereitung des Erntedankgottesdienstes in der Kirche, außerhalb Ihrer bezahlten Arbeitszeit und obwohl Sie doch eigentlich nur mit den Kindern malen?«
»Was soll jetzt diese Frage, Herr Kommissar. Verdächtigen Sie mich etwa ernsthaft?« Sie lächelte belustigt. »Die Erzieherinnen brauchten ein Auto für die Dekorationsmaterialien der Kinder und ich habe eines. Das ist alles.«
»Vom Kindergarten hinüber ins Gemeindehaus, das sind doch nur ein paar Meter?«
»Nein, für den Einkauf in der Innenstadt.« Ihre Stimme war jetzt angespannter. »Ich habe alles eingekauft und dann die Sachen zum Gemeindehaus gefahren.«

»Haben Sie Pastor Borgmann erpresst?«, versuchte er es auf einem anderen Weg.
»Natürlich nicht. Ich glaube, er wusste nicht einmal, wer ich war.« Sie lehnte sich auf ihrem Stuhl zurück und schlug die Beine übereinander.
»Das glaube ich Ihnen nicht, Frau Bulthaupt.« Er schlug mit der flachen Hand auf den Tisch, sodass sie erschrocken zusammenzuckte.
»Nun werden Sie doch nicht gleich so emotional«, versuchte sie seinen Angriff zu parieren. »Vielleicht hat er mich nicht erkannt, weil ich einen anderen Namen trage. Ich streite ja gar nicht ab, dass wir uns häufiger gesehen haben. Wir sind professionell miteinander umgegangen, jahrelang. Da können Sie meine Kolleginnen Melanie und Kerstin fragen.«
Das klang ebenfalls plausibel, dachte Pfennig und fragte sich, ob sein Verdacht gegen sie am Ende doch nicht zutraf.
Doch! Er wischte den Zweifel beiseite. Sie hatte die Holzkiste präpariert und in die Kirche gebracht. Sie war es, die Pastor Borgmann umgebracht hatte. Doch er brauchte ihr Geständnis, denn beweisen konnte er ihr nichts. Wenn er sie nicht bald aus der Reserve locken würde, wäre die einzige Chance vertan. Vielleicht wäre es besser, wenn er sie aufs Präsidium bestellte und das Verhör dort weiterführte. Für einige Sekunden zögerte Pfennig. Er trank einen Schluck Tee. Eine Geste, die ihr Vertrauen einflößen sollte, statt sie nervös zu machen. Es wäre ganz sicher besser, das Verhör jetzt abzubrechen und im Verhörraum zusammen mit einer Kollegin weiterzuführen. Er sollte jetzt sofort aufhören. Er war ein Trottel, schimpfte Pfennig innerlich mit sich, aber er konnte einfach nicht widerstehen. Verärgert stellte er den Becher mit einem dumpfen »Klong« auf den Tisch. Dann legte er los: »Sie haben sich eine Holzkiste vom Wochenmarkt besorgt, Frau Bulthaupt. Sie haben Löcher hineingebohrt, eine klebrige Paste aus Zucker,

Wasser und Klebstoff zusammengerührt und damit die Löcher wieder zugeschmiert. Wahrscheinlich sogar hier in dieser Küche.« Er sah sich demonstrativ um, so als ob er noch immer Spuren ihrer Mordvorbereitungen entdecken könnte. »Dann haben Sie einen zweiten Boden eingezogen und den Wespenschwarm hineingesetzt. Zur Tarnung haben Sie ein paar Äpfel obendrauf gelegt und sind damit zum Gemeindehaus gefahren.«
Frauke Bulthaupt sah den Kommissar mit hochgezogenen Augenbrauen an, sagte aber nichts.
»Sie haben zusammen mit dem ahnungslosen Hausmeister die Kiste in der Dekoration untergebracht. Jetzt mussten Sie nur noch warten, bis sich die Wespen durch die Löcher gefuttert hatten. Und natürlich hoffen, dass ihre Berechnungen zeitlich zum Gottesdienst passten. Dass Pastor Borgmann in dem Moment, als sich die Wespen aus der Kiste befreiten, einen mit Traubensaft gefüllten Krug in der Hand hatte, war für Sie wahrscheinlich der absolute Glücksfall.« So musste es gewesen sein. So und nicht anders. Er sah die Kunsttherapeutin erwartungsvoll an.
»Eine spannende Theorie.« Sie stützte ihre Ellenbogen auf den Tisch und legte ihr Kinn auf die geballten Fäuste. »Aber eben nur eine Theorie.«
Pfennig registrierte ihre enervierende Entspanntheit und ärgerte sich darüber. Doch er spürte ebenso deutlich eine Art Sirren in der Luft, das Bulthaupt wie eine Antenne im Hochfrequenzbereich auszusenden schien. Und Pfennig wusste, was das bedeutete: Sie log. Doch der Kommissar war jetzt im Nachteil, er war zu weit gegangen, hatte seine Trümpfe ausgespielt und verloren.
»Es gibt unzählige Wespennester in der Stadt. Auf Dachböden, in Garagen, in Holzschuppen«, sagte er lahm, »eines zu finden, ist sicher kein Problem.«
»Ich muss mir Ihre Anschuldigungen nicht länger gefallen gelassen«, unterbrach sie ihn barsch und verschränkte abwehrend ihre

Arme vor der Brust. »Sie halten mich für eine Mörderin? Bitte, dann verhaften Sie mich. Ansonsten möchte ich, dass Sie meine Wohnung sofort verlassen.«

»Wissen Sie, was ich nicht verstehe?«, überging er ihren Rausschmiss und hob seine Stimme zu einem dunklen Grollen wie ein Inquisitor, dem die Argumente ausgegangen waren und der auf die Ergebnisse der Folter hoffte. »Warum erst jetzt?«, fragte er laut. »Warum haben Sie über zwanzig Jahre gewartet, um sich für das, was er Ihnen angetan hat, zu rächen?«

»Ich werde ab jetzt überhaupt nichts mehr sagen.«

Pfennig sah, dass ihr linkes Auge zuckte. Sie wurde nervös, hielt sich aber wacker.

Er beugte sich vor, senkte seine Stimme zu einem vertraulichen Flüstern. Er suchte die Tonlage für Verständnis und entfaltete sie langsam wie ein verführerisches Potpourri der Anteilnahme. Ein letztes verzweifeltes Aufbäumen seiner Kriminalistenehre.

»Es gibt immer einen Auslöser. Irgendetwas ist vorgefallen, das Sie zum Handeln gezwungen hat. Was war es, Frau Bulthaupt? Sie wussten von der pädophilen Veranlagung des Pastors aus eigener leidvoller Erfahrung. Hat er sich einem Mädchen in eindeutiger Weise genähert und Sie haben es zufällig gesehen? War das der Auslöser?«

»Das sind alles Vermutungen, Herr Kommissar.« Ihre Gesichtszüge waren versteinert. »Reine Spekulationen und haltlose Vermutungen!«

Der Kommissar strich sich über seinen Schnauzbart und in diesem Moment blitzte die Erkenntnis in ihm auf. Sein Bart. Pastor Borgmann hatte ebenfalls einen Bart, einen gestutzten Vollbart.

»Amelie! Es waren die Zeichnungen, die gemalten Bilder im Kindergarten, darin haben Sie etwas gesehen? Etwas, das Sie zu dem Mord an Pastor Borgmann veranlasst hat. Er hat Amelie etwas angetan.«

Bulthaupt lief dunkelrot an. Sie sah aus wie ein Schnellkochtopf kurz vor der Explosion.
Treffer, dachte Pfennig. Jetzt durfte er nicht nachlassen. Ihm fiel seine Unterhaltung mit Hannes in der Eisdiele ein. Hannes, der zwar trocken war, aber durch »einen Auslöser« jederzeit wieder rückfällig werden konnte. Diese Verbindung hatte er gesucht: Einen Auslöser! Pfennig holte aus zu einem verbalen Knock-out und hoffte, damit ihre Deckung zu durchbrechen.
»Borgmann hat sich möglicherweise all die Jahre mit Fotos zufriedengegeben, aber nach dem Tod seiner Mutter war alles anders«, bedrängte er sie weiter. »Letztes Jahr, nach dem Tod seiner Mutter, hat er das Mädchen vergewaltigt. Zum Erntedankfest. Genau wie bei Ihnen, Frau Bulthaupt. Möglicherweise wäre Borgmann auch nach diesem Übergriff nicht zur Verantwortung gezogen worden. Das konnten Sie nicht zulassen. Borgmann musste sterben.«
Mitgerissen von seinem eigenen Plädoyer für die Wahrheit hatte Pfennig sich erhoben und stand nun atemlos vor seiner Hauptverdächtigen.
»Ich möchte Sie darauf aufmerksam machen«, sagte sie mit auf einmal beängstigend ruhiger Stimme, »dass ich mich nicht gut fühle. Ich befürchte, ich habe Fieber.« Sie zog ein Taschentuch hervor, sah zu ihm auf und trompetete lautstark hinein.
Pfennig sah sie entgeistert an, so viel Kaltschnäuzigkeit hätte er der Therapeutin nicht zugetraut.
»Ich möchte jetzt wirklich, dass Sie gehen.« Sie stand auf. »Sie haben ganz offensichtlich keinerlei Beweise, die Ihre wilde Konstruktion zum Tathergang und meinem angeblichen Motiv stützen. Deshalb würde ich einfach gerne wieder ins Bett gehen.«
Der Kommissar spürte, dass seine Indizienkette und seine Vermutungen die Wahrheit waren. Aber er konnte Frauke Bulthaupt nicht überführen. Solange sie leugnete, hatte er nichts in der Hand. Außer ihrem Mädchennamen in Borgmanns Akte, einem

Haufen zweideutiger Bilder auf seinem Laptop und ein paar groben Farbklecksen eines kleinen Mädchens. Gemalt während einer therapeutischen Stunde. Doch auch wenn sie mutmaßlich einen Missbrauch von Amelie nahelegten, es war keine wissenschaftliche Methode.

Die Tatsache, dass Bulthaupt die Gelegenheit gehabt hatte, eine Kiste in die Kirche zu stellen, war noch lange kein Beweis. Widerwillig drückte der Kommissar die Austaste seines Tonbands, packte es ein und stand schließlich auf. Als er der jungen Frau zur Wohnungstür folgte, wusste der Kommissar, dass er verloren hatte.

Frauke Bulthaupt lehnte sich erschöpft mit dem Rücken an die Wohnungstür. In diesem Moment versagten ihr die Beine und sie glitt zu Boden. Der Kommissar war weg. Tatsächlich gegangen. Sie atmete heftig in kurzen Stößen. Er wusste alles, hatte es sich irgendwie zusammengereimt und fast hätte sie alles zugegeben. Aber sie hatte durchgehalten. Sie zitterte am ganzen Körper, zog ihre Knie fest an sich und legte ihr glühendes Gesicht in beide Hände. Wie ein kleines Paket kauerte sie in ihrer Diele und schloss die Augen.

»Es ging also gar nicht nur um Amelie?«

Sie sah auf. Udo Brinkhus stand im Türrahmen zum Schlafzimmer und hatte das ganze Gespräch mit angehört. Sie war ihm dankbar dafür, dass er sich wie versprochen nicht zu erkennen gegeben hatte, solange der Kommissar bei ihr war. Er trug nur eine Jeans und war barfuß.

»Du hast gesagt, du wolltest Amelie schützen, dabei ist es dir um deine Rache gegangen.« Er sah zu ihr hinunter. Seine sonst so liebevollen Augen waren wutverzerrt und voller Enttäuschung. »Du hast mich die ganze Zeit nur benutzt!«

»Das stimmt nicht!« Sie schüttelte heftig ihren Kopf. »Zuerst ja, aber dann nicht mehr!«

»Was soll das? Du lügst mich an.« Mit schnellen, eckigen Bewegungen streifte er sich ein T-Shirt über den Kopf. »Und für dich riskiere ich es, wegen Beihilfe im Gefängnis zu landen? Obwohl ich bis letzte Woche gar nichts davon wusste, dass ich dir bei einem Mord geholfen habe. Wer glaubt mir das jetzt noch? Dass ich keine Ahnung hatte, als ich das Nest auf deinen Balkon gebracht habe. Niemand! Nur ich Esel habe dir das geglaubt.«

Sie erinnerte sich an das Bild, als er in seiner Imkerausrüstung und dem weißen Schleierhut durch den pingelig gepflegten Garten der Nachbarin gestapft war wie Neil Armstrong auf dem Mond. Unwillkürlich musste sie lächeln. Doch ihr Lächeln verflog sofort wieder. Anfangs hatte sie ihn benutzt, das war richtig.

»Du hast mich überredet, nichts zu verraten, um Amelie zu schützen.« In Udos Stimme schwangen Vorwürfe mit, aber auch noch etwas anderes. Etwas, das Frauke zunächst nicht begriff.

»Das konnte ich sogar verstehen, sie kann ja nichts dafür und ist unschuldig, warum sollte sie weiter leiden und vor Gericht aussagen müssen und das alles? Und wer weiß, ob er sich nicht auch noch andere Kinder gesucht hat. Du hast gesagt, mit deiner Hilfe könnte Amelie alles verarbeiten.« Er griff sich mit beiden Händen an die Stirn. »Aber deine Motive waren ganz anders gelagert. Ich bin so ein Schafskopf!«

»Nein, ich habe dir letzte Woche die Wahrheit gesagt. Ich lüge nicht!« Sie rappelte sich auf, stellte sich vor Udo und sah ihn beschwörend an. »So glaub mir doch!« Ihr liefen Tränen über das Gesicht.

»Du hast mir von deinem Missbrauch durch Borgmann nichts erzählt. Das hast du verschwiegen,« sagte er eindringlich.

Noch immer konnte Frauke seinen Blick nicht deuten. Sie schwankte und fühlte dann seine kräftige Hand an ihrer Schulter. Gerne hätte sie alles vergessen, aber es war in ihre Seele eingebrannt. Farben und Gerüche, als wäre es gestern passiert.

Es war der Herbst vor ihrer Einschulung gewesen, sie war gerade sechs Jahre alt geworden. Nach dem Erntedankgottesdienst durfte sie dem jungen Vikar beim Aufräumen helfen. Sie war stolz darauf gewesen, dass er ausgerechnet sie darum gebeten hatte. Eifrig sammelte sie die Gesangbücher von den Kirchbänken ein und brachte sie auf die Ablage neben dem Eingang. Sie musste mehrmals laufen, bis sie fertig war. Dann bat der nette Mann sie, das Obst in das hintere Zimmer zu bringen, er könne die Gaben gar nicht alle alleine tragen, sagte er. Unbekümmert half sie ihm auch dabei.

Und dann schloss er die Tür ab. Der Raum war eng und kalt. Es roch süßlich nach Obst und muffig nach dem staubigen Korn der Felder. Es dauerte nicht lang, aber es tat sehr weh. Er zog den Reißverschluss seiner Hose zu und befahl ihr, die herumrollenden Früchte einzusammeln und ordentlich zu einer Pyramide aufzuschichten. Wie geheißen, hatte sie ganz langsam die roten Äpfel aufgehoben und gestapelt. Genau so, wie er es gewollt hatte.

Nie hätte sie gedacht, dass sie diesem Teufel im christlichen Gewand noch einmal begegnen würde. Borgmann hatte sie tatsächlich nicht wiedererkannt. Sie glaubte, ihn kontrollieren zu können, beobachtete ihn genau, aber er verhielt sich, wie es von einem Pastor erwartet wurde. Vielleicht war es, wie der Kommissar vermutet hatte, dass Borgmann sich die ganzen Jahre mit Fotos von kleinen Mädchen zufriedengab, und erst als seine Mutter starb, hatte er sich wieder in das Monster verwandelt.

Die Anzeichen für Amelies Missbrauch waren eindeutig. Amelie hatte ihr Bild mit dicken Wachsmalstiften gemalt. Eine große, violette Person hielt einen schwarzen Stab in der Hand. Viele kurze Striche auf dieser gesichtslosen Figur symbolisierten eindeutig seinen Bart. Daneben hatte Frauke eine Pyramide erkannt. »Das sind Äpfel«, flüsterte Amelie. Eine Pyramide aus Äpfeln – wie damals bei ihr selbst. Sie wurde von einem grauenhaften Entsetzen

gepackt. Sie hatte es nicht verhindern können. In diesem Moment begriff sie, dass es weitergegangen war und er nie aufhören würde. Ganz am Rand des Blattes war noch ein Kopffüßler gemalt, ein Kreis mit Gesicht und Armen und Beinen dran. Ganz klein, ohnmächtig, eingeengt in einen bedrohlichen Kasten. Kaum hatte Amelie ihr Bild fertig, rastete das kleine Mädchen aus. In einem rasenden Tobsuchtsanfall krakelte sie es mit der dicken Kreide durch, riss ihr Bild von der Staffelei und fetzte es eigenhändig in Stücke. Sie konnte das Kind nur noch mit beiden Armen festhalten. Es dauerte lange, bis sie sich beruhigte. In dem gequälten Blick des blonden Mädchens spiegelte sich Bulthaupts eigenes Schicksal wider. Aber niemand hätte ihr geglaubt, kein Mensch, davon war sie fest überzeugt. Es war die schrecklichste Zeit ihres Lebens gewesen.
Bulthaupt wischte sich die Tränen vom Gesicht. Kommissar Pfennig hatte alles gewusst.
Monatelang hatte sie alle möglichen Optionen durchgespielt, auch ob sie ihn anzeigen sollte. Amelies Eltern würden genauso hilflos sein wie ihre eigenen. Sie war sicher, dass sie gegen einen beliebten und respektablen Pastor keine Chance hatten. So viele zerstörte Kinderseelen. Sie hatte handeln müssen.
»Wie hätte ich dir davon erzählen können? Du hättest mir ja doch nicht geglaubt, wie all die anderen.« Ihre Stimme zitterte. »Für mich war das alles längst vorbei. Für Amelie aber nicht.«
»Was du getan hast, war falsch.« Udo hielt sie am Arm.
»Na und?!«, antwortete sie trotzig. »Ich würde alles wieder genauso machen!«
Im Laufe des Sommers hatte sich ihr auf einmal eine Lösung geboten. Als sich Frau Schnakenberg über Wespen in ihrem Schuppen beschwerte, war Borgmann gerade wenige Tage zuvor beim Gartenfest der Gemeinde wegen eines Stichs ins Krankenhaus gebracht worden. Ein Plan reifte in ihr, sie las alles über Wespen

und dann stand ihr Entschluss plötzlich fest. Sie wollte diesen Schwarm ihrer Nachbarin unbedingt haben und Udo Brinkhus war Imker. Damals kannten sie sich nur vom Sehen her.
Das Nest war noch verhältnismäßig klein gewesen. Mit Handschuhen legte er es in die vorbereitete Obstkiste, ganz vorsichtig, um das zarte Pappmaschee nicht zu zerdrücken. Den Rest des Sommers wohnte der Schwarm bei ihr auf dem Balkon. Und Udo hatte seinerseits einen Grund, öfter mal bei ihr vorbeizuschauen. Er ließ keinen Zweifel an seinem Werben um sie, nähte sogar Lavendelpotpourris, doch sie ging auf seine zarten Annäherungsversuche zunächst nicht ein und er bedrängte sie auch nicht. Nach und nach wuchs ihre Nähe und die Vertrautheit fühlte sich ganz natürlich an, schließlich schliefen sie miteinander. Sie hätte ihren Plan fast vergessen können. Doch es gab kein Zurück, sie war fest entschlossen gewesen.
»Dass ich dich benutzt habe, um an die Wespen zu kommen, tut mir leid. Aber aus allem anderen wollte ich dich raushalten.«
Er schnaubte ungläubig und lächelte ironisch.
»Das musst du mir glauben!«
Immer wieder hatte sie Zuckermasse in unterschiedlicher Konsistenz angerührt und über Nacht die Fluglöcher in der Obstkiste verschlossen. Erst als die Wespen bis zum nächsten Morgen brauchten, um die Zuckerstopfen aufzulösen und wieder ins Freie zu gelangen, war sie zufrieden. Weil die Tiere nach solch einer Strapaze besonders durstig und deshalb aggressiv waren, sorgte Bulthaupt immer dafür, dass morgens eine Schale Wasser auf dem Balkon stand. Wegen des nahenden Winters wurde der Insektenstaat langsam kleiner. Sie fütterte und wärmte sie, um diesen natürlichen Prozess möglichst zu verlangsamen, damit genügend Wespen noch ein paar Wochen durchhielten. Bis zum Erntedankfest. Das war der passende Zeitpunkt. Borgmann sollte ernten, was er gesät hatte. Denn die Saat war aufgegangen.

Frauke spürte Übelkeit in sich aufsteigen und mit einer Macht, der sie nichts entgegenzusetzen hatte, überfiel sie die Erinnerung an die Bilder des Erntedankgottesdienstes.
Sie sah die erste Wespe langsam über die Schulter des Pastors krabbeln. Eine zweite kroch gemächlich über die Hand, mit der er den Krug hielt. Fasziniert beobachtete sie, wie sich eine dritte direkt auf dem Rand des Tongefäßes niederließ und augenblicklich zu saugen begann. Als sich Sekunden später der gesamte Schwarm auf den verhassten Mann in Schwarz stürzte, war sie selbst überrascht gewesen von der Präzision ihrer Berechnungen.
Sie schluckte und der üble Geschmack verschwand aus ihrer Mundhöhle. Was sie nicht bedacht hatte, war, dass Udo eins und eins zusammenzählen würde. Als der Kommissar ihm eröffnet hatte, dass der Wespenangriff kein Unfall war, sondern er wegen Mordes ermitteln würde, war Udo am Montagabend zu ihr gekommen und hatte sie zur Rede gestellt. Daraufhin hatte sie ihm die Wahrheit gesagt: Sie war es gewesen, die eine Obstkiste mit doppeltem Boden ausgestattet und präpariert hatte für jene Wespen, die mit seiner Hilfe in ihren Besitz gelangt waren. Auch war sie es gewesen, die sie mit Äpfeln getarnt in die Erntedankdekoration gestellt hatte.
»Es wäre das Beste, wenn du dich stellst, Frauke.« Udo hielt sie noch immer fest. »Mach reinen Tisch und übernimm die Verantwortung für das, was du getan hast.«
»Auf keinen Fall!« Sie riss sich von ihm los.
Er sah sie an.
In diesem Moment erkannte sie, was sich in seinen Augen verborgen hatte: Er liebte sie. Wie jemand, der nach Jahren der Gefangenschaft in einem dunklen Keller plötzlich die Sonne wiedersah, wurde sie von der Erkenntnis geblendet, dass sie ebenfalls in ihn verliebt war. Sie war erschüttert und fühlte sich plötzlich von ihren Gefühlen verraten, im Stich gelassen vom eigenen Herzen.

Wem sollte sie vertrauen, wenn nicht einmal sich selbst? Der Boden unter ihr verschwamm in Unschärfe, ihr Blickfeld verdunkelte sich und kalter Schweiß trat auf ihre Stirn.
»Niemals! Eher bringe ich mich um.«
Der Schrecken in Udos Gesicht bewies ihr, dass er wusste, dies war keine leere Drohung. Sie meinte es ernst.

Als Pfennig auf die Straße trat, spürte er die Enttäuschung in seinem Magen lasten wie ein zu ausgiebiges Grünkohlessen. In der Ferne hörte er die Glocken des Bremer Doms läuten. Er stand starr und unbeweglich da. Seine Gedanken hatten sämige, fast zähe Konturen und formten sich nur langsam. Er holte tief Luft. Ja, er hatte den Mordfall gelöst, auch wenn es keine ausreichenden Beweise gab, die eine Verhaftung rechtfertigten. Marlene hatte ihm geraten, unter den Gutmenschen nach dem Täter zu suchen. Das war ihm gelungen. Frauke Bulthaupt war ein Gutmensch und dennoch eine Mörderin. Zwar konnte Pfennig Selbstjustiz absolut nicht gutheißen, aber in diesem Fall war er sich nicht sicher, ob es sein berufliches Ethos gebot, diese Täterin mit allen Mitteln zu überführen. Dennoch nagte Unzufriedenheit an seinem Selbstwertgefühl. Er war unentschlossen, geradezu unfähig, sein kriminalistisches Scheitern endgültig zu akzeptieren. Auf das Auto, das in diesem Moment vor ihm einparkte, achtete er überhaupt nicht.
»Ewald, was stehst du denn hier herum wie bestellt und nicht abgeholt?«, rief eine Stimme durch das Wagenfenster.
Der Mann winkte und stieg aus. Es war Herberg. Er ging zur anderen Seite, öffnete die Beifahrertür und half seiner Begleiterin galant aus dem niedrigen Sportwagen.
Lange blonde Haare, eine reizvolle Figur, die Frau sah umwerfend aus, befand Pfennig.
»Darf ich vorstellen«, Hannes kam mit seiner Begleitung an der Hand auf ihn zu, »das ist Mareke.« Er lächelte sie verliebt an.

»Hannes!« Sie lachte und ihre überraschend dunkle Stimme stand in einem merkwürdigen Gegensatz zu ihrem Äußeren. »Willst du ihn mir nicht auch vorstellen?«

Pfennig konnte um ihre blauen Augen Lachfalten erkennen, die bezeugten, dass Mareke nicht mehr ganz so jung war, wie es zunächst schien. Die glatte Barbiepuppenfassade war durchzogen mit einer ordentlichen Portion Lebenserfahrung. Er fand Mareke sympathisch.

»'tschuldige«, Hannes war sein Fauxpas sichtlich peinlich, »Ewald Pfennig, Hauptkommissar bei der Kripo und ein sehr guter Freund.«

»Ach, Sie sind das.« Sie gaben sich die Hand. »Soll ich Lebensretter zu Ihnen sagen?«

Ihre spontane Herzlichkeit tat Pfennig nach der herben Niederlage, die er gerade mit Bulthaupt erlebt hatte, gut. »Wessen Leben soll ich gerettet haben?«

»Unser beider vielleicht.« Sie warf einen ebenso verliebten Blick auf Hannes. Nur ganz kurz. Doch immerhin so lang, dass Pfennig für das Paar und damit für den unbedingten Wunsch des Freundes, seine große Liebe zurückzugewinnen, Hoffnung schöpfte; sie wandte sich wieder dem Kommissar zu.

»Ich denke, es gibt eine Menge Gründe, Ihnen dankbar zu sein.«

»Danken Sie nicht mir, danken Sie der höheren Macht, an die Hannes zu glauben gelernt hat.«

»Sie kennen sich gut aus im 12-Schritte-Programm der Anonymen Alkoholiker«, nickte sie anerkennend.

»Ich habe Hannes am Anfang einige Male zu den Treffen begleitet.«

»Schön, dass ihr euch so gut versteht. Ihr redet von mir, als wäre ich gar nicht da«, maulte Hannes.

»Was machst du denn eigentlich hier?«, fragte Pfennig, der auch das Thema wechseln wollte.

»Wir waren in meiner Mittagspause zusammen essen. Ich bringe

Mareke nur eben nach Hause. Sie wohnt hier.« Herberg zeigte auf das Haus, das Pfennig gerade wie ein zum Pinkeln in den Regen gescheuchter Hund verlassen hatte.

»Ach.«

»Und du?«

»Ich«, der Kommissar zögerte und wählte seine Worte mit Bedacht, »ich hatte noch ein paar Fragen an Frauke Bulthaupt. Sie ist Kunsttherapeutin und wohnt auch hier im Haus.« Er deutete hinter sich.

»So, na ja«, Hannes begriff sofort, dass Pfennig im Zuge seiner Ermittlungen im Arstener Mordfall vor Ort war. »Dann sehen wir uns später im Präsidium. Bis dann.« Er berührte Marekes Arm, um sie zum Gehen zu bewegen und weitere Fragen zu verhindern. Ohne Erfolg.

»Das ist doch die furchtlose Naturschützerin aus dem vierten Stock?« Ihre Stimme bekam einen ironischen Unterton.

Pfennig wurde hellhörig.

»Wieso Naturschützerin?«, hakte er nach und versuchte, die Frage beiläufig klingen zu lassen.

»Sie hatte monatelang ein Wespennest auf ihrem Balkon stehen. Sie wollte das Nest nicht einfach zerstören, weil Wespen doch unter Artenschutz stehen. Ich habe durchaus auch ein Öko-Gewissen, aber das wäre mir doch eindeutig zu viel Natur in nächster Nähe«, scherzte sie.

Pfennig pfiff durch die Zähne.

»Und wie kam es dazu?«

»Frau Bulthaupt wollte der alten Schnakenberg, einer Nachbarin von unten, wohl einen Gefallen tun. Die Wespen hatten sich hinten in ihrem Garten im Geräteschuppen eingenistet. Ein Imker hat ihr dann dabei geholfen, das Nest zu entfernen.« Sie zwinkerte. »Seitdem habe ich den jungen Mann öfter bei uns im Haus gesehen; Umweltschutz kann offensichtlich verbinden.«

Vor dem inneren Auge des Kommissars baumelte das Duftsäckchen am Kühlschrank. Geschenke aus der Provence für die Angebetete. Die Puzzlesteinchen fielen an ihren Platz, die Lücken schlossen sich. Dass er darauf nicht früher gekommen war, schalt er sich: Bulthaupt und Brinkhus waren ein Paar. Er musste Tomaten auf den Augen gehabt haben. Ach, eine ganze Tomatenplantage. Die Kunsttherapeutin und der Gärtner. Pfennigs Gedanken rasten. Das grenzte schon fast an ein Komplott. Aber wie passte Udo Brinkhus in diese mörderische Verschwörung?

Herberg hatte seine Sonnenbrille in die Falte des Ausschnitts am Hals gesteckt, sie war verspiegelt, blitzte im Gegenlicht plötzlich auf und blendete den Kommissar. Pfennigs Entscheidung stand in diesem Augenblick fest. Sie mussten sofort handeln. Er sah Hannes eindringlich an. Die Gesichtsfarbe des Tatort-Spezialisten changierte auf einmal ins Grau, aber er antwortete mit einem Nicken. Pfennig konnte sich auf ihn verlassen.

»Bitte geh in deine Wohnung und bleib da«, forderte Herberg seine Freundin auf. »Ich erkläre dir nachher alles«.

Der Schreck über den unerwarteten Ernst in seiner Stimme war Mareke anzusehen. Ihr besorgter Blick huschte schweigend zwischen den beiden Männern hin und her.

»Ich sag in der Zentrale Bescheid.« Pfennig zückte sein Handy und sie gingen auf das Mietshaus zu, das er erst vor wenigen Minuten ziemlich frustriert verlassen hatte.

Mareke schloss die Haustür auf.

Im Erdgeschoss begegneten sie Frau Schnakenberg, die gerade ins Treppenhaus trat. In der linken Hand balancierte sie eine rosafarbene Torte, mit der rechten versuchte sie umständlich, ihres Schlüsselbunds habhaft zu werden.

»Guten Tag«, grüßte sie die drei Personen vor ihrer Wohnungstür freundlich. Sie blieb stehen und hielt Pfennig den duftenden Kuchen unter die Nase. »Erdbeersahne. Ich wollte mich damit bei Frau Bulthaupt bedanken. Schließlich gehört sich das so, damit das gute Miteinander im Hause erhalten bleibt. Ein so hilfsbereites junges Fräulein, nicht wahr.« Sie drehte sich zur Treppe. »Eine angenehmere Nachbarin kann man sich nicht wünschen.«

Pfennig überlegte fieberhaft, was er tun sollte, um die alte Dame daran zu hindern, an der Tür seiner Hauptverdächtigen zu klingeln.

»Frau Schnakenberg«, kam ihm Mareke geistesgegenwärtig zuvor, »wie schön, dass ich Sie treffe. Meine Mutter hat mir endlich die Reiseunterlagen von ihrer letzten Kreuzfahrt geschickt. Sie wissen schon, an die griechische Mittelmeerküste. Die wollten sie doch gern haben. Das war eine tolle Reise, da muss ich Ihnen unbedingt von erzählen.« Mareke hakte die sichtlich überrumpelte Nachbarin unter und schob sie samt dem duftenden Backwerk kurzerhand zurück in ihre Wohnung.

Herberg grinste erleichtert, als sich die Tür hinter den beiden schloss, und Pfennig hoffte inständig, dass Mareke ihre Nachbarin so schnell nicht wieder gehen lassen würde.

Im vierten Stock angelangt, drückten sie den Klingelknopf. Pfennig fuhr es in den Sinn, dass weder er noch Hannes Schusswaffen trugen. Er musste darauf vertrauen, dass sie die kommende Situation auch so im Griff haben würden.

Nach dem zweiten Läuten riss Brinkhus die Tür auf. Zu Pfennigs Überraschung wirkte er zwar erschrocken, aber auch irgendwie erleichtert.

»Frauke konnte nicht anders. Sie wollte die Kinder schützen«, sagte er in flehendem Ton. »Ich liebe sie!«

Brinkhus trat zurück, um die Polizisten einzulassen, gleichzeitig drückte Herberg die Tür ganz auf und verschaffte sich Zugang zur Wohnung.

Erst jetzt konnte Pfennig im Halbdunkel des Flurs Frauke Bulthaupts schreckerstarrtes Gesicht ausmachen. Paralysiert stand sie wenige Meter von ihm entfernt, als sich ihre Blicke begegneten. Die Erkenntnis, dass es vorbei war, erreichte ihre Augen.
Pfennig stockte der Atem und er spürte, dass die Situation außer Kontrolle zu geraten drohte.
Ein Wimpernschlag. Dann rannte sie gehetzt durch die Diele ins Wohnzimmer. Hinaus auf den Balkon.
»Sie wird sich umbringen!«, schrie Brinkhus und wollte ihr hinterher, doch Herberg hielt ihn fest.
»Sie bleiben hier, Hände auf den Rücken.« Herberg presste ihn an die Wand.
»Lassen Sie mich!« Es kam zu einem Gerangel, in dem Brinkhus versuchte, sich loszureißen. »Frauke!«
Pfennig quetschte sich an dem Handgemenge der beiden Männer vorbei und folgte Bulthaupt so schnell er konnte auf den Balkon.

Sie hatte sich bereits über die Balustrade geschwungen und stand nun rittlings auf dem schmalen Absatz. Ihre Finger umkrallten das Geländer. Den Abgrund vor Augen schien sie bereit dazu, sich wie eine Turmspringerin in die Tiefe zu stürzen. Ihre Beine zitterten. Plötzlich lockerte sie den Griff, ihr Rücken versteifte sich. Dann ließ sie los.
In diesem Moment packte Pfennig zu.

Nikolaustag

Marlene schrieb gerade die letzten Weihnachtskarten am Wohnzimmertisch und Pfennig hatte es sich mit einem Buch auf dem Sofa bequem gemacht.

»Die musst du noch unterschreiben, Ewald.« Sie hielt ihm eine der Karten entgegen.

»Für wen ist die?«

»Für Katharina Lange in Arsten.«

»Ach ja. Sehr gut.«

Es war sehr beeindruckend gewesen, wie gut die Vikarin die Krise gemeistert hatte, die nach Bulthaupts Verhaftung über die Gemeinde hereingebrochen war. Lange berief umgehend eine Versammlung ein und auf ihre Einladung hin beantwortete Pfennig persönlich alle Fragen, so gut er konnte. Die ebenfalls geladene Vertreterin von einem Bremer Verein, der sexuell missbrauchte Kinder unterstützte und dabei über große Erfahrung verfügte, informierte gemeinsam mit einer Psychologin die Eltern. Sie erläuterten, auf welche Anzeichen für einen möglichen Missbrauch die Eltern bei ihren Kindern achten sollten. Zusätzlich wurden alle Kindergartenkinder nach und nach behutsam psychologisch begutachtet. Zur Erleichterung aller schien kein weiteres Kind in Borgmanns Hände gefallen zu sein. Bis auf Amelie. Es war für die Arstener Gemeinde eine schwere Zeit gewesen. Doch jetzt schienen sich die Wogen langsam geglättet zu haben.

»Das ist lieb, dass du an sie denkst.« Wie immer war seine Frau perfekt in solchen Dingen. Pfennig nahm die Karte. Die Vikarin hatte sogar einen gut besuchten Veranstaltungszyklus zu dem Thema initiiert, der schließlich in eine erfolgreiche Spendenaktion mündete. Katharina Lange schien mit diesen Aufgaben über sich selbst hinauszuwachsen und ihr Outing war nur noch eine

Nebensache, um die niemand mehr viel Aufheben machte. Wenn sie nicht zunächst ihr Vikariat beenden und ordiniert werden müsste, hätten die Arstener, wie es aussah, am liebsten Lange als Pastorin gehabt. Kein Wunder, sie war wirklich großartig gewesen. Pfennig wollte gerade den Gruß auf der Karte hinzufügen, als sein Mobiltelefon klingelte.

»Das ist bestimmt der Computerladen«, sagte er zu Marlene. »Wahrscheinlich kann ich den Laptop für Lisa abholen.« Er hoffte, dass seine Schwester mit diesem Weihnachtsgeschenk endgültig die Finger von fremden PCs lassen würde. Außerdem wollte er ihr damit noch einmal dafür danken, dass sie seine Ermittlungen in die richtige Richtung geschubst hatte. Mit ihren zunächst so abwegig erschienenen Beschuldigungen hatte sie letztlich goldrichtig gelegen.

Er drückte das grüne Hörersymbol.

»Pfennig.«

»Wo sind Sie gerade, Herr Kommissar?« Rahtjens Stimme klang seltsam fremd. Irgendwie angestrengt. Das war ungewöhnlich für seine sonst so entspannte Sekretärin.

»Zu Hause. Was ist passiert?«

»Ich sollte doch anrufen, wenn es wieder so weit ist.«

»Wie bitte?« Pfennig verstand kein Wort.

»Mein Mann war Schneewandern im Harz.« Rahtjens Stimme wurde schriller.

»Das ist doch nett«, antwortete Pfennig unverbindlich und wunderte sich über Rahtjens panikschwelenden Unterton, der ihm ins Ohr pfiff.

»Tannenbaumspitzen vor weißem Hintergrund. Verstehen Sie denn nicht, Herr Kommissar? Dagegen waren die unzähligen Kuh-Fotos letztes Mal fast schon ein Action-Thriller. Tannenbaumspitzen!«

Endlich erkannte Pfennig die schreckliche Notlage, in der sich

seine arme Frau Rahtjen befand. Unvermittelt suchte seine Hand das imaginäre Pistolenholster an seiner Hüfte.
»Wann?«, fragte er und ließ allen Satzschnörkel weg, um ihr die Sicherheit der bevorstehenden Rettung zu vermitteln.
»Mein Mann hat die Nachbarn spontan für heute zum Dia-Abend eingeladen.« Rahtjen musste schlucken und zu Pfennigs Entsetzen hörte es sich tatsächlich nach unterdrückten Tränen an.
»Ich bin gleich bei Ihnen«, sagte er mit dem überzeugendsten Heldentimbre in der Kehle, zu dem er fähig war. Hätte er ein Pferd, dann würde er es sofort satteln und aufsitzen! Er drückte das Gespräch weg und sprang vom Sofa auf.
»Ich muss los. Ein Notfall!«
Marlene sah ihn erstaunt an.

Eine halbe Stunde später saßen er und seine Sekretärin vor der Raths-Konditorei am Marktplatz, ihre Beine eingekuschelt in warme Decken, und blickten auf die beleuchteten Weihnachtsmarktbuden.
»Danke«, sagte Frau Rahtjen und stieß dabei ihre Gabel mit einiger Gewalt in ihre pastellgelbe Schneemustorte, um ein Stückchen auszubrechen.
»Ehrensache«, nuschelte Pfennig, während er seinen knisternden Happen zwischen Zunge und Gaumen zerdrückte.
Eine Weile genossen sie schweigend. Die Aufdringlichkeit der nelkenduftenden, vielfarbigen, watteverschneiten, glöckchenscheppernden Kulisse betonte nur die Tiefe ihres Tortenfriedens.
Pfennigs Gedanken wanderten zurück zum Tod des Pastors am Erntedankfest. Er fragte sich, wieso er ausgerechnet jetzt daran denken musste.
Frauke Bulthaupt war zu fünf Jahren Haft verurteilt worden. Ein sehr mildes Urteil. Aber die Richterin hatte die psychische Ausnahmesituation der Angeklagten sowie die Motive, die letztend-

lich zur Tat führten, als mildernde Umstände berücksichtigt und war daher trotz des geplanten Vorgehens bei der Mindeststrafe für Totschlag geblieben. Ein unabhängiger Gutachter hatte den begangenen Missbrauch an Amelie bestätigt, der das Hauptmotiv für den Wespenangriff auf den Pastor gewesen war. In seiner Beurteilung hatte er außerdem festgehalten, dass Bulthaupt bei dem kleinen Mädchen bereits sehr gute kunsttherapeutische Arbeit geleistet hatte. Bulthaupt hatte lange versucht zu verhindern, dass Amelie überhaupt untersucht wurde. Aus ihrer Sicht wurde das Kind möglicherweise einer erneuten Traumatisierung ausgesetzt. Sie bestritt mit einem Mal jeden Zusammenhang ihrer Tat mit dem Mädchen. Ob das Gutachten ihr selbst half oder nicht, schien Bulthaupt gleichgültig. Lieber hätte sie eine Verurteilung wegen Mordes und damit eine höhere Strafe in Kauf genommen. Aber Amelies Eltern waren stärker gewesen als die von Frauke Bulthaupt. Sie hatten dem Gutachten zugestimmt und für ihre Tochter und sich die Hilfe eines Therapeuten gesucht.

Pfennig stocherte in seiner vereisten Sahnetorte und die Krümel fielen wie Felsbrocken aus einem Gletschergebirge auf den Teller. Noch immer war er überzeugt davon, dass er Bulthaupt nicht hätte überführen können, wenn nicht Kommissar Zufall die Wende gebracht hätte. Eine unbefriedigende Erkenntnis, aber aus Erfahrung wusste er, dass so etwas manchmal vorkam, nicht allzu oft, aber manchmal. Dass er die Nachbarn seiner Hauptverdächtigen sowieso über kurz oder lang befragt hätte, tröstete ihn ein wenig. Der Zufallsfaktor hielt sich demnach in Grenzen.
»Tut es Ihnen eigentlich leid, dass wir die Bulthaupt überführt haben?«, fragte er Frau Rahtjen unvermittelt.
»Die Kunsttherapeutin?«
»Ja.«
»Merkwürdige Frage, Herr Kommissar.«

»Na ja, Frauke Bulthaupt hat gedacht, dass sie moralisch betrachtet aus gerechten Motiven heraus getötet hat.«
»Das ist richtig und stimmte vielleicht sogar. Aber Selbstjustiz ist eine gefährliche Sache, das wissen Sie so gut wie ich, Herr Kommissar.« Sie sah ihn streng an. »Davon abgesehen ist die Verantwortung für den Tod eines Menschen, insbesondere für solche Täter, die gerade wegen ihrer angeblich so hehren Motive zu Mördern werden, eine lebensgefährliche Angelegenheit.«
»Wie meinen Sie das?«
»Ich bin der Überzeugung, dass sich Frau Bulthaupt früher oder später das Leben genommen hätte, wenn sie nicht erwischt worden wäre. Jetzt hat sie die Chance, nach ein paar Jahren neu anzufangen. Nicht, weil sie geläutert wäre oder bereuen würde. Aber vielleicht kann sie sich langsam selbst verzeihen. Und das wiederum kann sie nur, weil sie für ihre Tat zur Verantwortung gezogen worden ist.«
»So gesehen retten wir die Täter, weil wir sie überführen?« Pfennig war skeptisch, auch wenn er Rahtjens Gedankengang interessant fand.
»Sicherlich nicht in jedem Fall, aber vielleicht in diesem.«
Sie lächelte. Pfennig dachte an Brinkhus. Er war wegen Behinderung in einer Mordermittlung mit einer Strafe auf Bewährung davongekommen und besuchte seine Freundin regelmäßig im Gefängnis. Pfennig hatte gehört, dass beide zu einer gemeinsamen Zukunft entschlossen waren. Möglicherweise hatte Frau Rahtjen also recht.
Aus dem Augenwinkel sah er sie plötzlich. Jetzt wusste Pfennig, warum er wieder an den damaligen Fall erinnert worden war. Die Wespe lief über den Tisch und hielt schnurstracks auf seine Torte zu. Ein echtes Naturphänomen um diese Jahreszeit.
»Gucken Sie mal«, stieß er Frau Rahtjen am Ellenbogen an, sodass ihr beinahe die Gabel aus der Hand gefallen wäre.

»Was denn?«
Pfennig zeigte auf die Stelle, wo er gerade noch das gelb-schwarz gestreifte Insekt gesehen hatte. Aber da war nichts.

Ende

Die Deutsche Nationalbibliothek verzeichnet diese Publikation in der Deutschen Nationalbibliografie; detaillierte bibliografische Daten sind im Internet über http://dnb.dnb.de abrufbar.

IMPRESSUM

www.schuenemann-verlag.de

Text: Sonja Höstermann, Inga Brodersen
Satz und Buchgestaltung: Karin Hannemann
Gesamtherstellung: Carl Schünemann Verlag

Printed in EU 2014
ISBN 978-3-944552-15-6